手を伸ばせ、そしてコマンドを入力しろ

藤田祥平

早川書房

手を伸ばせ、そしてコマンドを入力しろ

私がはじめて電子的なメッセージを受けたのは、五歳のときだ。通信手段は電話。時間は一九九六年の夏。場所は、私たち家族が二十年間をともに暮らしたベッドタウンの一軒家である。電話が鳴ったとき、両親はおそらく出かけており、家のなかは静まりかえっていた。

飼っていた猫が死んだばかりだった。つねづね思うのだが、まともな人間に育てたいなら、犬を飼うべきだったのだ。犬は子供の友となり、彼に仕《つか》え、そしてたいていの場合、彼よりも先に死ぬ。そこから子供はなにかを学ぶことができるだろう。しかし猫の場合、そうはならない。猫はただ彼の近くにいて、たまに顔を出すだけだ。そして家猫でもないかぎり、飼い主のもとから離れて死ぬ。子供はなにも学ばない。ただ、なんの役にも立たない、チェシャ猫の笑みの記憶だけが残る。

だから私がソファに寝転がって『ポケットモンスター』をプレイしていたのは、べつに猫がいなくなった悲しみを紛らわすためではなく、単純にそのゲームをプレイしたかったから、だったのだろう。

いや、本当のところはどうだったか。私は悲しかったのかもしれないし、素直にゲームを楽しんでいたのかもしれない。五歳のころのことなど、じつはほとんど覚えていないから、わからないというのが正しい。たぶん感情の話はせずに、ただゲームをプレイしていた、というのが正しいのだ。なぜならいま語られたことは、ついたり消えたりする幼少期の私の記憶のフィラメントが点灯した瞬間の状況から、現在の私が勝手に推理し、創造したことなのだから。


では、なぜフィラメントが点灯したのか。ここで話は冒頭に戻る。電話の音だ。そう、はっきりと覚えているのはこの瞬間だ。私はゲームボーイを置いて、しぶしぶソファから立ち、電話に出た。男のひとの声がして、私に聞いた。

「あー、なんだ、その」なんだか慌てたような感じだった。「モンスターボールがないときは、どうすればいいんだったかな？」

私はどうすればいいか知っていたので、とても得意になって言った。

「ポケモンの話？　モンスターボールがないと、捕まえられないよ。どこかで買ってこないと」

「どこで売ってるんだった？」

「ボール屋さん」

「あー、ボール屋さんが近くにないんだ」

「ええ？　いまどのあたりにいるの？」

「ええと。マサラタウンに。最初の町にいる」

ここで私は大笑いした。どうしてなのかは、いまとなってはわからない。

「いや、つまり」彼はものすごく慌てていた。「冗談じゃないんだ。目の前にいるんだ」

私はなんとなく彼のことを知っていたので、ちょっと意地悪をしてやろうと思った。

「ゲームのやりすぎは身体によくないよ。おかあさんが言ってた」

そして私は電話を切った。

そう、正確に覚えているのはこの会話だけだ。

誰がなんと言おうと、この会話は現実に起きたことである。


あのすばらしいビデオゲーム、『ポケットモンスター』の冒頭は、自分の部屋でゲームをプレイしている少年の絵からはじまる。驚くべきことに、プレイヤーはキイを押し込むと、絵のなかの少年を自由に動かすことができる。その瞬間、少年が自分自身の写し身であることを、すべてのプレイヤーが悟る。世界を区切るゲームシステムの壁が阻《はば》むまで、プレイヤーは上下左右の四方向のいずれかへと、彼自身を導く。

電子的現象としてサーキット・ボード上に発現したこの制限のなかにおいて、彼は自由だ。どれくらい自由であるか？　自室にあるコンピュータを、調べても調べなくてもいいくらいに自由だ。そこにはデータ化された「きずぐすり」が入っている。どこかで役に立つので、引き出しておくほうがいいだろう。

『ポケットモンスター』の筋書きはこうだ――小さな画面のなかで、主人公が故郷の小さな町を出て、いろいろなところを旅する。途中、空想上の生き物である「ポケモン」をつかまえる。ポケモンは主人公によく仕え、野生のポケモンや、ほかの使い手が使役するポケモンと戦う。

そうしようと思うなら、存在が確認されているすべての野生のポケモンをつかまえて、「ポケモンずかん」をコンプリートしてもいいし、世界中のポケモンの使い手たちに勝利して、「ポケモンマスター」になってもいい。いずれにせよ、そうなるまでには、長い道のりを行くことになるだろう。

とはいえ、ゲームをはじめた時点では何者でもない主人公は、自宅の二階にいて、ファミリーコンピュータに向かっている。

いつまでもゲームをプレイしているわけにもいかないので、プレイヤーは主人公をあやつって、階下に降ろすことができる。そこにはキッチンがあり、テーブルがあり、主人公の少年の母親が、コーヒーかなにかを飲みながら、テレビをじっと見ている。テレビのなかで、四人の男の子が、線路の上を歩いている。

プレイヤーは、あるいは主人公は、彼女に話しかける。

すると彼女は言う。

そうね　おとこのこは　いつか　たびにでるものなのよ
うん……　テレビの　はなしよ！

そして少年は、ふしぎな生き物、ポケットモンスターをつかまえるために家を出ていく。

ところで、私のふたりの従兄弟は、私とおなじようにゲームに夢中になっている。伯母はずいぶん困っているようだが、伯父は止めるそぶりもない。彼らはどこにでもいるような、幸せな男の子ふたりだ。

運転免許を取ったばかりのころ、私は祖父母を車に乗せて、田舎に連れていった。そこで伯父の一家と会い、墓参りをした。夏で、とても暑かった。

そのあとで、祖父のお兄さんにみんなで挨拶をし、大人たちだけが家に残って、私は従兄弟ふたりと近所にある公園——と呼んでいいものかわからないほど小さく、寂れていて、どれだけ待っても子供はひとりもこない、というかそのあたりにはだれひとり通行人もなかった——のブランコに腰かけた。山が公園のすぐ背後にあり、ブランコのあたりは影になっていて、そこだけは少し涼しかった。

兄弟の兄のほうが、ここまで静かなところははじめてだ、散歩をしてくると言い残して公園を出て行き、あとには彼の弟と私だけが残された。弟はたしかそのとき、九つか十だったはずだ。私は彼にいろんなことを聞いてみた。いずれも反応はかんばしくなかったが、ゲームについて水を向けたところ、とたんに笑顔になり、堰《せき》を切ったように話し始めた。彼がやっているゲームは、折しも私の弟がはまっているもので、それについていくらか話ができそうだった。

話を聞いていると、彼はなかなかの腕前のようだった。

空は青く、稜線のむこうに巨大な入道雲が出ていた。蝉の鳴き声がずっと聞こえていた。それぞれの畑に囲まれた家々はとても古く、私たちが座っているブランコの鎖はすっかり錆びついていた。ゲームについての話がひとしきり済んだあと、将来はなにをやりたいんだ、と聞いてみた。

すると彼はこう答えた。

「ゲームを作りたい」

それはすごくいいことだから、そのことをしっかりお父さんとお母さんに説明して、どんどんゲームをやらせてもらうといい、と私は言った。もしコンピュータが家にあるなら、インターネットを調べて、いまからすこしずつ自分で作りはじめてもいい。

そうするよ、と彼は答えた。

それから、彼はしばらく何かを考えるようにじっと地面を見つめていたが、ふいに私に向かって聞いた。

「祥平くんは何になりたいの？」

そのとき、私はまだ何者でもなかったのである。

私は笑ったが、しかしはっきりとこう答えた。

「小説を書くんだ」

「ふうん。どうして小説を書くの？」

「おしゃべりが好きなんだ。でもいつもうまく話せない。漫才師になろうかとも思ったんだが、やっぱりうまくできないんだ。だから、あとからいくらでもお話を作りかえられる小説のほうが、いいなと思った」

「それはいいね。じゃあ、いつか小説家になってね、祥平くん」

「まかせろ」

そのあたりで、兄弟の兄が散歩から帰ってきた。彼は汗をかいていた。

「おかえり」と私たちは言った。

「ただいま」と兄弟の兄は答え、さらにこんなことを言った。「だめだぞ、ふたりとも。このあたりの人類はもう絶滅しちゃってる」

「それはたいへんだ！」


この小説は、基本的に、電気信号についてのお話である。

量子力学において、あるひとつの量子が右に行くか、左に行くかは、観測するまで確定できない。であるから、私たちの肉体を構成する要素に電子が含まれる限り、私たちの人生は、完全に予想することはできない。箱を開けたときに猫が死んでいるかどうかは、開けてみるまでわからない。

私は幼いころ、人間は、彼自身の運命を完全にコントロールできるものだと信じていた。あらゆる出来事が彼の意のままになるのだと信じていた。たぶん、ビデオゲームと小説の影響だったのだろう。

虚構の世界においては、べつに誰も死ななくてもかまわないし、全員が死んでもかまわない。重要なのは、それが完結することだ。そうすれば、私たちは運命に落とし前をつけられる。さまざまなことに意味があり、この生は無駄ではなかったと感じられる。これこそが、フィクションの魔法だ。

そして、私たちの生もそういうものだろうと、私はずっと信じていたのだ。

これをあなたにどうやって説明したものか。

望むなら、あなたは誰だって蘇らせることができる。蘇生することができる。誰かが傷ついたら、しかるべき処置をとって、治してやればいい。誰かが死んだなら、すばらしい奇跡をこしらえて、生き返らせてやればいい。そうすれば、その人は永遠に、いつまでも、虚構の世界のなかで幸せに笑っているだろう。

私は、できることなら、この小説をそういう話にしたかった。誰も傷つかず、誰も死なない、そういう世界を作ってみたかった。しかし、そうはならなかった。私の技術が不足していたのかもしれないし、変えてはならないことや、決して変えられないことを、いろいろと悟ったからなのかもしれない。

仕方がない。そういうものだ。また機会はあるだろう。

そろそろ、私の運命に落とし前をつけさせてもらおう。小説を始めよう。

十三歳の冬だ。めったに雪が降らない地方であるにもかかわらず、大雪が降った。それで家が遠いものは、下校に保護者の付き添いが必要になった。私の両親は自営業を営んでいたので、迎えに来ようと思えば来られたはずなのだが、いつまで経っても来なかった。子供を学校に預かってもらういい機会だと考えたのだろう。

教室からは中学校の狭い駐車場が見え、十分に一度のペースで、タイヤにチェーンを巻いた車が生徒たちを迎えに来た。私はちょうど窓際の席だったので、頬杖をついたままその様子を見つめていた。いろいろな車があった。なかには一人あるいは二人の大人が乗っていて、通学鞄を抱えた制服姿の子供を乗せては、おそるおそるといった感じで校門から出ていった。

いつ来るとも知れない迎えを待つあいだ、私は友達とトランプをして遊んだり、決して誰にも明らかにはしなかったが、じつは好きだった女の子のひとりに声をかけたりして過ごした。

そのうち鈍色《にびいろ》だった空が暗くなり、教室から人気《ひとけ》がなくなった。時計の針が七時を指したとき、ずっと教室にいた担任もいいかげん疲れたという顔色を見せ、残っている数名の生徒たちに、図書室に行くよう命じた。

図書室に入ってみると、思いのほか人数は少なかった。古めかしいストーブの中心がオレンジ色に燃えていた。なんだか、みんなまじめに本を読んでいた。それで私は、直前までそんなつもりはなかったのだが、司書に声をかけた。眼鏡をかけた初老の女性で、静かに本を読んでいた。感じのいい化粧をした、雪のように美しい短い白髪の、五十代半ばくらいの女性だった。

「なにかおもしろい本はありませんか」

彼女は視線をあげて、私を見た。

「どんなものが読みたい？」

「短いやつがいいです」

「短いやつと言っても、いろいろあるけれど。ジャンルは、小説かしら？」

よくわからなかったので、私はあいまいに頷いた。すると彼女は、私を〈文学〉のプレートが貼られた本棚のところまで導いて、二冊を抜き取った。ひとつはサリンジャーの『ナイン・ストーリーズ』、もうひとつはカフカの『変身』だった。

私は後者を選んだ。なんともいえない黄色と茶色の中間の色の表紙のなかで、なんともいえない顔をした男が、こちらをじっと見つめているのが気になったのだ。ほかに誰も座っていない机を選んで椅子に腰かけ、読書をはじめた。

じつのところ、興味がないわけではなかった。幼いころ、母がよく図書館から児童書を借りてきてくれて、そういったものを読むのがけっこう好きだったのだ。

私はうきうきしながらページを繰った。

そして、生涯にわたる呪いが始まった。

そう思う人は少ないかもしれないが、カフカの『変身』は呪いの書だ。ほかのどんな本を禁じるよりも先に、あの本を書店から一掃すべきである。

冗談だが、半分は本気だ。それまでに私が読んできた本といえば、J.K.ローリングの『ハリー・ポッター』、ダレン・シャンの『ダレン・シャン』、那須正幹の『それいけ!ズッコケ三人組』シリーズ、原ゆたかの『かいけつゾロリ』、あとは意外なところで、訳者は覚えていないが、ぶあつい『西遊記』の単行本くらいのものだった。

私の同類はここで手のひらを額にあて、あーあ、やってしまったな、と思うことだろう。

物語論の話だ。

こういった小説群は、物語における時間の経過を横軸に置き、登場人物の幸福度を縦軸に置いたグラフにあてはめてみると、線が大きく波打ちながら右上に向かっていくようなつくりになっている。このタイプの小説が言おうとしているのは、ようするに、つぎのようなことだ。

人生は生きるに値するものであり、生き続けさえすれば、最後には至上の幸福が待っている。

しかし、『変身』は違う。

主人公がある朝目覚めると、毒虫になっている。

私は読みながら、たぶん、この主人公はなんとかして人間に戻るのだろう、家族の助けを借りたり、すばらしい科学者の知恵を借りたり、彼自身が生まれ持った才覚を用い、いろいろ機転を利かせたりして助かるのだろう、と考えていたはずだ。しかし、そうはならない。彼は家族に迷惑をかけつづけ、しだいに忌み嫌われるようになり、忘れ去られ、虫のまま死を迎える。

主人公が死んだあと、路面電車の車窓から、あたたかい春の光が差し込む。その光に照らされながら伸びをしている主人公の妹は、いつのまにか年頃の娘になっていて、両親のひいき目をさっ引いても、じつに美しい。

これで話は終わる。まるで、主人公が虫に変身する以前からあった家族の問題まで、すべて主人公のせいであったかのようだ。

読み終えたとき、私は自分がそれまで立っていた地面をひっくり返されたような気分になった。あまりにひどすぎる、と思った。主人公が人間に戻らないどころか、彼が虫になった理由さえ、まったくわからないままなのだ。

そう、幼い私は、心のどこかで期待していたのだ、すべての物事に道理が通っていることを。

そして私はいつのまにか、与えられたばかりの自分の部屋にいて、読み終えたばかりの小説のページをぱらぱらとめくっていた。両親が学校まで迎えにきてくれたはずなのだが、記憶がなかった。読書に夢中で、覚えがなかったのだ。

それにしても『変身』には、真実が書かれているように思われた。多くの人が見えないふりをしている、なにか底知れないものが、秘められているように思われた。私はそれから何度か図書室に通い、数ヶ月かけて、カフカのほかにいくつか小説を読んだ。そうしているうちに、こういうものを自分でも書いてみたい、という気持ちが湧いてきた。

驚くほどみごとな空言だが、私は小説を書きたいと両親に告げて、コンピュータを買ってもらった。富士通から出ていたデスクトップ型だった。二十万円くらいはしたはずだが、息子の成長の役に立つと考えたのだろう。私は大喜びし、本体に付属されていたタイピングのシートを参照しながら、日本語の書き方を覚えた。

十四歳の春にはじめて書いた掌篇は、いまでは物理的にも電子的にも、この世から完全に削除されている。

もちろん、小説を書くことにだけコンピュータを使っていたわけではない。あるとき、コンピュータでゲームができることを知り、世界のどこかにいる誰かが作ったRPGツクール製のゲームや、自家製のプログラミングで作成されたフリーゲームを探し当てて、プレイをはじめた。

私はすぐに、この趣味に夢中になった。無料での配布というのが、良かったのだろう。それまでの私は、ほかの多くの子供たちとおなじように、プレイステーションとか、ニンテンドー64といった、一般的なコンソールの作品をプレイしていた。タイトルを挙げれば、『ファイナルファンタジー』、『ドラゴンクエスト』、『スーパーマリオ64』などなど。いずれも希代の名作だ。

こういった企業による製品群はいつもすぐれた品質をもっていたし、それがあたりまえのことだと私は思っていた。それに比べて、コンピュータでプレイできる、海のものとも山のものとも知れないフリーゲームは、たしかに品質の面では劣っていた。

ただ、なんというか、十四歳にもなって新しいゲームが出るたびに両親にねだるのが、いいかげん面倒になっていたのだ。作品そのものに多少の粗があっても、自分の力で探して手に入れられること自体が、楽しかった。そうしているうちに、未熟な表現や、荒削りな部分そのものの手触りも、楽しめるようになってきた。

たいして宣伝されていない個人製作のフリーゲームを見つけるには、縦横無尽にインターネットの海を泳がなければならない。そういうわけで、ネット・サーフィンがうまくなった。毎日やっているうちにずいぶん深くまで潜れるようになり、まったく正体不明だが、すくなくとも日本語を話すことができる誰かが作った文章と写真のウェブサイトを、つぎつぎに見ては楽しんだ。

彼らの名誉のために、ここにいくつかのウェブサイトの名前を挙げておこう。

『Mus!c For The Masses』、『テラめし倶楽部』、『半角文字列板』、『ふたば☆ちゃんねる』。

あれ？　意外と思い出せないものだな。

もっとたくさんあったと思うのだが。

当時のインターネットは、まさに海のようだった。海面に近いところには、見栄えのいい、かっこいい生き物がたくさんいて、私を楽しませた。深いところまで潜っていくと、見慣れない、奇妙な生き物がたくさんいて、私を驚かせた。

いちばんわかりやすい例は、ポルノだろう。私が人生ではじめて自分とおなじくらいの年齢の女の子の裸を目にしたのは、現実に存在する肉体ではなく、ＬＣＤの液晶分子の整列が再現した、電子的な肉体だった。アルファベットの羅列が指示する、空想上のある地点のデータが、第二次性徴から数年くらいの、美しい誰かの裸体を、現世に蘇らせたのだ。

その誰かは、私に向かって微笑んでいた。びっくりするくらいきれいな写真だった。


そのあたりのどこかで、私はあるビデオゲームを見つけた。同時接続数はサーバーあたり最大64人で、しかも無料だという。ゲームに用いられる文章はすべて英語で書かれていたが、日本のどこかにいる熱心なファンのウェブサイトにインストール手順が紹介されており、私はその手引きに従って、粛々と作業を行った。当時の回線はＩＳＤＮだったはずだから、３００ＭＢあまりのファイルのダウンロードに、三時間はかかったと思う。すべての設定を終えるころには、おそらく夜中を回っていただろう。

そのゲームは、すべてのプレイヤーに名前をつけるよう、推奨する作りになっていた。原初の胎動を予感させる深夜の暗闇のなか、私はしばらく考え、創世記のようにえんえんとつづくコンソール・ウィンドウを表示し、こんなふうにタイプした。

set playername "RollStone"

太始《はじめ》に詞《ことば》あり。

この名前を選んだ理由は、いまでもわからない。考えれば考えるほど、ふしぎな話だ。まるで彼がこれから、物語のグラフの曲線を石ころのように転げ落ちていくことを、意地悪く暗示しているかのようだ。


いまでもはっきりと覚えている。そこはオアシスだった。太陽がさんさんとふりそそぐ、水に恵まれた砂漠のオアシスの街だ。マップのロード時に表示される地図上のピンは、確かにアフリカ北部を刺していた。

私はそこにいた。連合国あるいは枢軸国の兵士のひとりとして、襲いかかってくる敵兵を倒そうともがいていた。

連合国《アライズ》や枢軸国《アクシズ》という言葉の意味は、わからなかった。それが二次大戦をモチーフにしていることも、かつて起きた本物の人間の戦争を描いていることも、私にはわからなかった。

ただ、いままでにプレイした、どんなゲームとも違っていることはわかった。まず、カメラの位置が独特だった。私が操作するキャラクターはどこにも描画されておらず、ただ画面の右下に、画面奥に向けられた小銃のグラフィックが表示されている。中心には照準があり、マウスを左クリックすると、そこに向かって弾が飛んでいく。マウスを動かせばカメラが動き、キーボードの入力でカメラの位置が変わる。

つまり、自分が操作しているキャラクターの眼窩《がんか》にカメラが置かれ、その映像がディスプレイに映し出されているのだ。

この構造には、文学と映像が一世紀以上の長きにわたり磨き続けてきた、あるひとつの形式の名が冠されている。

一人称視点《ファーストパーソン》。

かつての日本には存在しなかったゲームデザインの称号である。

もちろん、当時の私は、こんなふうに体系立てて構造を観察したわけではない。必死になって前に進み、つぎつぎに現れる敵兵に向かって、小銃を撃ち続けていただけだ。ただ、その敵兵たちを操作しているのが、いままでやってきたゲームのようにプログラミングされた、ノン・プレイヤー・キャラクターではなく、人間であることに気づいたのは、かなり早い段階だった。

すべての敵兵は、圧倒的なまでにユニークだった。もちろんその姿は、リアルであるとはいえポリゴンであり、表情や体型がひとりひとり異なっているわけではない。キャラクターのグラフィックはそれぞれの陣営ごとに五つしかなく、まったくおなじ姿のキャラクターが何人も一緒にいたりした。それでも、ひとつひとつのキャラクターを操作しているのが、ＩＳＤＮ回線を通じて私とおなじようにスクリーンを見つめている、地球のどこかにいる、それぞれがこの世に唯一の人間であることは、すぐにわかった。

どうしてわかったのだろう。不思議なことだ。

私たちは小銃の銃口を互いの頭に向けあい、容赦なくトリガーを引き続けた。暴力的な銃声と絨毯爆撃、グレネードの破裂音が私の意識をいっぱいに満たし、私をどこかぜんぜんべつの場所、べつの世界に連れていった。私が撃てば誰かが死に、誰かが投げたグレネードで、私の肉体は粉々に砕け散った。

私はそれまで、人と人とがここまで直截的に対決するゲームを体験したことがなかった。どんなゲームであっても、戦う相手がプログラムである限りは、あるひとつの上手いやり方というものが存在する。もちろんこのゲームにも上手いやり方はあったし、時たまそれを発見することもあった。しかし独特だったのは、おなじ動きばかり続けているうちに、敵陣のプレイヤーによってその動きが対策されはじめ、やがて通用しなくなるところだ。

短くまとめるなら、こんな言い方ができるだろう――若い私は、このゲームが備えている社会性が人々に促す、非言語的コミュニケーションの可能性に打ちのめされたのだ。

その作品のタイトルは、「Wolfenstein : Enemy Territory」。

当時、日本をのぞく世界中のゲーマーを唸らせた、傑作である。

この作品が、当時はまだ細かったインターネット回線を通じて、七つの海の向こうから私のもとにやってこなければ、私の人生は、まったく違ったものになっていたはずだ。

徹夜をしたのは、その日がはじめてだった。私は通学鞄を抱えてしぶしぶ学校に行き、頬杖をついたまま船を漕いだ。家に帰ると、すぐさまゲームを起動して、窓から戦争の様子を見続けた。いや、見続けたのではない。枢軸国あるいは連合国の一兵士として従軍し、戦場で戦い続けた。私はあの戦争に参加したのだ。少なくとも精神的に。

それから私はだんだんとそのゲームをプレイする以外のことに興味がなくなり、自分の外見に注意を払わなくなり、寝ても覚めてもゲームのことばかりを考えるようになった。

このようにして、生涯にわたって続くもうひとつの呪いが始まった。


私はインターネットを介し、ゲームを通じて、数名のあたらしい友達を作った。そのうちのひとりは、ノンという、私よりふたつ年上の男だった。日本のどこかの誰かが運営しているサーバーのなかで、ボイスチャットツールのホストプログラムが走っており、私たちはゲームのなかで約束をして待ち合わせ、はじめて肉声で会話をした。だから、未来永劫にわたって私のもうひとつの名前となる「ロールストーン」という単語をはじめて発声したのは、この男、ノンということになる。

彼はいつしか私の名前を短くつづめ、「ロールくん」と呼ぶようになった。

いまではみんなが私のことをそう呼ぶ。もしもこれからインターネットで会うことがあれば、そう呼んでくれてかまわない。


中学二年の夏休みのあいだじゅう、私はノンとつるみ、例のゲームをしたり、ＩＲＣによるポート直結のファイル転送によって彼から送られてきたデータを閲覧して過ごした。内訳は、著作権保有者の許可無く違法にデータ化された漫画、アニメ、ドラマ、音楽、小説、ゲーム、その他もろもろだ。

だから私はいまでも、世に存在する芸術作品全般を、コンピュータ・ウイルスのようなものだと思っている。こういうものにいちど感染したら、治療の方法はない。死ぬまでそのままだ。あなたもそうだ。ご愁傷さま。

とにかく、そうやって私は世界を見続けた、ディスプレイがよく見えるように昼はカーテンを引き、夜はベッドランプだけを灯した部屋のなかで。そこには、物理的身体はないものの、思いのほかたくさんの人がいた。私には顔を持たない声と名前だけの友人がたくさんできた。彼らは私に、世界中のありとあらゆる芸術を送ってくれた。

だから私は孤独には悩まなかった。

ゼロ年代初期のインターネットよ永遠に。

夏休みの一ヶ月と少しのあいだに、コンピュータ・ウイルスに骨の髄まで蝕《むしば》まれた私は、もはや現実世界で自分が立っている場所すら、信じることができなくなった。

まず時計が信じられなくなり、廊下の冷たさが信じられなくなり、音が信じられなくなった。なにを言っているのかわからないと思うが、当時はほんとうにそんな感じがしたのだ。

それはカフカを読んだときよりももっとカタストロフィックな体験だった。

あれは虚構の世界の出来事だが、こんどは現実そのものがおかしくなってしまったのである。夏休み明けの初日の放課後、校内のどこかの廊下のまんなかで、私は大声で叫び、その叫び声はいつまでも続いた。

今日に至るまで続いている私の疑念の萌芽は、このあたりで起きた。

その疑念とは、嚙み砕いて言えばこういうものだ——

どうして世界は、こんなふうであるのか？

ちょっと我慢して、聞いてほしい。

玉石が入り交じったというよりも、糞味噌というほうが正しいだろう。私が見た「芸術作品」のなかには、こんなものが含まれていた——レイプされつつ、鉈《なた》で両手両足の首を切り落とされる女性。黄色っぽい糞便まみれになって拷問にかけられている男性。どこかのひどい交通事故の、人間の肉体の破片と血の流れ。そして、戦争。

いまではそのような動画や画像をインターネットで見つけることはできないが、当時はそうしようとさえ思えば手に入れることができたし、時にはそんなものを望んでいないにもかかわらず、画面に現れてきてしまうこともあった。

いまでも思い出しただけで胸が悪くなり、悲しい気持ちになる。

それでもコンピュータから離れようと思わなかったのは、それ以上の見返りを、あのディスプレイが映し出してくれたからでもある。

『時計じかけのオレンジ』も、『2001年宇宙の旅』も、『ゴッドファーザー』も『ドランクモンキー 酔拳』も『ランボー』も、『ロッキー』も『マトリックス』も『メトロポリス』も、あのコンピュータで見た。

YouTubeはまだ登場したばかりで、数は少なかったが、ぱっと思いつくような大御所の音楽はいくらでも転がっていた。見つからないものはインターネット上の友人に頼みさえすれば、どこかで手に入れて送ってくれもした。

要するに、私は天文学的な数の文化のキャンディが入った箱をいきなり与えられ、いくらでも食べていいよと言われてしまった子供だったのだ。キャンディには人間の脳に作用する快楽物質——美しさ——が含まれていて、感受性が強い子供のころにいちど食べると、もう二度と手放せなくなってしまう。そのうちのいくつかには強い毒が含まれており、摂取した者の精神に、深刻な影響を与える。

そのくせ、〈文学〉はもう読まなかった。これ以上、世界の真実に近づきたくなかったのだろう。

真実は心を傷つけるし、やりすぎると壊れてもとに戻らなくなる。本能的に避けたのだ。

そのかわりに、私はライトノベルに手を出し、いろいろなことが起こるが、まあ最後は幸せになるという感じの、順当で心暖まるプロットの物語を多く読んで、傷に手当てをした。とはいえ、このあたりで私は小説というものに、さまざまな可能性があることを予感した。軽い感じの雰囲気の本でも、読み終えてみるまで、順当で心暖まるプロットかどうかは、わからないからだ。

こうして私は、秋山瑞人や上遠野浩平、橋本紡、時雨沢恵一などの手による、すばらしい小説に触れる機会を得た。

不幸な時代としか言いようがないが、そういった小説の装画は、その当時はげしい差別を受けていた、アニメ調の絵柄だった。そのために、クラスメイトたちは、私がわけのわからない場所にはまり込んでいると考えた。まあ、それは半分くらい正しい。また、私は夏休みのあいだじゅう、どの人間とも接触をもたず、ずっと日陰にいたので、亡霊のような顔色になっていた。ちょっと近寄りがたい雰囲気だったはずだ。

こうして私の周囲から、かつて友達だった数名の人間が退場した。

そして、彼らと入れ替わりに、私のそばには、まるで夜とおなじ物質でできているかのような不気味な男たちが現れた。


夜とおなじ物質でできた男たちの容姿は、なんとも形容しがたい。ある者は縮れた髪をもち、ある者は小人で、もうひとりは肥満、あとひとりは一言も話さず、最後の者は筋骨隆々だった。彼らの肉体は、どんな遺伝子のコードからも外れているように思われた。みな制服を着ていたので、衣装がおかしいはずはないのだが、全員がおなじ服を着ているために、かえってその異常性が浮き彫りになるしまつなのだ。

彼らはなぜか私に興味を持ち、しきりに様々なことを話しかけた。それでうっすらと、ああ、こいつらがあの連中か、と理解した。

彼らの存在は、学校のあちこちでうわさになっていたのだ。

彼らはヘア・スプレーを火炎放射器にして河川敷に野火を放ち、街中にある鍵のかかっていない自転車を自分たちのものであるかのように盗用し、スーパーマーケットの試食コーナーに陣取ってすべての試食サンプルを平らげ、ショッピングモールでガスガンを用いたサバイバル・ゲームを行い、どこかで祭りが行われるたびにスリをし、満員電車に乗って痴漢を試し、気に入らない人間がいれば夜闇にまぎれて暴行を加えることもためらわない、獣のような男たちだった。


彼らが私を仲間に入れようとした理由は、いまでもわからない。おそらく、はじめのうちは、もしものことがあった時にスケープゴートとして私を差し出し、ダメージ・コントロールを行うつもりだったのだろう。

私は彼らに参加した。面白そうだったのだ。

それから私たちは、さまざまな手段で、他人のふところから金銭を奪った。一銭も払わずに食事をし、地元の私鉄のシステムの脆弱性《ぜいじやくせい》を突いて無賃乗車をした。詳細は明かさないでおく。手口を真似されると困るからだ。


他人のふところから奪った金は、私たちの校区から自転車で三十分ほど走ったところにある、国道一号線沿いのゲームセンターで、日曜日ごとに消尽された。私だけは自分の自転車で通っていたが、彼らはいつも違う自転車に乗ってあらわれた。

彼らがいつもプレイしていたのは『機動戦士ガンダム』の関連作品で、タイトルは定かでない。この文章を書いている現在では、ひとつひとつの筐体《きょうたい》が独立したポッドになっていて、プレイヤーがより没入できるタイプのものが盛んだ。しかし当時のゲームは、ふつうのミディタイプ筐体で動いているものだった。それは市街地や荒野のフィールドを舞台に戦う対戦ゲームで、同作品群の象徴である「モビルスーツ（人型のロボット）」をプレイヤーが操作するものだった。

いまでこそグラフィックはお笑いぐさになるようなものだが、当時はそれなりにきれいに見えたし、単純なポリゴンによって偶然に生まれた、幾何学的に理解しやすい地形が、戦いにすばらしい彩りを加えていた。

はじめてプレイするとき、私は『機動戦士ガンダム』を見ていなかったので、とりあえず目についた緑色の機体を選んだが、それは遠距離から味方への支援的な砲撃を行うタイプのものだった。しばらく遊んだが、やがて敵に近づいて戦う近接型や、精度は劣るものの多量の弾幕をばらまいて、クラウド・コントロールを行う中距離支援型などにも手を出した。

よくできたゲームだった。公式的な戦いのルールは三対三。互いに向かい合った計六台のミディタイプ筐体の前にプレイヤーが座るのだが、おなじ方向を向いているプレイヤー同士がチームを組み、互いに戦況を報告しながらことを運ぶ。私たちはちょうど六人いたので、誰もいないときにはゲームのまわりを占拠して遊んだが、たまにふらりとほかのプレイヤーがやってくると、誰かが話しかけ、一対一のゲームを成立させて遊んだりもした。

現実世界において信じられないような悪事を次々と働いているにもかかわらず、どういうわけか、彼らはゲームにおいてはフェアプレイを心がけていた。仲間内で束になって、一見《いちげん》の客を食い物にするようなところは、いちども見たことがない。

時折ほかの校区の、だいたいおなじくらいの年齢の少年たちのグループがあらわれて、私たちに勝負を挑むことがあった。そういうとき、新参の私はほかの者に席を譲り、うしろから戦いを観戦した。私たちのチームは、近接戦闘型二名と遠距離支援型一名の組み合わせだった。近接戦闘型に乗るのはチームのうち誰でもよかったが、遠距離支援型に乗るのはいつもおなじ、筋骨隆々のリーダー格の男だった。彼は三台並んだアップライト筐体のうち、真ん中に座り、つねに後方から戦場を俯瞰しつつ、ほかの二名に動きを指示した。

彼らの戦術の基本的な運用法はこうだ。東西南北の方向や、マップ内のオブジェクトの名前などが、リーダーによって叫ばれ、ほかの二名がそこに突っ込んでいく。相手のチームは、これは常套手段だが、そのうちの一名に対して、三名で襲いかかる。

襲いかかられた味方はすぐに防御的な動きに切り替え、その三名からの攻撃をいなしつづける。そのあいだに遠距離砲撃が相手の機体にダメージを蓄積させる。そうしていると、体力を失った相手方の連携にほころびができる。ダメージに耐えられずに集団から離れた敵を、もうひとりの近接乗りが追い詰めて仕留める。

もちろん真剣勝負なので負けることもあったが、ほとんどの戦いで勝利していたはずだ。彼らは戦いが終わると笑顔になり、筐体の反対側に座っている対戦相手のチームに声をかけた。あの動きは良かった、あれはミスだった、チームとしてこう動くべきだった。こういった意見の交換が行われ、プレイが再開された。この繰りかえしが何度かあり、ゲームが終わるのだった。

私自身はこのゲームに心から入り込むことはできなかった。ただ、彼らの戦いぶりを見るのは好きだった。優れた操縦の能力も見ていて楽しかったし、たとえば劣勢に追い込まれたときなどの、興奮とともに交わされる会話から感じられるチームの連携にも、快いものがあった。

対戦相手がいないとき、彼らはひとりひとり、それぞれのやり方で、私に操縦を教えてくれた。「ここでは引いたほうがいい」彼らのうちのひとりはそんな言い方をした。「あの機体のあの攻撃は、効果範囲は広いが、出し終えたあとの硬直が長い。そこを狙うんだ」

たしか練習のあとだったと思う。ゲームセンターの入り口近くにある自販機のそばでジュースを飲んでいると、リーダー格の男があらわれた。彼は飲み物を買い、それに口をつけてから、もうそろそろおまえも慣れてきたんじゃないか、と私に声をかけた。なんと答えたか覚えていないが、あまり肯定はしなかったように思う。たぶん私は気づいていたのだろう。私と彼らは、うまく説明できないが、根本から異なっていた。考え方や仕草以上に、内面に秘めているものの質が、まったく違うのだ。

私は意を決して、彼にひとつ質問をした。

なぜ、おまえたちは他人のものを奪うのか？

持っていないからだ、と彼は答えた。

おれたちはなにも持っていない。

それから彼はぽつぽつと話を始めた。

彼の言葉はじつに不明瞭で、なにが言いたいのかよくわからない時もあったが、私は飲み物を口にしながら、じっと耳を傾けた。

つまり彼らは、人間たちのなかから無作為に選ばれた、運命の奴隷だった。あるものの家は火事で消え、あるものの家庭には父親がいなかった。細かな事情は明らかにしないでおくが、要するに、彼らはこれ以上ないほど貧乏な親をもつ子供たちだった。

彼らの両親や血縁者はことごとく他人から奪われ続け、それによって彼ら自身も、間接的に奪われていた。この集団を貫いている信念――この社会では、他人から奪ってもよい、なぜなら自分たちも奪われたからだ――は、誰かが彼らに教えたわけではなかったが、彼らの人生そのものが彼らに教えたものだった。それだけに強固だった。

彼らが奪われたのは、いわば、さまざまな可能性だった。自転車に乗って、幼いころよりも遠くへ行く可能性。美容院へ行って髪型を整えてもらい、女の子と話す資格を得る可能性。充分な食事をし、スポーツに打ち込む可能性。塾へ行って勉強をしたり、習い事をして技術を身につける可能性。

彼らは、そういった可能性をひとつも持たなかった。

だから彼らは、ちょっとしたルール違反を誰にもばれないように行い、人並みの可能性のおこぼれを、他人からもらっていただけなのだ。

彼らは十代の半ばにして、すでに常人の世の理《ことわり》から追放された者たちだった。おそらく、彼らは『ドラゴンクエスト』も、『ファイナルファンタジー』も遊んだことがないのだろう。少なくとも、持ってはいないだろう。そうしようと思えば盗むことはできたはずだが、どうやってゲームの機械を手に入れたのか、親に咎《とが》められないはずがない。

そういうわけで、彼らは娯楽を家庭のなかではなく屋外に求め、当時すでに数を少なくしつつあった、ゲームセンター通いの中高生となったのだ。

私は彼の話を聞きながら、硝子張りの入り口の向こうに見える自分の自転車と、彼らがどこから盗んできた自転車を眺めていた。ある一台は私の自転車であり、それ以外は彼らの自転車ではなかった。私はやりきれない気分になった。彼が話し終えたあと、私はもうひとつ質問を重ねた——なぜ、おまえたちは勝負をする？

まったくおなじ答えが返ってきた。

持っていないからだ。

いまなら、こんな理由をつけることもできる。彼らが真剣に戦っていたのは、自分たちにとって唯一のものを、獲得しようとしていたからだ。アーケードの筐体を通じた他者との戦いのなかで、技術を磨きつづけ、ほかの何にも代えがたいもの——誇りを、得ようとしていたからだ。それは他人から奪うことのできないものであり、また他人が奪うこともできないものである。だからこそ、彼らは真剣に勝負をし、強くなることを一心に目指し、日曜日になるたびに、あのゲームセンターに通い続けていたのだ。

ただ、この考えには、私の願望が過分に含まれているように思う。仮にこの理由付けが正しかったとしても、この事実だけは変わらない——彼らが筐体に投入しつづけたコインは、彼らが他人から奪ったものなのだ。

つまり、たとえ彼らが誇りを獲得しようとも、それは彼らが他人から奪ったもののうえに成立することになる。

しかし、彼らはほかにどうすればいいというのだろう。

いまでもわからない。

その日以来、私は彼らと行動をともにしなくなった。ゲームセンターの入り口での会話のあとで、自分の自転車に乗って家路を行くとき、私はなんだか寂しい気持ちだった。彼らの境遇は、本のなかでもディスプレイ越しでもない、なまの現実で私がはじめて目撃した不条理であり、幼年期を抜けたばかりの少年には、いささか厳しすぎたのだ。

私は自宅に戻り、コンピュータの電源を入れて、ノンに今日あったことを話した。

彼はこんなふうに答えた。

「おれたちも親が金持ちじゃなきゃ、こんな暮らしはできてないさ。まあ、脛《すね》はかじれるだけかじっておくのが正解だよ。骨になるまでしゃぶりつくしてやればいいんだ」

そうかもしれないな、と私は思った。

私は親の脛を骨までしゃぶりつくすことに決め、ますます「Wolfenstein」に没頭した。そのころになると、もはやあのオアシスの街だけではなく、ドイツ軍が建造したレイルウェイ・アーティレリーや、浜辺に建設された砲台基地、どこかの街の銀行といったテーマのステージをすみずみまで把握していた。私の心のうちには、真剣な顔でミディタイプ筐体のレバーを握り、ボタンを叩いていた彼らの姿が、何度も現れた。

持っていないというのは、私にしてもそうなのだ。

私は自分が誇れるようなものなど、なにひとつ持っていない。


だから「Wolfenstein：Enemy Territory」において、公式戦ルールに則《のっと》って戦いを行うチームの門を私が叩いたのは、夜とおなじ物質でできた彼らの影響なのだろう。

二〇〇五年のことだ。ゲームが生まれた欧州から遠く離れた島国のコミュニティのなかでも、腕に覚えのある者たちが固定されたルールのなかで戦う文化が、醸成されつつあった。

さまざまな対戦形式が考案されたが、六対六が公式のものとして採用されていた。これは誰かが号令をかけたわけではなく、どうやらこの形式がいちばん面白いようだからという、自然な合意によって生まれたルールだった。

パブリックサーバー（自由参加型サーバー）のなかで、チームに所属している者によるヘッドハンティングが行われ、コミュニティによる自主的なポータルサイトの製作が完了し、ゲームに参加する者の数はますます増えていた。

私が入隊したのは、アトローシャス・ゲーミングという名前のチームだった。識別コードはATR。はじめて同チームのボイスチャットに入室したとき、じつに落ち着いた、静かな雰囲気だったことを覚えている。みんな私よりもかなり年上で、大学生や、仕事をしている者までいた。そういうわけで、私は自分の年齢を詐称し、十四歳と言うべきところを、十六歳だと言った。舐められると思ったのだ。

はじめての公式戦ルールでの戦いは散々なものだった。私は自分がなにをやっているのか、まったくわかっていなかった。

このゲームにはプレイの内容を見返すための録画機能がついていた。だから私たちは試合を終えたあと、みんなで私のプレイを見た。ほとんど数え切れないほどの問題点を辛抱強く指摘してくれたのはミルクというプレイヤーで、チームのリーダーをつとめていた。

ずっとあとになってわかったことだが、このとき彼はすでに二十五歳であり、神奈川の実家で株を動かしながら、不労所得で食っていた。

彼はいくつかの試合における私の動きを見ているうち、こんなことを言った。

「ロールくん、もしかして、パソコンのスペックが低いんじゃないか？」

「スペック？」

「コンソールにこのコマンドを打ち込んでみてくれ」

彼はＩＲＣのチャットルームに、英字のコマンドを掲示した。

/r_drawfps 1

私は言われるがままにゲームのコンソールを立ち上げ、その値を入力した。画面の左部に、さかんに変動をつづける二桁の数字があらわれた。

「だいたいどれくらいの数だ？」

「20くらいかな」

「20！」と彼は叫んだ。「20だって！　そりゃあ、駄目だ！　アニメを見てるわけじゃないんだぞ、おれたちは！」


そういうわけで私は、ミルクの言うコンピュータの部品を買うために、ある電気街へと向かった。彼によれば、私が参照した20という数は、フレーム・パー・セカンド——一秒間に何枚の絵を描画できているかを表す数値だった。20ということは、一秒間に二十枚の画像が表示されていたわけだ。

アニメを見ているわけじゃないんだぞ、というミルクの発言はじつに的確なものだ。アニメーションは非インタラクティヴなメディアなので、連続させる画像が二十枚程度であっても問題はないが、マウスの操作にあわせてダイナミックに画像が変化する一人称視点においては、より高いフレーム・パー・セカンドを確保することが、より滑らかなプレイには欠かせない。

あのゲームはリアルタイム・レンダリングだったから、フレーム・パー・セカンドを向上させるためには、グラフィックボードという描画専用のパーツを購入して、コンピュータに搭載することが必要だった。

地下鉄の構造体から出るために階段を上り、地上に出た。そこはどこにでもあるような、商店の前の歩道にえんえんとひさしが突き出ているアーケードだったが、並んでいる店の業種は、見慣れないものばかりだった。

ある店はクリスタルや抵抗、コンデンサーといった電子部品を売り、ある店はトランシーバー専門、またある店はカラオケ器機専門といったふうに、店ごとに売られているものが細かく分かれていた。また、露店も出ていた。それも、信じられないほどたくさん。私が目を奪われたのは、どちらかというとその景色、いまでは法律が変わったために一掃された露店の並びだった。

すべての露店のオーナーは個別の人種であり、売られている商品は雑多なものばかりだった。タガログ語の文字が表面に印刷されたWindows XPのインストールディスク、なんの用途なのか見当もつかないUSB1．0端子が付いたデヴァイス、十八歳未満はプレイしてはいけないことになっているセクシュアルなゲームの海賊版ディスク、この街に訪れる客の筋を完全に読み違えているとしか思えない模造宝石のアクセサリー、おなじく品揃えだけはやたらと豊富なコピーブランドのサングラス、刊行年月はばらばらだがそれだけに目を引く「週刊少年ジャンプ」の山、誰が握ったのかもわからないおにぎり。

平日の昼であるにもかかわらず人通りは多かった。というよりも、露店が歩道を圧迫しているために、人々は渋滞しながら歩くしか方法がなかった。歩道を歩いている人々はじつにおとなしく、ぶつかればごめんなさいと言った。私とおなじくらいの年齢のものは、ひとりもいなかった。

やっとのことで、大通りが交差点に差しかかった。脇に入る道は車があまり通らないので、私はそちらに逃れて一息ついた。そして通りの突き当たりにあるものを見て、腰が抜けそうになった。天を突くようなビルディングに、壁面いっぱいを覆い隠すほど巨大な看板がかかっていた。その看板には、こちらに向かって、「このビルに入って楽しい楽しい二次元に参加しませんか」と誘いかけるように手を広げた、かわいい半裸の女の子が描かれていた。

私は本来の目的も忘れてふらふらとそのビルに吸い込まれてゆき、そこで売られている書籍群に圧倒され、がくがくと震えるばかりで言うことをきかなくなった腰を押さえつけながら退店した。ライトノベルどころの話ではなかった。中身を引用してみようかと思ったが、やめておこう。早川書房から出していいような部分がどこにもない。

当時のこの街の商店はまだ、なにも知らない十代の少年が入ってくることを想定していなかったのだ。「十八歳未満立ち入り禁止」の暖簾《のれん》もかかっていなかったし、路傍に全裸の女性が描かれた看板がいくつも立ててあった。

この街は、天下に聞こえ高い関西随一の電気街、日本橋であり、私はそこに迷い込んだ尻の青い少年だったのだ。

あの街に立っていたすべての淫売少女が、私たちのコンピュータ、あるいは日本のどこかにある誰かのコンピュータに電気が通っていなければ存在できないという意味だけでも、電気街という愛称は、理に適《かな》っている。ただ、もちろんだが、電気街というからには、あらゆる電子部品が手に入るのだった。当然、そこかしこに点在しているパーツショップには、コンピュータの部品も山ほど売っていた。

当時のグラフィックボードのラインは５０００番台。マザーボードとの適応規格は、ＡＧＰないしはＰＣＩである。

私はどこかの店の、ぼさぼさの髪で眼鏡をかけた店員に声をかけ、NVIDIAの５０００番台が欲しいと伝えた。

「２００から８００まであるけど」と彼は言った。

「一万円で買えるもののなかで一番良いやつがいいです」と私は言った。

彼は下卑《げび》た笑みを浮かべた。

「それなら２００だな。ＡＧＰとＰＣＩ、どっちだ？」

高圧的な声色だった。こちらが子供だと思って、舐めているのだ。

私は店員の態度にむっとして、相手の目をじっと見つめたあと、断言した。

「ＰＣＩだ。はやく持ってこい、バーカ」

私は会計を済ませ、それからべつの店に入った。

そこで私は電子化されたいろいろな女の子たちを買った。

すてきな思い出である。


たくさんの荷物を抱えて自宅に戻ったあと、コンピュータのケースの背中を留めているネジを外して内臓を露わにし、あらかじめインターネットで調べておいた手順通りに、グラフィックボードを差し込んだ。「ファミコンみたいなものだよ」とミルクは言っていたが、確かにその通りだった。マザーボードにいくつかソケットが並んでおり、そこにボードを差し込むだけだ。

ケースを元通りにしたあと電源を入れ、付属のディスクを読ませてドライバをインストールすると、私がこれから人生で何度も目にすることになる、緑色を基調とした瞳のアイコンが浮かびあがり、私のコンピュータに５２００が搭載されたことを告げた。

ゲームを起動してフレーム・パー・セカンドを確認すると、数値は60ほどに上がっていた。映像もたいへん滑らかで、私の操作によく追従した。はっきり言って、いままでどうしてあんな環境でゲームができていたのか、わからなくなるくらいだった。一試合を通じての小銃の命中率は20パーセント後半から30パーセント前半にまで伸び、やればやるだけ成績は良くなった。

いっぽう、私の義務教育の成績は、ゲームの成績に反比例して下がっていった。当然だ。三年生になるころには、もうほとんど学校に行かなくなっていたのだから。

また、私に与えられたのは、ゲームだけではなかった。インターネットの細いケーブルを通じてやってくる、人々の夜毎の思索と、心をこめて行われる作業の果てに生まれた作品は、喜びや悲しみといった基本的な情操から、真実、定理、愛などの高次の概念を私に教えた。こうして私は世界の豊かさに魅了されはじめ、誰の意見にも、あまり真剣に耳を傾けることがなくなってしまった。

だから私はこんな小説を書いている。

ゼロ年代のインターネットに呪いあれ。


とはいえ、当時の私はまったくの幸福者だった。好きなだけ戦いに身を投じて自分の技術を磨き、愚にもつかない文章を書き、心ゆくまでさまざまな作品に触れた。

とても楽しい日々だった。

LCDから視線を外すことはほとんどなかったが、さすがに疲れてくると、財布だけを持って散歩に出た。そういうときはたいてい夜中の三時か四時くらいで、夜のとばりが生まれ育った街のたいくつな細部を覆い隠し、街灯が家々に興味深い色合いを与えていた。

散歩をするとき、名前だけは知っているが訪れたことのない街区へ行くことを、いつも心がけた。歩き続けるうちに、ゲームのなかで試していなかった動きや、鑑賞したばかりの作品についてのあてもない考え、あるいは書きかけの小説の展開などが、つぎつぎと浮かんできた。楽しくて楽しくてたまらなかった。世界は希望に満ちていた。だから私は街並みや地形に関心を持つことなく歩きまわり、ただ方向だけは覚えておいて、空が白みはじめるころに家のほうへ戻ることにしていた。

一度だけこの決まりを破ったことがある。私が住んでいたのは北河内——大阪と京都のあいだ、淀川左岸沿いにえんえんと続くベッドタウンのひとつだったのだが、そのあたりはもともと低い山ばかりで、街道沿いにあたる川岸近くの宿場町のほかは、昭和に入ってから開発が進められたようなところだ。したがって坂道が多く、でたらめに散歩をしていると、思いのほか高いところに上っていくこともある。

私はどこかの住宅街のなかにある高い丘の上にいた。そこからは市街が一望できた。私は自動販売機で飲み物を買い、朝日がのぼるのを待った。やがて街の空のいちばん遠いところから陽がのぼり、朱色から黒までのコントラストを街中に投げかけた。美しい光景だったはずだが、私はぼうっとしたまま、こんなことを考えていた——もしもこの街が「Wolfenstein」のマップになるなら、どんなふうだろうな。

そのあと、私はかつて私の恋人だったひとつ年上の女の子の、大きな家のところまで行き、彼女といろいろなことをした部屋の窓を遠くから眺めた。彼女と私が恋人でなくなってから、数ヶ月が過ぎていた。

その女の子とは、二年生になったばかりのころに知り合った。なぜなのかはまったくわからないが、ある日とつぜん彼女は私に、恋人になってほしいと言ってくれたのだ。じつのところ、私にはほかに好きな子がいたのだが、その子の長い黒髪は手入れが行き届いていたし、よく見るとかわいい顔をしていたので、よろこんで受け入れた。

あの早朝の光のなかで彼女の部屋を見つめながら私が考えていたのは、彼女の気持ちではなく、ふだんは中学校の制服のなかに注意深くしまいこまれている肉体の特徴だった。彼女の乳房は、まったく十五歳とは思えないほど豊かだった。私はその奇跡を目の当たりにして、喜んだり混乱したりした。

ふと胸が締めつけられるような感じを覚えたが、それは彼女の性格や、控えめな微笑みのことを思い浮かべたからではなく、もともと所有してもいなかった女性の肉体への郷愁によった。救いがたいが、十五歳の少年の話だから、情状酌量の余地はあるだろう。

私なら有罪にするが。

ノベルゲームの話だ。

私が日本橋の電気街で出会った電子的な少女たちとは、具体的には、ノベルゲームである。じつのところ、アダルトビデオには、あまり興味がなかった。出演している女性たちが、みんな年上すぎたのだ。

当時のノベルゲーム——ギャルゲー、エロゲーなど、呼び方はいろいろある——には、なんとも形容しがたい、ある時代の小劇場における演劇を彷彿《ほうふつ》とさせるような、悪魔的な勢いがあった。

どうしてそんなことになったのかはわからない。ただ、金を稼ぐためというよりは、自分たちの心のなかにだけ存在している美しい女の子を現世に顕現させるためだけに、それぞれの企業あるいは同人グループが、競ってさまざまな作品を作りつづけていた。そして私も、彼らとおなじように、画面のなかにだけ存在している電子的な女の子たちに恋をした。

美しい少女たちがかつて生きた証《あかし》を、現世にすこしでも長く留めるために、いくつかのすぐれた作品のタイトルを挙げておく。

『最果てのイマ』、『CROSS†CHANNEL』、『さよならを教えて』、『車輪の国、向日葵の少女』、『マブラヴ』、『BALDR FORCE』、『Narcissu』、『沙耶の唄』、『シンフォニック＝レイン』。

さて、こういった女の子たちとの無数の恋のために、私は十四歳にしてはたいへんな量の性的知識を獲得することになった。

そして、ひとつ年上の私の恋人はまったくなにひとつ、性的知識を持っていなかった。玉のように育てられた子なのだ。

そういうわけで、私は境界を侵犯し、それをきっかけにして私たちの関係は終わった。

それでよかったのかもしれない。私は彼女よりもゲームのほうに、彼女がいる世界ではなくべつの世界のほうに、夢中になっていったのだから。フレーム・パー・セカンドの話なんて、彼女にはわけがわからなかっただろう。

いま、私は中学生のころから使っているメールのアカウントに入り、十二年前の日付になっている彼女からのメールをすべて読んだ。役に立つような情報はひとつもなかった。この電子的な会話から読み取れるのは、現実に起きた出来事に注釈を加えようとする、十代の感情の流れのみだ。はじめてのやりとりは二年生の夏休み。学校で会えないので、メールを始めたのだろう。

それから一年近く会話が続き、境界が侵犯されてから数ヶ月、空白が続く。この空白のあいだ、私はずっとコンピュータに向かっていたのだろう。

ただ、私の中学校卒業を間近に控えた春先、彼女はもういちど連絡をくれている。たいした内容ではない。ただ、私の健康を心配してくれていた。おそらく、高等学校での生活に馴染めなかったのだろう。

彼女からのこの誘いを、十五歳になった私は了承している。

このあとはよく覚えている。彼女の大きな家の近くにある喫茶店で会った。その店には、硝子張りの温室のようなテラスが母屋から日向にむかって突き出ている部分があり、私たちはそこに設《しつら》えられた席に向かいあって座った。

私たちはお互いの姿を認めるのにさえ苦労した。春先らしい、ほとんど雲のない陽気で、私たちの身体の輪郭は瞳の中の残光によってぼやけていた。小さなテーブルを挟んだすぐ向こうにいるはずなのに、彼女の存在には、どこか現実味が欠けていた。

たぶんそのせいで、私はいまでも彼女の顔を思い出すことができないのだ。生まれてはじめて自分の顔との距離をゼロにしたことがある顔だというのに。

覚えている限り、私たちは、まったく他愛のない会話をした。

離れているあいだお互いのことをどう思っていたとか、そういう真剣な話は、しなかった。

今日、なにを食べたとか、きのうどんな夢を見たとか、そんな話をした。

そして、どこかの時点で雲があらわれて太陽を遮《さえぎ》り、その瞬間だけは彼女の姿をしっかりと見ることができた。かつて手入れが行き届き、腰元まであった美しい黒髪は、肩口のところで切り落とされていた。そのために、形が似ているというわけではないのだが、どことなく梟《ふくろう》を思い起こさせる彼女の瞳がはっきりと見えた。

「髪を切ったんだな」

「そう」

「長いほうが似合っていたのに」

私は子供だった。だからこんなことを言ったのだ。

やがて太陽があらわれ、私たちの身体の輪郭をまたしても不確かなものにした。私たちの物理的な距離は変動していなかったが、どうも言葉にしにくい、電子的な距離とでも言うべきものが、無限に離れたように感じられた。その瞬間に離れたのか、それとも、もうずっと離れたままだったのかは定かではなかった。

そして私たちは永遠に別れた。

……。

………。


いまでも、折りにふれて、彼女の瞳を思い出す。

梟の瞳を思い出す。

雨戸ががたがた言う。嵐が来ているのだ。

私には知り得ないべつの世界からの声が聞こえる。

「えっ、私の話、これで終わり？」

「うむ」と私は答える。「話しかけないでくれ。集中してるんだ」

「ちょっと、それってあんまりじゃない？　私のこと、幸せにしてくれるって、言ったわよね」

「黙れ」私はがたがたと震える。「殺すぞ」

誰かがため息をつくのが聞こえる。

「わかった。でも、また忘れたら、許さないからね」

「ああ。おまえは、おれが救ってやる。始末をつけてやる。だから、邪魔をするな――この小説を書き終えるまで、おれもおまえも、ここから出られないんだぞ！」


雨が降りはじめたので、私は雨戸をぴったりと閉めて、四畳半の一間に横になる。しかし、身体の震えが止まらなくて、眠れない。雷が落ちはじめたら、もうおしまいだろう。それで、もういちどＬＣＤに向かうことになる。

そして続きを書く。こんなふうに。

「Wolfenstein：Enemy Territory」第一回極東杯の開催がコミュニティのポータルサイトにて告知され、私が所属していたチームを含む、当時活動していた十二チームが参加を表明した。

大会開催の報を受け、私のチーム、ATRは、日々の練習試合に加えて、自分たちのプレイの録画を鑑賞する会をもうけた。私は毎夜のごとくボイスチャットに入室して試合をし、それからチームメイトのプレイを鑑賞し、問題点や改善案について議論した。

まるでプロフェッショナルだ。もちろん当時にはesportsという言葉はなかったし、プレイをするだけで金がもらえるなんて話は、誰も想像すらしていなかった。海外にそういう動きがあることは知っていたが、あまり興味のある者はいなかった。ただ私たちは、勝つために、またそれ以上に楽しむために、私財と時間を投じた。

「Wolfenstein」の公式戦ルールはこうだ。枢軸国側と連合国側にチームが分かれて勝負をし、各マップに設定された目標――金塊の奪取、軍事施設の爆破など――を片方のチームが試み、もう片方が阻止する。

ここまではパブリック・サーバーとおなじだが、公式戦ルールには、ストップウォッチという概念が組み込まれている。

これは、ワンセットごとに先攻と後攻を入れ替えるものだ。先攻のチームが目標を攻め落とした時間にストップウォッチが押される。攻守が入れ替わり、つぎのセットの開始と同時に、ストップウォッチのボタンが押され、試合終了までのカウントダウンが始まる。

先攻のチームがセットした時間よりも早く、後攻のチームが目標を攻め落とせば、後攻がマップの勝利を得る。この形式でふたつのマップを先取したほうが、試合の勝利者となる。そういうわけで、攻める側は一秒でも早く攻め落とすことを、守る側は一秒でも長く防衛することを狙う。

私が魅了されたのは、このルールだった。「Wolfenstein」の本質は、敵の頭をうまく撃ち抜くことではない。一秒でも早く、あるいは長く戦うことにあるのだ。

一人称視点の構造そのものが内包する視野狭窄《きょうさく》のなかで、プレイヤーは絶えず状況判断を行い、そのときに打つべき最適解を模索しつつ敵を倒す。あるいは、もしもそうすることが時間の無駄であれば、敵を倒さない。

敵を倒さないことが、より高次の戦略的発想であるところが、実にいい。

これはリアルタイムで進行していく非常に身体的なスポーツであると同時に、刻々と状況が変化していくマインド・ゲームでもあるのだ。

こんな言い方ができるかもしれない。「Wolfenstein」にもっとも近いのは、アメリカン・フットボールだ。あのスポーツにおいて、相手方にタックルを行うのは、それ自体が目的ではなく、ボールをより遠くへと運ぶためである。また、さまざまな制約があり、ファウルが起これば、プレイヤーたちは審判の指示に従ってプレイを中断し、しかるべき場所からプレイを再開する。

アメリカン・フットボールとこのゲームが根本的に異なっているのは、プレイヤーの身体が、電子的であること——私たちの存在が、クライアントからサーバーに送信されていく一連の入力コマンドの群れでしかないところだ。すると、何が可能になるか？　審判がファウルの笛を吹くたびに、プレイヤーたちがしかるべき場所に瞬時にテレポートし、待ち時間なしで継続的にプレイを続行できる。

この待ち時間の省略は戦場に圧倒的なまでのダイナミズムをもたらし、情報過密となったプレイヤーの意識を、一種の恍惚《ハレーション》状態へと導く。

そんなとき、私たちはプレイを続ける機械となり、それぞれの実存を完全に失う。自分がどういった人間であったのか、自分がどこから来てどこへ行くのか。そんな些細なことは意識から消え去ってしまい、ただ目の前に展開していく一人称視点の視界が、自身の物理的身体の感覚と完全に結合する。プレイを続ける私たちはひとつのことしか心中にない——「一秒、一秒、一秒！一秒でも早く／長く！」。ボイスチャットに敵の位置を報告しつづけ、どのタイミングで敵陣に踏み込むのか指示を出し、撤退の声を聞くなり前線を一気に下げ、あるいは上げる。いままで何度も反復してきた戦術上の定石を打ち、そのあいまに電撃的に確信した異質な手を挟み、小銃を撃ち、グレネードを投げ、戦場を駆け回りつづける。

私はもはや、ゲームが第二次世界大戦をテーマにしていることなど、完全に忘れていた。つまり、フィクションは、どうでもよかった。ただ私が熱中したのは、ゲームシステムであった。トンプソンやMP40という言葉の響きではなく、それらの武器がこのゲームのなかで保持している性能、枢軸国や連合国ではなく、守り側と攻め側というルールのうえでの機能、仲間を救護する者という意味ではなく、敵を亡者のように蘇らせるという意味でのメディックという言葉。そういったすべてのことが私を魅了した。

第一回極東杯の私たちの戦績は一勝一敗で、トーナメントを抜けることすらできなかったが、本大会が私に与えたものは、勝利の名誉と充分に比することができるほどの、ゲームプレイの快楽であった。

私たちの成績が確定したとき、「おつかれさん!」とリーダーのミルクが言った。その後、数名がボイスチャットから退室した。部屋に居残った者たちは、それぞれに好きなことをやろうとしていた。

そこで私は言った。

「今日は録画は見ないのか?」


そのあたりのどこかで母親が私の部屋にやってきて、あまりの散らかり具合にため息をつき、すこし強めの口調で、私に向かってこんなことを言った。

「明日から高校でしょう。準備をしなさい」

私は驚き、なにも答えられなかった。

高校?

コンピュータのカレンダーを見ると、すでに三月が終わろうとしていた。私はあわてて立ち上がり、明日の入学式のための準備をはじめようとしたが、どこから手をつけていいのかまったくわからなかった。鏡を見ると、ひどくやつれた、獣のような目つきでこちらをじっと見つめている男がいた。私は顔を洗い、髭を剃り、仕立ててからずっと放置していた高等学校の制服を発掘し、ためしに袖を通してみた。リビングにいた両親と弟に具合を確かめてもらったが、悪くないようだった。母親は微笑み、「大きくなったわねえ！」と私の肩をぽんぽんと叩き、抱きしめてくれた。私はびっくりして何も言えなかったが、彼女の背に手を回し、さすってやった。

「ゲームばっかりしてないで、しっかり勉強するのよ！」

「わかったよ」と、私は嘘をついた。

彼女は私から身体を離し、「この制服、ネクタイはあるの？」と言った。

「これなんだけど、結び方がわからないんだ」

「貸してみなさい」

それから彼女は私のネクタイを結ぼうとしたが、どうもうまくいかなかった。父親が笑いながら私の背後に立ち、うしろから手を回して、結び方を教えてくれた。「昔はお父さんのを結んであげてたんだけどねえ」と母親は笑いながら言い、弟が「新婚のころ？　それはいいなあ」と笑いながら言った。

「これでよし。覚えておいて損はないだろう」と父親が言った。

「かっこよくなったわね」と母親が言った。

「うむ」と私は答えた。

これが、私が母親にしてやれた最後の孝行になる。

その高等学校は学舎というよりも獄舎に近く、生徒たちの罪状は、義務教育をまじめにやらなかったことである。

　この高等学校は電気通信技術を学ぶという崇高な理念のもとに運営されており、カリキュラムが記されたパンフレットには、さまざまなアイ・キャンディーが載っていた。多様なプログラミング言語の習得、ハードウェアの物理的構築、電気通信に必要なコミュニケーション技術の習得、などなどだ。私はそういった授業を楽しみにしていたが、いつまで経っても普通科のような授業しかやらないので、すぐに興味を失った。入学して数ヶ月も経つころには、窓際の席でフェンス越しの空を眺めながら、自分が無慈悲な罠に掛かってしまったことを痛感した。

　女の子に声をかけようにも、できなかった。勇気がなかったという話ではない。入学してはじめて気づいたが、そこは事実上の男子校だった。普通科のほうには数人ほど女の子がいるらしいと噂には聞いたが、電気通信科にはただひとりもいなかった。まあ、わからなくもない話だ。抵抗やコンデンサーのしくみを勉強したい十代の女の子が、そんなにたくさんいるとも思えない。

そういうわけで、私はある計画を思いつき、すぐさま実行に移した。

カフカは生前には日の目を見なかった兼業作家であるが、その執筆スケジュールは、職業作家に勝るとも劣らない厳密さに貫かれている。朝から午後にかけて勤めに出たのち、帰宅してすぐに就寝。夕食どきに目覚めたのち、夜遅くまで執筆。それからもういちど仮眠を取り、そのあと勤めに出かける。つまり、彼は人並みの生活を維持するために必要だった昼の仕事をこなしながら、いちばん集中できる夜の時間に書くため、一日に二度の分断した睡眠をとっていた。

私がプレイしていたゲームに人が集まりはじめるのは午後十時ごろだったので、私もこの方式をまねて生活することにした。カフカ式睡眠法とでも呼べそうな生活習慣は、夏休みに入るまでのたった三ヶ月のうちに、いま見ているものが夢なのか現《うつつ》なのかまったくわからなくなるような状態にまで、私を追い込んだ。

主な症状は、激しい胸焼け、胃痛、頭痛、腰痛、肩こりなどである。

夢か現かまったくわからないというのは、健康どころか身の周りにまで、奇妙な兆候が現れはじめていたからだ。経緯は忘れたが、私がプレイしていたあの二次大戦のゲーム、「Wolfenstein : Enemy Territory」が、私のクラスで流行《はや》りはじめた。親和性はあったのかもしれない。電気通信に興味を持つものが集まっていたのは確かだから、クラスのほぼ全員が、自宅に自前のコンピュータを持っていた。どこかで誰かにゲームの存在を話したのだろう。入学して数週間ののちには、夜になるたびに、クラスメイトとパブリック・サーバーで待ち合わせ、ともにゲームを楽しんだ。同志は数名から、十数名はいたはずだ。

そのあたりのどこかで、自前のサーバーを建てて様々なプログラムをホストすることを趣味にしていた、トルーマンというスクリーンネームをもつクラスメイトが、このゲームのデディケーテッド・サーバーを構築した。始めのうちはどこにでもあるパブリック・サーバーとおなじような設定だったが、彼は次第に飽き足らなくなり、ほとんどすべてのパブリック・サーバーが忌避していた、亜流のモディフィケーションを施すことを考えはじめた。

標準仕様のゲームにおいては、あらゆる操作がスムーズで、じつに快適かつ公正に戦いを楽しむことができる。しかしトルーマンが考えていたPUBと呼ばれるツールは、ゲームの根幹部分に大規模な改修を加えるものであり、つつがなくインストールが済みさえすれば、管理者権限を持つ者が任意の数字をすこし変更するだけで、二次大戦の兵士が空中でジャンプしたり、重力が四分の一になったり、パンツァーファウスト（ドイツ軍の歩兵用対戦車兵器）の砲弾が卑猥な形の射線を描きながら宙を飛んでいったりするようになる。

ある日の放課後のこと、トルーマンは私たちをファミリーレストランに呼び出し、PUBについて語った。

PUBが導入されているサーバーは日本にひとつもなかったが、その理由は言語の壁によるところが大きかった。外国語の文章を手がかりに、難解なインストール手順を踏んで得られるものが、単なるお祭り騒ぎの会場でしかないとなれば、そんな労を取る者が国内にいないのも当然のことだった。ただ私たちは、やると言っておきながらいつまでも電気通信の授業を始めようとしない詐欺師たちの高等学校に嫌気がさした、時間をもてあましている落ちこぼれだった。そういうわけで私たちはトルーマンに協力することにし、PUBに関する文献を収集し、黎明期のYouTubeにアップロードされていた海外のPUBサーバーの動画などを観察した。

PUBのインストール手順が記された英語の文章をなんとかして翻訳し、IRCを経由してトルーマンに送信した夜のことはよく覚えている。翌日、彼は学校を休んだ。私たちは期待に胸を躍らせながら帰宅し、コンピュータの前に座り、IRCで交信しながら、トルーマンが求めている情報をインターネット上で探したり、助けになると思われる文章を交換したりした。そしてゲーム内のサーバーブラウザに国内初のPUBデディケーテッド・サーバーの名前が表示されたその瞬間、関西のどこかにあるそれぞれの住居から、十数名の高校生が一気に接続を試みた。

彼らのコンピュータの画面に表示されたのは、わけのわからないマップのなかでわけのわからない武器を持って暴れ回る、戯画化された二次大戦の兵士たちだった。テスト・ランがそのまま初日の運営日となり、数時間の後には、PUBサーバーの物珍しさに惹かれたクラスメイト以外のプレイヤーたちが空席を埋めた。

翌日、私を含めてクラスメイトのほぼ半数が学校を休んだが、彼ら全員の自宅に、担任からの電話がかかってきた。

「学級崩壊になってしまうから、明日は学校に来なさい」

そういうわけで私たちは自前のパブリック・サーバーを手に入れてご機嫌だったが、トルーマン自身はいつしか休みがちになり、三日に一度学校に来れば良いほうだと言われるまでになった。IRCで彼と交信している者はみな知っていたが、彼はいま、ゲームに搭載されているボイス入りのコマンドチャットのモディフィケーション作業を進めているのだった。彼と仲の良い学生が数名呼び出され、私も職員室に向かったが、彼のことをしきりに心配する担任に、「やつはいま、僕たちのために身を粉にして、とある作業を行っているんです」と明かしてみた。担任はなにかを考え込むような顔をしていたが、その作業が終わればまた学校に来るはずだと私が進言すると、わかった、と頷いて解放してくれた。

それから半月ほどが経ったころ、IRCを通じて、パブリック・サーバーにボイス入りのコマンドチャットを導入した、という旨が通達された。私たちはサーバーに接続し、ゲームが奇妙なファイルをダウンロードしはじめるのを見た。マップがロードされたのち、任意のキイを押すと、その当時にインターネット上で流行っていた様々なスラングやミームやムーブメントを表す音声のリストが表示された。同時に最大接続数が拡張され、64という国内唯一の輝かしい数字がサーバーリストに表示された。久しぶりにトルーマンが登校したとき、私たちは放課後に彼を近所のファミリーレストランに引きずり込み、ほとんどすべてのメニューを注文して彼の前に運ばせた。

そんなことがあったから、夏休みが近づいたころの体育の時間、トルーマンがグラウンドに膝をついて胸を押さえたときには、全員が騒然とした。私はすぐ近くにいたので、彼の背中をさすりながらどうしたのか聞いたのだが、彼はじつに苦しそうな声で、「息ができない」と言った。私は教師のもとに走り、すぐに救急車が呼ばれ、トルーマンは担架に乗せられて運ばれていった。その日の終業時に担任がみなの注目を集め、トルーマンの容態について説明した。

「肺に穴が開いたそうだ」と担任は言った。「戻ってくるにはしばらくかかる」

もちろんトルーマン自身のことも心配だったが、それよりも気になったのは、彼が走らせているサーバーだった。彼が不在の間にもコンピュータは動き続けているらしく、サーバーリストにはトルーマンのサーバーがずっと表示されていた。それでも、落雷や保護者の乱入によってサーバーの電源がいつ落ちるとも知れなかった。そこで私はトルーマンが倒れた数日後に担任の先生にかけあって、彼が入院している病院に見舞いに行きたい、と伝えた。

担任はなかなか心の広い人だった。病院とトルーマンの保護者にかけあって面会の許可を取りつけてくれたうえに、自分の車まで出してくれた。私は彼の運転する車に乗り、阪神高速十二号線を経由して大阪市内に入った。

トルーマンが入院している大阪中央病院は信じられないほど巨大かつ清潔な建物で、どこかの高級ホテルと見紛《みまが》うほどだった。私は担任のあとについてエレベーターで八階まで上り、トルーマンの病室に入った。物腰の柔らかな、おそらく母親と思われる女性に挨拶をしたあと、私はベッドのそばに立って、彼に手を振った。彼は口をすべて覆うようなプラスチックのマスクをつけていて、そこから伸びたチューブは何らかの医療機器に繋がっていた。おそらく酸素を補給するのだろう。トルーマンは目だけで笑って、私に手のひらを見せて挨拶をし、それから自分のマスクを指さして、まいったよ、というような仕草をした。それで私も微笑んだ。

それからトルーマンは彼の母親に向かって手をふり、空中でピアノを弾くみたいに両手の指を動かした。母親は頷き、どこかから分厚いラップトップを持ってきて、トルーマンのベッドに備えつけられたテーブルの上に置いた。トルーマンは何事かをタイプし、その画面を私に見せた。テキストエディタのなかに、一行の文章が表示されていた。

こんな姿になるとはな。おれがコンピュータになったみたいだ。電源に繋がれてる

私は笑い、ラップトップのキイを叩いて、筆談をはじめた。しばらくのあいだ、病室には私たちのタイプ音と、私の笑い声だけが響いた。

ここはネットには繋がるのか?

いや、だめだ。WiFiも飛んでない

お気の毒に。ところで、おまえのサーバー、あれはどうする?

ファイルセーフはかけてあるし、両親には触らないように言ってある　いつも午前四時にリブートが掛かるようにしてあるが、もしもサーバーリストに載らなくなったりしたら、いつものＤＮＳで接続できるはずだとみんなに伝えてくれ　ハートビートの調子がおかしかったんだ　それだけが心配だった　ＤＮＳ配信会社側の障害だとは思う　もしもＤＮＳも駄目になったら、ＩＲＣからＩＰを抽出して接続すればいい　ＩＰは固定してある

わかった　サーバーリストに載らなければＤＮＳ直打ち、それでもだめならＩＰ直打ちだなブログかなにかでユーザーたちに共有しておこうと思うが、もしもそういう事態になったときは、ＩＰをネット上に公表することになる　それでもいいか？

こちとら中坊のころからサーバー管理者やってるんだ　サーバー用の回線は別口で引いてあるから、事実上のスタンドアロンだよ　のぞき趣味でもないかぎり、入られることなんてないさ　まあ、ほかのサーバー・マシンに入られるかもしれないがね　プライベートなマシンには絶対にたどり着けないよ

それを聞いて安心したよ

だが、おまえには教えておいてもいいかもしれない　あのサーバーのパスワードは********

管理者は administrator で入れる

この会話の三日後、朝礼の壇上で、担任がひとつ咳払いをした。もちろん誰ひとりとして彼の話を聞こうとする生徒はいなかった。しかし、彼はたった一言で教室の空気を変えた。

「よく聞きなさい。昨日の夜、トルーマンが亡くなった」

そういうわけで、私が人生ではじめて出席した葬式は、トルーマンのものということになる。葬儀に出る際のマナーを両親から教わり、学生服を着て会場に出かけた。親御さんが出席者に向かって礼を述べ、なにか語るのを聞いたが、その内容はじつに虚《うつ》ろな感じがした。平たく言えば、トルーマンがまだ生きているかのような話しぶりだった。

トルーマンの死後もサーバーは動き続けていたが、いずれにせよ私はコミュニティに対して声明を出さなければならなかった。適当なブログ・サービスにアカウントを作り、私はPUBサーバーの管理人の友人、ロールストーンとして、トルーマンの身に起きた出来事をできるだけ平明に語った。文章の末尾には、トルーマンからサーバーの管理者権限を譲り受けたこと、とはいえ複雑なサーバー・スクリプトの管理が自分にどれだけできるか不明なこと、したがってこれまで通りのサービスを提供できる保証がどこにもないことなどを付記した。想像もしていなかったことだが、数日のうちに百件ほどのメッセージが寄せられ、ほとんどはトルーマンの死を悼《いた》むものだった。

ブログのホスティングを行っていた企業が潰れたため、いまではインターネットのどこを探しても、そのログを見つけることはできない。

クラスメイトもトルーマンの死について考えなかったわけではないのだろうが、なにせ私たちは高校生だったし、生死について深く考えられるほどの知性も育っていなかった。話題は次第にトルーマン自身のことから彼が持っていたサーバー群のことに移り、私はトルーマン亡きあともPUBが継続している理由を説明した。

私たちは昼には教室で、夜にはIRCのチャットルームで様々な議論を重ね、サーバー管理の技術を持つ者をひとり選出した。ヤハウェという名前の男で、自分からはあまり話さないが、いつもにこにこと微笑みながら人の話を聞いているタイプだ。それで私自身の責務は減じられたが、かといって大阪のどこかにあるトルーマンの実家の一部屋で動いているコンピュータの電源が、いつ落とされることになるかは誰にもわからなかった。

それで私はもう一度担任に声をかけて番号を聞き出し、トルーマンの実家に電話をかけてみた。母親が電話口に出て、私たちは挨拶をした。しばらく会話したのち、私は本題に切り込んだ。

「T君の部屋に、まだ動いているコンピュータがあると思います」

「ええ。ぜんぶで八台あります」

私はその数に驚いたが、話を続けた。

「そのうちのひとつに、僕たちクラスメイトや、インターネット上のたくさんの人が利用している、あるプログラムが入っているんです。そのプログラムは、言うなれば、公共のサービスみたいなものです。水道とか、電気みたいなものです。わかりますか？」

「ええ、はい」お母さんはすこし戸惑っているようだった。

「勝手なことですが、僕はT君に代わって、彼の身に起きたことについて説明する文章を書き、インターネットに公開しました。T君への礼も寄せられたし、できることなら、彼が運営していたサービスをそのまま使えるようにしてほしい、という声もありました。それで、もしよかったら、お宅に伺って、T君のコンピュータをひとつ譲り受けたいのです。僕とクラスメイトがそのコンピュータに入っているものを整備して運営すれば、T君の続けていたサービスは、これからもずっと続いていくことになるわけです」

「いまもその――サービスは、続いているんですか？」

「続いています。コンピュータの電源を付けたままにしていらっしゃるでしょう？」

「はい」

「いまも、三十人ほどが彼のコンピュータのなかにいますよ。みんな楽しくやってるはずです。T君がやったことは、公園を作るようなことなんです。その公園には人がいっぱい集まってきて、みんなが楽しそうにしている。わかりますか？」

「うーん、なんとなく」

「だけどその公園は、誰かが管理しないとこの世から消えてしまうんです」

それでトルーマンの母親は私に住所を教えてくれ、つぎの休日、私は電車に乗って、大阪市内の住宅街に向かった。呼び鈴を鳴らすとドアが開き、病室と葬儀場で見た女性が立っていた。彼女は私に向かって一礼をし、私を宅内に招き入れた。ごくふつうの一軒家だった。私はリビングのソファに通され、そこでコーヒーを飲んだ。うまいコーヒーだった。というより、コーヒーをうまいと思ったのは、それがはじめてのことだった。私たちはトルーマンについていくらか話をした。トルーマンの母親はささいなことで涙を流し、ハンカチを顔に当てたため、私は何度か話を中断した。頃合いを見計らって、トルーマンの部屋のコンピュータの電源をつけたままにしている理由について水を向けた。

「どうしてでしょう。わかりません」と彼女は言った。「あの子は、決してコンピュータに手を触れさせませんでした。私たちにさえ、そうだったんです。だからかもしれません。もう切ってもいいのかな、とは思っていたのですが」

私は頷いた。

「T君のお部屋を見せてもらってもかまいませんか？」

「ええ」

それで私はトルーマンの部屋に通された。

この時はかなり驚いた。大量のサーキット・ボードや種々のケーブル、ディスプレイ、そしてコンピュータの筐体と書籍が、所狭しと並んでいるのだ。

部屋の広さは六畳ほどで、かつて訪れた日本橋のパーツショップを彷彿とさせた。八枚のLCDディスプレイがデスクの上に固定されており、無線式のマルチチャンネル型キーボードとトラックボール・マウスがその前に置いてあった。なんとなく薄暗い部屋を想像していたが、壁一面を埋め尽くす本棚とラックに混じって、採光のための窓だけはしっかりとスペースが空けられていた。しばらくコンピュータを触らせてもらってかまいませんか、と私は言った。トルーマンの母親は、どうぞお好きなだけ、と言い残して部屋を後にした。

私はかつてトルーマンが座っていたデスクに腰かけ、キーボードとマウスの入力先マシンを切り替える操作を確認した。電源がついているのは八台中四台だったが、これはブレーカーが落ちるのを心配したためだろう。全体にコンピュータのスペックはあまり高くなく、ゲーム用と思われるメインモニタに引かれたものを除いて、おそらくすべて日本橋のジャンクショップで手に入れてきたパーツをもとに、トルーマン自身が組み上げたものだ。

いったい彼はあの部屋で、あれだけのコンピュータを用いて、なにをしていたのだろう。もっとよく確かめておけばよかったのだが。

私はＰＵＢが走っているコンピュータを特定したのち、まずソフトウェアから確認しようと考え、いちばんメモリを食っていたモニタリングプログラムを開いてみた。大当たりだ。気持ちよく晴れた休日の昼下がりだというのに、日本のどこかから接続してきている数寄者のクライアントが十数名ほどいた。私はターミナル・ウィンドウに――アルファベットしか入力できなかったので、ヘボン式で打ち込んだのだが――こんな文章を入力した。

「新しくサーバーの管理者になったロールストーンです。聞こえていますか？」

サーバーフィードのなかにクライアントたちからの返答が浮かんできた。聞こえている、という旨だった。そこで私はしばらく考え、いくつかテストをしてみることにした。「いまからサーバーの設定を操作します」と打ち込んだあと、そのままつぎのようなコマンドを入力した。

"r_drawfps 1"

クライアントたちは、「画面に変な数字が出た！」と叫んだ。

私は微笑み、さらにつぎのようなコマンドを入力した。

"com_maxfps 10"

クライアントたちが一斉に悲鳴を上げはじめ、悲鳴はしだいに怒声に変わった。これはフレーム・パー・セカンドをサーバー側で10に制限するというコマンドである。私はすぐに制限を解除した。

「どうやらいろんなことができるようです」と私は書いてみた。

数名が面白がって、もっとやってくれ、という旨のことを書いてきた。

私はインターネットに接続し、ＰＵＢでのみ受け付けられるいくつかの特別なコマンドを調べ、数値を変動させた。

"com_timenotion 2"

"cg_allowgravity 0"

"r_allowsatulatedbrightness 3"

最初のものは、ゲーム内の時間を二倍に速めるもの。つぎは、重力をなくすもの。最後は、光源の強さを三倍にするものだった。サーバーフィードが流れ、クライアントたちの驚嘆が聞こえてきた。

私の入力したコマンドによって、二次大戦のどこかの戦線は、突如として天国のような様相を呈しはじめたはずだ。そこでは時間が異様な早さで流れ、重力が失われ、すべてのものが信じられないほど眩しく輝いている。先ほどまで血を吐いて苦しみ、斃《たお》れていた兵士たちがふいに立ち上がり、空を飛びはじめ、すべてのコリジョンを無視して、世界の表面と裏面を行き来する。

奇跡を目の当たりにした人々の表情は、驚きに満ちていたことであろう。神である私自身には、ポリゴンで描かれた人々の表情の細かな相違は、認識できなかったのだが。

私はさらにいくつかのコマンドを入力し、世界を構成するさまざまなプロパティを操作した。設定にあらたな行を加え、数値を変えれば、世界は、私の思うままに形を変えた。私は現実に起こりうるすべての苦痛をそのサーバーから取りのぞき、そこにいる人々が永遠に遊んでいられるように、楽しんでいられるように、コマンドを入力しつづけた。

それからしばらくして、私はすべての数値をもとに戻し、クライアントたちにこんな話をした。

「いま、トルーマンの家に来ています。サーバーをもらい受ける前に、テストをしました。もうすこししたらこのサーバーをいったん落とします。詳細はまたブログに書きます。それでは」

それから私はＩＲＣを起動して、ヤハウェに声をかけた。はじめのうちヤハウェは寡黙だったが、トルーマンというスクリーンネームを通じて話している人間が私だとわかると、こんなことを言った。

「びっくりしたよ。幽霊に話しかけられてるのかと思った」

私は彼の住所を聞き出し、トルーマンのノートの白紙のページを破りとって、そこにメモをした。それから席を立ち、リビングで待っていたトルーマンの母親に声をかけて、サーバーを譲り受ける許可をもらった。

「クラスメイトのある男が、Ｔ君のサーバーを管理したいと言っています」と私は彼女に伝えた。

「Ｔ君の仕事をあとに繋げたい、とのことでした」

「わかりました」と彼女は言った。

それから私はトルーマンの部屋に戻り、サーバーコンピュータの電源を落とし、ケーブルをひとつひとつ抜いて鞄につめた。コンピュータの筐体は鞄に入れるには大きすぎたが、手で持てないほど重くもなかったので、そのまま抱えることにした。そのあいだ、トルーマンの母親は洗面所に立って、化粧直しをしていた。私は彼女とともにトルーマンの実家を出て、あたたかい陽の光のもとを歩いた。

蟬の声が聞こえた。

道中、私はトルーマンの母親とはあまり話さなかった。重苦しい喪が彼女を支配しており、そばにいるだけで悲しみが伝わってきたからだ。そもそも私は、こういうときにかける言葉を持ち合わせていなかった。

地元の小さな郵便局に着いたあと、段ボールにコンピュータとケーブル類を封入し、配送伝票にヤハウェの住所と名前を書いた。トルーマンの魂が封入された箱の配送依頼はつつがなく済み、トルーマンの母親がその代金を支払った。「行きましょう」と私は言い、郵便局をあとにした。入り口のそばでトルーマンの母親は立ち止まり、その場にしゃがみこんだ。私は近くに寄り、大丈夫ですか、と声をかけた。クーラーのきいた郵便局から出てきて、七月の暑さに目眩《めまい》がしたのかと思ったのだ。

「ごめんなさい」と彼女は言った。そしてポーチからハンカチを取り出して、目元に当てた。

私は言った。

「もう行きます。さようなら。コーヒーをありがとうございました」

「夏休みは明後日から始まるが」と担任が言った。「あまり羽目を外しすぎないように。問題を起こされると困るからな」

私はそのとき窓際の席に座り、頬杖をついて巨大な入道雲が立ち上がるのを見ていた。教室を見回すと、半数が居眠りをしており、起きている者は雑誌を読んだり、携帯電話を触ったり、ほかのものと話をしたりしていた。トルーマンの席は空席のまま残されていた。

「明日、宿題を配布する。中学校のころの量とは比べものにならないはずだ。覚悟するように」

担任の口調は、神意を代弁する宣教者に似ていた。

そのとき、私のなかにあるひとつのアイデアが浮かんできた。

終業のチャイムが鳴ったのち、一気に教室が騒然とした。私は座ったまま考え事をしていたのだが、ヤハウェが私の机のそばまでやってきた。

「ちょっと相談があるんだけど」と彼は言った。

「何だ？」

「トルーマンのサーバーのことなんだけどね、管理者権限の再設定をしたいんだ。いままではコンピュータに保存されている設定でよかったんだけど、書き換えに必要なＩＤとパスがわからない。君なら知っているかなと思って」

私は通学鞄のなかからメモを取り出し、ヤハウェに渡した。

「これだ」

「ありがとう。やっぱり聞いていたんだね」

私は頷いた。それから病室での、トルーマンとの奇妙な筆談の話をしようと口を開きかけたが、そのときにふと、まったくべつの考えが口をついて出た。

「おれも、ちょっと話があるんだ」

「どうしたの？」

「夏休みの宿題についてなんだが」

私はヤハウェに、思いついたばかりの計画の概要を伝えた。彼はしきりに頷いて、いつもの微笑みを見せた。

「それは、もしも実現したら、すごいことだと思う。それに、実現可能だと思う」

私は頷いた。

ヤハウェはすこし考えてから言った。

「スキャニングはどうするべきだろう？　学校の備品を使うのは危険すぎるし」

「コンビニのコピー機があるじゃないか」と私は答えた。

「あれって、データの書き出しに対応してるのかな？」

「そのあたりは要検証だな。まあ、デジカメでも何でもいい。書いてあることが見えればいいわけだからな」

「告知はいつにするつもり？」

「ＩＲＣに入っていない者にも知らせておきたい。明日しかないだろう」

「そうだね。ただＩＲＣのメンバーには、今日中に共有しておくべきだと思う。なにか知恵を借りられるかもしれないし」

「わかった。伝えておくよ」

「しかし、メンバー以外に信頼できる人間がどれくらいいるかな？　全員に告知するというのは、リスクがある気がするけれど」

「先公どもにばれるってか？　大丈夫だよ」と私は言った。「この学校で教えるような人生を選択した阿呆どもに、おれたちがやろうとしていることが理解できるとは思えない」

翌日の朝礼の前、私は担任に声をかけた。その内容はつぎのようなものだ──夏休み中に「勉強会」を開催したく、そのための告知を終業後に行いたい。先生のお時間をいただくのは心苦しいので、終礼の際に藤田から話があると一言言い添えていただければ結構である。

担任は承知してくれ、すべての紙媒体の宿題を配り終えたあとに教室を出て行った。すでに教室から出ようとしている生徒もいたが、私はあえて彼らを止めずに壇上に立ち、チョークを握りしめて、黒板に大きくつぎのような文を書いた。

「ＦＴＰサーバーを用いた夏季休暇宿題の解答の共有について」

とくに大声を上げたり咳払いをしたりしたわけではなかったが、私が黒板に書いているあいだに、ゆっくりと教室が静かになっていった。振り返ると、彼らは一様にぎらついた目で私のことを見ていた。前夜にＩＲＣを通じて計画を説明しておいた者たちが、率先して会話を制するように仕向けてくれたのだ。私は彼らの顔をぐるりと見回し、睨みつけるようにしておいてから、計画の概要を説明した。

「いいか？　おれたちは今期の夏休み、ここにある通り、ＦＴＰサーバーを用いて、宿題の解答を共有する。クラス全員でだ。ＦＴＰサーバーとは、ファイル・トランスファー・プロトコル・

サーバーの略称であり、電子的なファイルをユーザー全員で共有するための仕組みだ。痛ましいトルーマンの死については記憶に新しいが、おれは今日という日のために、彼の実家からサーバー・マシンを一台もらい受けてきた。このサーバーに、クラス全員が分担して解答した夏休みの宿題の答案を集結させる。これによって夏休みの宿題を抹殺し、健《すこ》やかで快適な夏期休暇を楽しもうじゃないか、というわけだ。何か質問は？」

何も無かった。

「よし、では手順を説明する。現在、トルーマンのサーバーはそこにいるヤハウェの手によって管理されており、二十四時間の稼働が継続されている。これは閑話だが、例のゲームのＰＵＢが入っているサーバー・マシンもおなじものであり、引き継ぎ処理を経てヤハウェは正式にＰＵＢサーバーの管理人となった」

ここで多少の歓声が起こったが、教室のほとんどは静かなままだった。

「このヤハウェのサーバー上に、昨晩、クラスの人間全員ぶんのアカウントを作成した。ＩＤは出席番号、パスワードは現実世界用の姓名だ。おまえたちは自分のコンピュータを用いてヤハウェのサーバーにアクセスする。これと並行して、おれは夏休みの課題をクラスの人数分で分割し、その一部をひとりひとりに割り当てる。そののちに、おまえたちは自分に割り当てられた答案を作成し、ヤハウェのサーバーにアップロードする。おれたちのクラスには三十人いる。全員で分担すれば、一人あたりたった三十分の一の手間で、夏休みの宿題が終わることになる」

教室はすこし騒然としたが、それがどういった反応なのか、私には掴みかねた。

クラスの中ほどから手が挙がった。

「おれ、まったく勉強ができないんだけどよ、どうすればいい？」

私はすこし考えて回答した。

「三十分割したもののうち、おまえのもっとも得意な教科のいちばん最初の部分を、おまえに割り振る。それなら簡単だし、もし解答がめちゃくちゃでも、それと分かる者は自分で修正できる。これでどうだ？」

「ありがとう」と彼は言った。

「もしも義務教育の能力に不安があるといった事情があれば、彼のように、個別におれに相談してほしい。分担の割り振りは近日中、ＩＲＣを通じて行う。もしもＦＴＰサーバーに接続できるかどうか不安だとか、コンピュータまわりに明るくないのなら、サーバー管理者のヤハウェに質問してくれ」

「よろしくね」とヤハウェが言い、数名が頷いた。

「ほかにもコンピュータの能力に秀でた者、義務教育の能力に秀でた者がいるだろう。各自、自分の能力を活かして事に当たってほしい。この作戦の成功は、おまえたちの協力にかかっている。これまで一人一人が個別に戦ってきたいまいましい夏休みの宿題という悪夢を、全員の力を組み合わせて打ち倒すわけだから、何だかアニメみたいだが、協力するほどすべてが楽になることは確かだ」

私はチョークを握り、ＩＲＣサーバーのＩＰとチャンネル名を黒板に書いた。

IP→irc.friendchat.ne.jp
チャンネル→#FUCKTHISSHIT

「詳細な意見交換や改善案の受け付けはＩＲＣを経由して行う。インターネットブラウザの検索窓にＩＲＣと打ち込めば一発でわかるようになっているから、各自インストールして入室してくれ。ＩＲＣというのは要するに、チャットルームだ。おれたちが生まれる前から存在しているプロトコルで、信頼性は抜群だよ。最後に、今日話したことをまとめた紙をヤハウェに配ってもらうから、受け取ってくれ。以上だ」

この提案が成功したのかどうかは、その時にはわからなかった。ともかく私は電車に乗って自分の家に帰り、シャワーを浴びてから布団に入った。カフカ式睡眠法はまだ続けていて、とても眠かったのだ。太陽が沈んでいくのを肌で感じながら眠るのは、じつに気持ちがよかった。眠りに落ちかけながら何度も、これで目覚めなければ、いや、もう二度と目覚めなければ、どれだけ気持ちいいだろうと考えた。

それでも私はけたたましく鳴り響く目覚まし時計を押し、母が作ってくれた、その時間には冷めている夕食を食べ、顔を洗ったあとにコンピュータの前に座り、ＩＲＣチャットの様子を見た。そこには予想していたよりも多くの人間がいて、さかんに会話が行われていた。見慣れない名前も多かった。彼らは、今日の私のスピーチに誘われてＩＲＣに入ってきたクラスメイトたちであった。しばらくその会話の様子を眺めたあと、ボイスチャットに入室し、ミルクやチームメイトとともに「Wolfenstein」の練習試合をプレイした。

一週間後、私は何らかの形でこの計画に参加する意志を示した二十三名に対し、正確に二十三分割した宿題の割り当てを行った。一週間でけりをつけたのは、クラスメイト三十名のうち参加するつもりのない者を峻別するための措置だったが、これが作戦に協力的な者には潔く感じられたらしい。トップダウン式ではない協力体制がしだいに構築されていき、私の仕事は、日ごとにヤハウェのＦＴＰサーバーにアップロードされていく分割された課題の答案を眺めることくらいになった。

奇妙な現象が起きはじめたのは、そのあたりのことだ。ありていに言えば、計画とはまったく関係のない種々のファイルが、ＦＴＰサーバーにアップロードされはじめた。つねに五名以上のクライアントが同時に接続して、何らかのファイル転送を行っていたのだ。

私はヤハウェからの連絡を受け、ボイスチャット・サーバーに彼を招待した。電子的な構造体のいいところは、新しい部屋を作る手間が万分の一で済むことだ。私は用意された一室のテーブルに腰かけて、ヤハウェが入室してくるのを見た。音声入出力まわりの調整をすませたあと、彼はこう切り出した。

「回線がパンクしそうなんだ」

もちろん、それなりの量のファイルであるとはいえ、たかだか百数枚の画像データを送受信したくらいで回線がいっぱいになるはずもなかった。私はしばらく考え、口を開いた。

「転送速度を制限すればいい。それで解決するだろう。おれたちがいま考えなければならない問題は、現在おまえのサーバーでやりとりされているファイルが、完全な違法物件ばかりであることだ」

「それはわかってる」

「調べたのか？」

「もちろん」

二〇〇七年当時の日本においては、著作権保持者の許諾なしにデータ化したコンテンツをアップロードすることは、犯罪行為と見なされていた。まったく支離滅裂な法だが、ダウンロードについては、この限りではなかった。

「もちろん、おれはおまえにポルノのデータ・ハブとしてのＦＴＰサーバー運営を強制するつもりはない。おれがおまえに頼んだのは、夏休みの課題の解答を共有することだけだからな」

「そうだね」

「しかし、どうするつもりなんだ？　おまえ自身はどうしたい？」

ヤハウェはすこし間を置いてから言った。

「続けようと思う」

「京都府警の世話になりたいのか？」

これはややわかりにくい冗談で、当時もっとも「サイバー犯罪」に明るいのは、京都府警だとされていたのだ。

「そんなわけないよ。ただ、このファイル転送というか、僕たちがやっていることって、とんでもない可能性がある気がするんだ。何が起こるのか、もうすこし見てみたい。サーバーサイドでどうにかできるセキュリティは、すべて強化するつもりだよ。ただ、問題は――」

「問題は」私は彼の言葉を継いだ。「クライアント側のリテラシーだな」

「その通り。ログを取りはじめたのは三日ほど前だけれども、すでに確認していないIPからの接続があった。たぶん、ネットカフェや、親戚や友達の家から接続しているんだろう、とは思うけれど」

私は直感するところがあって、進言した。

「いますぐサーバーを落としたほうがいい。少なくとも数日はスタンドアロンにしておけ。それと、ログファイルをおれに転送してくれ。接続元のIPが複数あるクライアントのものだけ抽出してくれると助かる」

「わかった。ただPUBサーバーは継続したい。マシンを変えて、FTPサーバーは別口に建てたほうがいいだろうね」

「いいのか？　けっこうなコストだぜ」

彼は笑いながら答えた。「乗りかかった船だよ」

私たちが怖れていたのはもちろん、司法の手だった。ＩＲＣのポート直結を用いた転送とは異なり、ＦＴＰは複数のアカウントからの接続をひろく受け入れるプロトコルだ。二十三あるアカウントのうち、ひとつでも警察機関に漏洩すれば、まずいことになる。このサーバーは違法なファイルをやりとりしていて、その内訳はこうですよ、と自ら喧伝することになるからだ。

ちなみに、私たちがやりとりしていた違法なファイルとは、もちろん高等学校の夏休みの答案ではなかった。そんなものは犬も食わない。問題はそれ以外の、クラスメイトたちがどこかから手に入れてきた、芸術というコンピュータ・ウイルスだった。映画、音楽、ポルノ、アニメ、小説、ゲーム、その他いろいろだ。ＩＲＣではすでにこれらの芸術についての活発な議論が行われ、私自身はゲームがあるので参加していなかったが、毎日午後十時ごろから、おなじ映画を同時に再生して、チャットで話をしながら見るという文化が醸成されつつあった。そういった活動のファイル受け渡しの場として、ヤハウェのＦＴＰサーバーが活用されていたわけだ。

育ちはじめた文化を殺すことは、子供ひとりを殺すよりも難しい。そういうわけで、私はこの共謀をより安全なものにするために、ＦＴＰサーバーのクライアントの取り扱いについて注意する文章を書き、ＩＲＣとＦＴＰを介して共有した。反応はまちまちだったが、数名の人間がこの文章に書かれていることについて嚙み砕いた説明をしてくれ、それで私たちのクラスが背負っているリスクについての共通の理解が生まれた。

私はヤハウェに送ってもらったＦＴＰサーバーのログを読解し、複数の接続元ＩＰが検出されたアカウントの持ち主たちと話をした。予想したとおり、ネットカフェや友人宅から接続したという人間もいたが、まったく心当たりがないというクライアントについては、即刻停止して新しいものを配布することにした。もしあの奇妙な接続元が警察機関だったらと考えると、いまでも肝が冷える。北海道や鹿児島など、わけのわからない場所からの接続も確認されたので、関西地方以外からの接続はすべて拒絶するよう、ヤハウェに設定させた。

そのあたりのどこかで、大手ニュースサイトからある記事が配信された。インターネットを用いた違法なファイル共有を行っていた者たちが、日本国内で数名逮捕されたという事件について、詳細にまとめられたものだった。私はその記事を何度か読み返し、文化の共有者であり、また永遠に呪われた運命を背負うことになった犯罪者たちの行く末について、思いを馳せた。

私たちが消費する文化的財産に対し、まともに対価を払った場合の金高《きんだか》は、すでに一日あたり数万円を超えていた。私たちはみんな、芸術という飴玉が無尽蔵に詰まった箱を手に入れ、その内容物の中毒になってしまった、恐るべき子供たちであったのだ。そして社会は説明していた、その箱はパンドラの箱であり、開いた者はすべて犯罪者であると。

ヤハウェのサーバーのセキュリティを保全する作業には、けっきょく夏休み開始から二十日間ほどが必要だった。この作業にかかりきりだったため、計画を主導した人間であったにもかかわらず、私が自分に割り当てた二十三分の一の答案は、いちばん最後にアップロードされた。

計画に荷担していた誰かが、百数ページにのぼる答案をすべて写し、鮮明な解像度でスキャンして再アップロードしてくれた。私はＦＴＰとＩＲＣを通じて作戦終了の旨を告知し、あとは各々で答案をダウンロードして、自分の課題の物理コピーに書き写すことをすすめておいた。嫌疑をさけるため、答案の一部にわざと間違いを忍ばせるようにも指示した。それで私とヤハウェとクラスメイトたちが共謀した電子的な宿題の共有は終わり、私はヤハウェを誘って――たしか京橋の飲み屋街だったと思うのだが――ゲームセンターでしばらく遊んだあと、喫茶店に入ってアイス・コーヒーを頼んだ。

「おつかれさま」とヤハウェは言い、私の手の中のグラスに自分のグラスを当てた。

「おつかれさん」と私は答えた。

「しかし、思ったより大変だったね。楽しかったけれど」

「そうだな。まともに宿題をやるより重労働だった」

「そうだね」とヤハウェは笑った。

「もうセキュリティは万全なのか？」

「まあ、万全なセキュリティなんてものはこの世に存在しないけど。できるかぎりの策は打ってあるよ」

「それ以上は望むべくもないか。まあ、素人にしてはよくやったと思うぜ、おれたち」

「十時から映画を見よう。今日は『時計じかけのオレンジ』を見るらしいよ」

「あれか。気になってたんだ。参加するよ」

それから私たちはしばらく他愛のない会話をした。それからヤハウェがふと思い出したように、すこし抑えた声で、こんな話を切り出した。

「ちなみに、警察にはばれてるよ」

私は驚いた。

「何だと？」

「正確に言えば、一度ばれたけど、もう大丈夫になった。こっちも摑ませてもらったし、警察機関のＩＰからの接続にはダミーを表示するように設定しておいたから」

「摑ませてもらったとは、何を？」

「つまりね、こうなんだ。どういう方法かはわからないけれど、あるアカウントを通じて、大阪のどこかの警察機関のコンピュータが僕らのサーバーに入ってきた。これはあとでＩＰを調べてわかったんだけどね」

「プロクシもなしにか？」

「なしさ。どういうことだろうと思ったね。もちろん最初は驚いたし、恐くもなった。でもファイル転送のログを見てみると、おもしろいことがわかったんだ。やつら、うちのサーバーから、ポルノをダウンロードしてたんだよ。それも、ロリのやつを何本も」

私たちは大笑いした。

「つまりね、ミイラ取りがミイラになったってわけなのさ。接続があったのは夜の十一時すぎで、何だか知らないけど、まあ残業でもしてたんだろうね。嫌になっちゃって、一発抜いておくかってことで、捜査の途中で見つけたファイルをダウンロードして、事に及んだってことだよ。よくやるよね、仕事場でさあ！」

私は涙を拭きながら言った。「しかし、それじゃあお互いにイーブンってところだろうな。推測に過ぎないが、おまえ個人のサーバーに保存されている転送ログなんて、警察がもみ消そうと思えばすぐにできるだろう」

「それは間違いないけれど、刺し違えるための材料にはなるよ」

「どういう方法で？」

「もしも僕の身に危険が及んだら、ファイル転送のログから何から、ネットにばらまいてやるのさ。そうすれば、僕だけが死ぬことにはならない。少なくともその時間に僕たちのサーバーからポルノをダウンロードした人間だけは、クビにでも何でもしてやれるよ。そこまでわかっている人間だったら行動は起こさないだろうし、わかっていない人間だったら、確認のためにもういちど入ってこようと思った時には、もうそのサーバーは存在していないように見えるってわけさ」

「まったく」と私は感服して言った。「おまえはサーバー管理者の鑑《かがみ》だよ」

「ありがとう」とヤハウェは答えた。「これからもよろしくね」


そもそも私たちがこのような行動に走ったのは、期待していたカリキュラムがまったく行われなかったからだ。私が学びたかったのは電気通信についてだが、一年生のあいだに行われるのはごく普通の教育課程であった。私はもはや高等学校における教育に対して完全に興味を失い、カフカ式睡眠法を続けながら、昼と夜の二重生活を送った。高校一年の秋口から冬にかけての記憶は、学校で本を読み、家に帰ればコンピュータをつけて例のゲームを好きなだけ遊ぶという、繰り返しのものだ。

夏休みの宿題共有計画についても、まったくのゼロから考えたわけではない。私が所属していたチームのリーダーであるミルクは、私たちが行った違法なファイル共有を九〇年代から実践しつづけていた、玄人《くろうと》であった。

私はインターネットを介して彼のコンピュータにアクセスし、同一ジャンル内における、考えうる限りすべてのゲームをダウンロードしてプレイした。私は数名の電子的な友人たちとともに実体をもたない少女たちとの恋物語を共有し、ボイスチャットを通じて、それぞれの愛の崇高さについて語り合った。

この奇妙な、存在しない少女への共通の愛は、ひるがえってチームとしての連帯を強固なものにした。私たちは互いに用事のない時でもボイスチャットの一室にたむろして、インターネット上の笑えるものや優れたものを探していたが、私たちがこのゲームの海外のコミュニティを発見したのも、このあたりの時期だった。

二〇〇三年にリリースされた「Wolfenstein : Enemy Territory」は、四年の月日を経て欧州に巨大なファンコミュニティを形成するに至っていたが、極東の島国にいた我々は、その存在をまったく知らないままに過ごしていたのだ。

具体的に言えば、私たちが発見したのは、さまざまな試合の録画ファイルを配信する欧州のポータルサイトで、すこしログを漁りさえすれば、どんな試合の録画でも見ることができた。もちろんそのサイトで使用されている言語は英語だったが、さまざまな選手のプレイを見るにつれて、欧州で行われている数多くの大会や、そのスケールの巨大さを、日本人コミュニティは理解しはじめた。日本には最も多いときで12のチームしか存在していなかったが、欧州のもっとも巨大な大会には128チームが参加し、それぞれのチームに少なくとも八人は選手がいた。

私たちがもっとも驚嘆したのは、彼らが開発し、実戦で運用していたさまざまな戦略と戦術だった。このゲームには循環するリスポンタイム（死亡してから復活するまでの時間）が採用されており、つぎのリスポンタイムぎりぎりまで粘って「自殺」を行い、十全な状態で「リスポン（復活）」することが重要なプレイの一環となっていた。それくらいのことは日本人コミュニティにもわかっていたのだが、欧州の優れた選手たちは、さらにその次を見ていた。つまり、復活地点からの再配備には数秒しかかからないが、しかしそれは数秒の明確な空隙であって、攻める側は積極的にその瞬間を狙う。この攻撃を防ぐために守る側は、次のリスポンタイムまで体力を温存しながら戦うような選手を一周期あたり一人、どこかに残しておく。いずれも定石だが、当時の日本人は誰一人としてそんな定石を知らなかった。

私はすぐさまこの定石を実戦で用いたが、その効果は驚くべきものだった。もちろん私たちが学んだ戦法はこれだけではなかったし、右記はその一例でしかない。なんにせよ、こういった学習と実践のサイクルは日本人コミュニティに野火のように広がっていき、またたくまに公式ルールで戦う人々の競技レベルは向上した。

この流れのなかで私がもっとも感心したのは、腕に覚えのある選手たちが自主的に日本代表チームを結成し、欧州のサーバーで行われる世界大会に出場したことだ。代表チームのキャプテンを務めていたキラークという男は、おなじチームで戦ったことはなかったが、ふだん私とさまざまな意見を交換する、良きライバルだった。

高校一年の秋から冬にかけてのどこかの時点で、私は自分で考えた戦法を、能動的に試していきたいという思いにかられた。私が所属していたチーム、ＡＴＲのリーダーであるミルクに事情を話すと、彼もまた自分なりの考えを持っていて、ＡＴＲとして最前線に立ち続けるのではなく、なにか塾のようなものを開設し、シーンを盛り上げるために後進の者たちの教育にあたりたいと言明した。私たちは他のメンバーとも話をし、ＡＴＲとしての活動を休止することを決定した。チームメンバーのひとりにプログラミングに詳しい者がいて、私たちが行ったすべての練習戦と公式戦の結果を抽出してくれた。いまでも手元に残っている最終成績のログには、７３２戦４３８勝２６４敗３０分、第一回極東杯八位、第二回極東杯三位という一行が輝いている。

ミルクが塾を開設するのとほぼ同時期に、私は自分自身のチームを立ち上げた。その名は「ザ・ビューティフル・ピープル」、識別コードはＢＰ。マリリン・マンソンに影響されたのかもしれない。

名は体を表すという言葉の通り、ウェブサイトを開設してしばらく待つと、自分自身を美しいと考える奇妙な者たちが集まりはじめた。彼らの技能を計ったりだとか、面接をしたりといった手続きは面倒だったので、来る者は拒まずにみな受け入れた。宣伝や受け入れにまつわる手続きは、キラークから教わることも多かった。彼自身、当時日本でもっとも強いチームのリーダーだったのだ。私のチームには最終的に男七人と女一人が集まり、ポータルサイトで登録手続きを行った。

このチームには、PUBサーバーを設立し、ともに夏休みの宿題の共有計画を実行したヤハウェも参加したが、家庭の事情でボイスチャットが使えず、また彼自身もすこし体調を悪くして、しばらくすると顔を出さなくなった。学校には来ていたように思うが、あまり話した記憶もない。秋から冬にかけて、私はまたしても現実世界に対する興味を失っていて、頭のなかでは、高速でマップのなかを駆け抜けていく二次大戦の兵士たちのことばかり考えていたのだ。

とくに意識してそうしたわけではないのだが、BPにおいて、私はできるだけ序列や秩序といったものを無視するように心がけた。ATRでの経験はたしかに快いものだったが、すべての試合に勝利したいと考えるリーダーのミルクが推奨する規範は、若い私にとって不自由に感じられることもあった。新しいチームにおいて、私はメンバーのへたくそなプレイに対しては、はっきりへたくそだと言い、意見を求められれば何時間でも思うところを話し、ひとりひとりの特性に近いと思われるプレイスタイルを持つ海外選手のプレイ録画を紹介した。

かといって、勝利のためにひたすら努力し続けるような汗臭さはなかった。試合中でさえ冗談を飛ばしたり、あらゆる伝統や定石を無視したような動きを行って、チームメイトを笑わせたりした。この態度はチーム全体をリラックスさせ、良い方向に動かしたようだった。幸運だったのは、選手を採用するときにどんな条件も設けなかったにもかかわらず、どこか性向の似た選手ばかりが集まったことだ。

　私たちは互いに腹を割って話すことができる喜びを存分に味わい、その喜びのなかから生まれてくる自由な発想を、戦略と戦術に適用することを厭《いと》わなかった。たとえば、グレネードを自分の尻もとで爆破させて移動速度を稼いだり、マップの片隅で肩車をして予想もつかない場所に味方を送り込んだり、あまり使用されない専門的な兵科の武器などを実験的に用いたりした。

　こんな言い方ができるだろう。ほかのチームはみな勝つことを至上としていたが、私たちは楽しむことを至上とした。勝つことは、楽しみという属のひとつの種でしかなかった。

　気がつけば、私たちは奇策でもって敵を混乱に陥れる戦法に長《た》けた、日本人コミュニティの誰もが相手にしたがらない、異端のチームとなった。

　ふざけたことをしたものだ。試合開始直後に三十秒間硬直して相手を心配させたり、選手全員がマップの隅に身を潜めたり、一斉に煙幕を焚いてすべての視界を奪ったり、守るべきオブジェクトの周りをがら空きにしてまでも敵の後ろから撃つことを狙ったりした。

　たいていの場合、相手チームの一人か二人が試合中に怒りを露わにした。無理もない、彼らがいままで研鑽してきた戦法は、私たちが行う容赦ないラフプレイに対する対応策を持たなかったから。私たちは相手のチームにフラストレーションが溜まってきたのを見ると、完全に教科書通りの戦法に切り替えることさえした。そして私たちは、崩れていく敵チームを相手にしながら、笑い声をあげて喜んだ。

BPはしだいに、延々と繰りかえされる銃撃戦の楽しみではなく、完全に敵の心理と行動を掌握するという、より高次の楽しみへと指向をシフトしていった。このゲームにおける各プレイヤーの身体能力は、もちろん戦況を左右する重要な要素ではあるが、しかしひとつの要素でしかない。勝敗を決定するのは、マップに設定されたそれぞれの勝利条件——金塊を運んだり、オブジェクトにダイナマイトをしかけて爆破したりといった、じつは撃ち合いとは関係のない部分なのだ。もっとわかりやすく言えば、ゲームシステム上、一発の弾を撃たずとも敵に勝つことは、可能なのである。

おそらく、この事実に気づいているかいないかが、強豪とそうではないチームとの境界になっていたと思う。もちろん単純に、そこにいる敵を優位に倒し続けることができれば、それは勝利へのいちばん近い経路となる。そのために、たとえばゲームをはじめたばかりの者は、単純な照準合わせや移動法などの練習に終始する。しかし、マップの勝利条件に照らし合わせて、その敵をほんとうに倒すべきなのかどうか考えながら戦うことができる者——戦略的な視点をもって戦っている者は少なかった。私は三年間の濃密なプレイ体験から得たこの観念について、うまく説明する語彙《ごい》を持たなかったが、それでもチームメイトに、こんな言葉で伝えようとした。

「いいか？　このゲームには〈流れ〉がある。それを摑むんだ。不要な戦いは避けろ。どうすれば一秒でも早く先に進めるのか、考えながらプレイしろ。ひとつのオブジェクトを片付ける前に、つぎのオブジェクトを意識に入れろ。全員がそうすれば、〈流れ〉を起こすことができる。〈流れ〉のうねりのようなものを起こすことができるんだ。これがあれば、たとえ撃ち合いに負けても、相手の練習量がどれだけおれたちより多かろうと、勝つことができる。エイムしか脳のない猿どもの鼻を明かしてやれるんだ。おれたちのほうがこのゲームをうまくやれるってことを思い知らせてやれ。おまえたちはおれたちより劣っているということを、敵に思い知らせてやれ。真正面から当たるな、背後からやれ。正々堂々と戦うな、狡猾《こうかつ》にやれ」

二〇〇七年当時の日本の競技シーンは、かつてないほどの水準に達していた。BPを含めた強豪四チームは、それぞれに独自の、勝利のための方法論を持っていた。各チームへの対策を正確に実行することに長けた「ゲーミングイエローモンキーズ」、傑出したプレイヤーというよりも完全なチームプレイでもって戦況をコントロールする「オルタナティブ」、スタープレイヤーを集めて隙のない布陣を固めた、名実ともに当時最強だった「ナド」。数ヶ月ごとに開催されるコミュニティの大会では、大抵の場合、「ナド」とほかの三チームのうちいずれかが決勝戦を行っていた。

「ナド」のリーダーであったキラークはまた、第一期日本代表チームのリーダーでもあった。秋ごろに行われたはじめての世界戦——第十一回ネーションズカップ——という大舞台は、日本人コミュニティにとって、大きな転換点となった。

というのも、ほとんどの日本人プレイヤーは、それまで海外に人間がいて、自分たちとおなじゲームをプレイしているという事実にすら、気づいていなかったからだ。私たちは海の向こうに巨大な大陸があることをはじめて知り、その大陸に自分たちのものより数倍も高度な文明が栄えていたことを知った。そして、腕に覚えのある者たちが突然そこへ行って戦うことになったのだ。

当時おなじゲームをプレイしていたすべての日本人――おそらく千人程度だったはずだが――は、みんな血眼《ちまなこ》になって、自分たちの国旗を背負って戦う第一期日本代表チームの姿を追った。驚くべきことだが、ファン・コミュニティによるモディフィケーションによって、ゲーム内にライヴ・ストリーミング機能がビルド・インされていたのだ。各々のコンピュータのリソースを用いて、実際の試合とほぼ同時に、それもまったく画質の低下なしに観戦することができたのは、世界のどこかにいる無名の技術者の献身のたまものであった。これは二〇〇七年の出来事であり、Twitterが生まれて一年、YouTubeが生まれて二年目の年だった。Twitchはまだ遠く、PeerCastが最盛期のころだ。

ただ、世界戦における日本代表の活躍ぶりについては、いまでもうまく説明することができない。「ナド」からキラークを含む三名、「ゲーミングイエローモンキーズ」から一名、「オルタナティブ」から一名、そして塾を開設し後進の指導にあたっていたミルクという布陣で、これはいま考えてみても、あの時点で日本人コミュニティが出しうる最高のチームだった。しかし彼らは欧州各国の国旗を背負ったプレイヤーたちに、いとも簡単に倒された。第一期の日本代表チームは、グループリーグに参加するための予選すら、通過することができなかった。赤子が巨人を相手にしたような惨敗ぶりだった。

高校一年の冬休みのことだ。私はヤハウェと話をして、夏に行った宿題共有計画の運用法はそのままに、参加者の規模を縮小して同計画を行うことに決めた。夏と比較して宿題の量は相対的に少なかったし、いちど出来上がったシステムに手を加えるのは気が進まなかった。そういうわけで、私は比較的静かに冬休みを楽しむことができた。

こうして年の暮れが迫ったある日、ＩＲＣを通じてキラークからひとつのメッセージが届いた。私はそのメッセージを何度か読み返した。そこには、こんなことが書かれていた――「おまえを次期日本代表のメンバーとして選抜する。ついては打ち合わせを行うから、リアルで会おう」。

指定されたのは神戸エリアの沿線にあるどこかの学研都市だったが、いまではその街の名前すら思い出せない。新造された街らしく、やけに直線的な建物ばかりだったのを覚えている。駅のプラットフォームから改札口に向かうと、出口のそばに、切れ長の瞳に薄い眼鏡をかけた、長身の男が立っていた。顔を見るのははじめてだったにもかかわらず、私たちはすぐに互いを認め、挨拶もそこそこに、並んで歩きはじめた。おそらく、ニオイでわかったのだろう。

私たちは十二月の寒空の下、コートのポケットに手を突っ込んだまま、早足で歩きながらゲームについての話をした。数分ほど歩くとマンションの入り口に着いたが、そこで彼はこんなことを言った。

「話をするまえに、ちょっと手伝ってほしいことがある」

キラークは、ロビーの隅に置かれた巨大な段ボール箱を指し示した。

「あれを一緒に運んで欲しいんだ」

私はその箱を持ち上げようとしたが、重すぎてびくともしなかった。

「何なんだ、これは」

キラークは答えた。

「三菱製のCRTディスプレイだ。AG管入り22インチの化け物で、名機ダイアモンドトロン・シリーズの最終作だよ」

どうにかしてエレベーターに箱を乗せ、一息ついたところで聞いた。

「どうしてまた、こんな馬鹿でかいブラウン管なんか買ったんだ？」

「応答速度だ、知らないのか？　おまえが使っているのは液晶か？」

私は頷いた。

「液晶ディスプレイは、コンピュータからの映像信号を受けてから、実際にその信号がディスプレイに表示されるまでの時間が長い。だいたい、60ミリセカンドほどかかる。しかしCRTなら、原理的には光とおなじ速度で、信号がディスプレイに表示される。それに、リフレッシュ・レートも100ヘルツまで対応している」

「リフレッシュ・レート？」

「おまえ、そんなことも知らずにやってたのか？　リフレッシュ・レートというのは、その名の通り、ハードウェアとしてのモニターの画面が一秒間に何回更新されるかって意味だ。一般的な

ＬＣＤなら、せいぜい60ヘルツか、75ヘルツってところだろう。要するに、おまえはゲームに表示されるうちの40コマを、今に至るまでの毎秒、ずっと無視してたってことなのさ」

エレベーターが着いたので、私たちはまた黙って、米俵のように重いＣＲＴディスプレイを運んだ。玄関の扉を開けるとき、家族がいるのかと思っていたが、彼のほかに住んでいる者は誰もいないようだった。キラークの部屋のデスクには、彼がそれまで使用していたらしいＣＲＴディスプレイが鎮座しており、私はそれをデスクから下ろす手伝いをした。十数分の格闘のすえ、ディスクに新しいディスプレイを載せて配線を済ませ、映像が来ることを確認したのち、キラークは私に向かって言った。

「ゲームを起動してみろ」

私はデスクに座り、彼のコンピュータを操作して、ゲームをロードした。表示された画面は、私がふだん見ているものと、ほとんど違いはなかった。しかしプレイをはじめたとたん、衝撃を受けた。そこに映し出されている映像は、現実世界の私の視界よりも滑らかだった。そのグラフィカルな変化の滑らかさは、スローモーション・カメラで撮影された流れる水のようだった。

最初の驚きが冷めていくにしたがって、なんともいいがたい喪失感のようなものがこみあげてきた——こいつらは、こんな装備でおれたちと戦っていたのか。

「信じられない！」と私は叫んだ。「こんなもん、別ゲーじゃねえか！」

キラークは大笑いし、私にパブリック・サーバーで戦うことを勧めた。それで私は彼の部屋の、彼のコンピュータの前に座って、マウスのセンシティビティ——応答感度——を調整したのち、戦いを始めた。

すべてを見ることができるようになったのは、このときだ。私が自分のコンピュータで小銃を撃つとき、その命中率は平均して36パーセント台だった。その数字は、三年ものあいだ、どうにかして高めようと苦心しつづけた数字だった。それがいまは、43パーセントにまで伸びていた。

「いったい――これは」私は迫り来る敵兵をつぎつぎと倒しながら言った。「どういうことなんだ！　おれが今までやってきたことは、全部無駄だったってのか！」

キラークは私のプレイを黙って見ていたが、しばらくして、デスクから下ろしたばかりの古いほうのCRTを指さして言った。

「お下がりでよければ、こいつをおまえにやるよ」


それから私たちは電車に乗って、三宮まで食事に行った。身体を温めるために四川料理屋に入り、騒がしい店内で火鍋をつついた。私たちは青島《チンタオ》ビールを飲みながら、ゲームについての話やコミュニティについての噂話をした。キラークははじめのうち寡黙な人間のように思われたが、食事が進むにつれて、無駄なことを話さないという美徳を持った者であることがわかった。私自身は無駄なことをべらべらとしゃべり立てるタイプだったが、キラークは微笑みながら私の話を聞いてくれた。そのあたりのどこかで、私は彼に質問をした。

「なぜ、おれを？」

単純なエイムや技術だけで言えば、私のほかに選抜すべきプレイヤーはいくらでもいた。私は奇策によって相手を翻弄するタイプであり、自分の強さが正統なものではない、という自覚はあったのだ。キラークはしばらく考えていたが、やがてこんなことを言った。

「今回のチーム作りでは、ひとつ新しいことを考えた。つまり、おれたちは日本に住んでいる。そして世界戦は、ヨーロッパのサーバーで戦うことになる。接続遅延による効率のロスは免れない。それは絶対にハンディキャップであって、単純な撃ち合いになれば、イーブンな条件で勝てる相手だったとしても、負けてしまうだろう」

「そうだろうな」私は答えながら、第一期日本代表メンバーが惨敗した試合の流れを思い出した。ありのままを言えば、彼らはみな定石をやろうとし、完全に対策された。それだけ欧州のレベルが高かったとも言えるし、接続遅延という拭いがたい不利な条件が、予想以上に効いていたとも言える。

「第一期の代表メンバーは全員、たったひとりで状況を変えてしまえるほど力を持った、スタープレイヤー揃いだった」とキラークは言った。「しかし、それじゃあ足りなかった。おれたちのエイムは日本では最強だったかもしれないが、世界を舞台にすると、ごく平均的なものだった。そもそも、0.3秒もの接続遅延のなかで真正面から戦おうという戦略そのものが、あきらかな間違いだったんだ」

「じゃあ、奇策でいくのか？　日本代表が全員でマップに煙幕を焚いたりして」

キラークは笑いながら答えた。「もちろん、場合によっては。ただ、奇策というわけじゃない、BPからはおまえしか呼ばないつもりだからな。おれが考えているのはこういうことだ――目の前の敵に対処すると同時に、戦況を俯瞰できる能力、これを持ったプレイヤーを揃える。はっきり言って、おれたちのエイムは、もうこれ以上伸びようがない。伸ばすところがあるとすれば、それは戦略だ。だから、この一人称視点のゲームのなかで視野狭窄を起こさずに、未来へと視線を送ることができるプレイヤーを、採ることにした。おまえもそのうちの一人だ」

「光栄なことだ」と私は言い、笑った。

「おまえはおそらく、自分の能力を過小評価している。おまえの能力は、おれの計画にとって絶対に必要なものだ。おまえは移動がうまい。自分でも気づいていないかもしれないが、おそらく日本で公式戦をやっている人間のなかで、いちばん速い。だからおまえは、誰よりも速く動けばいい。そしてその移動を、敵を倒すためではなく、マップの攻略目標を達成するために使えばいい。BPは奇策のチームだと思われているが、本当はあの戦い方が、このゲームにおける勝ち方なんだ。馬鹿みたいに敵の頭を撃ち抜くことばかり考えているチームは、古い。そして弱い。もちろんエイムはそれなりに鍛えてもらわなきゃいけないが、CRTディスプレイを使えば、不足はすぐに補われるだろう。おまえはメディックをやれ。サポート・メディックだ。やってくれるか？」

「もちろん」と私はいささか熱に浮かされて答えた。「このゲームがエイムの強さだけで決まるもんじゃないってことを、ヨーロッパ人どもに見せつけてやろうぜ」

そして私たちは互いのグラスを打ちつけた。

第二期日本代表のメンバーがはじめて一堂に会したのは、私とキラークが食事をした数日後だった。いまでも発見することができるインターネット上のとあるログには、いまだにメンバーリストが記されている。

キラーク(Cpt.)/Field Ops（無所属）
ミルク/RG Engineer（Clanmatch Workshop Studies）
ロールストーン/Support Medic（The Beatuiful People）
アップステイト/Support Medic（Gaming Yellow Monkeys）
スティーブ/Assault Medic（NAD）
ヴィクター/SMG Engineer（Alternative）

私が驚いたのは、キラークがすでに自分のチームを脱退していたことだ。おそらく、日本代表チームのマネジメントに専心するためだったのだろう。

代表としての練習は、外から見れば厳しいものに見えただろうが、私自身は心から楽しんでいた。チームメイト全員がこのゲームを何らかの形で極めていた。個々人の技術に関して不満を感じたことは一度もなかったし、チームとしての動きは練習試合を経るたびに向上した。

ただ、それぞれのチームの要《かなめ》となっている選手が抜けた状態で、日本代表チームと互角に戦えるようなチームは、存在しなかった。そういうわけで私たちはヨーロッパのコミュニティに参加し、ＩＲＣを通じて対戦相手を募った。問題だったのは、時差だ。地域にもよるが、ヨーロッパはだいたい日本のマイナス九時間。どうがんばっても夜中の二時ごろからしか試合相手が見つからず、そのために代表選手たちは、夜型の生活に順応しなければならなかった。

一日のスケジュールはこうだ。日本のコミュニティは午後十時ごろから活性化し、それぞれのチームが練習試合の相手を組む。そこで自分のチームに選手として出るものは練習試合を行い、終わるのがだいたい零時ごろ。後進の指導に熱心なものはその試合の録画をチームメンバーと見返しつつ、そうでないものは日本代表のボイスチャットに入室して待機する。欧州の試合などを観戦しつつ、一時ごろからＩＲＣを通じて試合相手を探し、見つかり次第、欧州のサーバーに接続して、練習試合を行う。

接続遅延という巨大な制約があったとはいえ、さすがに欧州の平均的なレベルのチームには常勝した。ただ、明らかに実力ではこちらが上回っているにもかかわらず、なぜかペースを完全に掌握されてしまい、無残な負けを喫することも多くあった。

私たち日本人は、ずっと同じようなチームと戦うことに慣れてしまっていた。なにせ、ほとんどおなじ面子《めんつ》が競技シーンの第一線に立っていたのだ。長い戦いのあいだに、お互いの手癖まで覚えてしまっていた。そんななか、まったく未開の地である欧州の、得体の知れないチームと戦うのは、灯りを持たずに夜の森に分け入るようなものだった。内地の熊を狩ることにかけてはプロの猟師でも、はじめて目にする外地の鹿を狩ることは、やはり挑戦的な仕事なのだ。

それでも私たちは夜ごとに強くなっていったし、その実感もあった。はじめのうちは、チームのほかの五人がいったいどんな動きをするのか――ある一人が窮地に陥ったときに見せる瞬時の閃き、行動の癖やパターン、先験的傾向など――について、私たちは互いにまったく無知だった。刻々と状況が変化し、また二度とおなじ状況が再現されないインタラクティヴな対戦において、ある状況における絶対的に正しいプレイなどというものは、存在しない。定石や型を覚えることはもちろんだが、実戦においては、どうしてもそこを越えた独自の判断が要求される。

そんな、ぎりぎりの部分において発現されるもの――次の瞬間にリロードをするのか、ハンドガンに切り替えるのか、グレネードを握るのかといった、非常に細かな選択――こそが、ひとりのプレイヤーの個性である。

プレイヤーがチームメイトの個性を把握することは、不可欠である。そうしなければ、ひとつの有機的なシステムとなって、他者と戦うことなどできない。そして把握は言語的なものではなく、身体的なものであり、やはり練習試合で共に戦うことが、互いを知るためのもっとも効率的な手段であった。

こうして、私たちはお互いの個性を学んでいった。興味深かったのは、その発言や性向から感じられる個人の性格と、実際のゲーム上の動きから感じられる個人の性格が、ほとんどの場合において一致しなかったことだ。たとえば、第二期日本代表のチームでもっとも若かった私は、不用意な発言や礼を失した言葉遣いを繰りかえしていたが、ゲームにおいては完全なサポート――他のプレイヤーを助け、援護する役回りを負っていた。冷静さという美徳を備えたリーダーのキラークは、ほとんど飢えた野生動物のような獰猛《どうもう》さで、敵をキルすることを狙い続けた。ATRで私とともに長く戦ったミルクは温厚な性格の持ち主だったが、彼が投げるグレネードは、一度でもゲームをプレイしたことがある者なら間違いなく生理的嫌悪を感じるような場所に落ち、相手チームの精神力をじわじわと蝕んでいく類《たぐい》のものだった。さまざまな冗談を飛ばすアップステイトだけは性格とプレイスタイルが一致していて、いつもトリックスターとして敵を翻弄したが、博愛主義者的なところがあるスティーブは冷徹なほど正確なエイムで敵の頭を撃ち抜いた。いつもボイスチャットで謝ってばかりいるヴィクターは、時折オブジェクトに向かって信じられないほど大胆な動きをし、チーム全体を動かすきっかけとなっていた。

そう、ゲームをプレイすることに加えてもうひとつ心地よかったのは、一般にはまったく知られていないゲームの「日本代表」となり、平日の深夜二時から一緒にゲームをプレイするという、数奇な運命に導かれて集った仲間たちとの会話だった。私たちは年齢も住む場所もばらばらで、このゲームがなければ出会うはずもない者たちだったのだ。キラークは神戸の美大かなにかに通う学生で、ミルクは神奈川の実家で株を運用して食っている二十代、おなじサポート・メディックのアップステイトはパチンコ店の割の良いアルバイトで生活しているフリーター、スティーブは全国に名の聞こえた有名大学の院生、ヴィクターは北海道の農業高校に籍を置く引きこもりだった。そして私は学校教育をまじめに受けるつもりのない高校一年生であり、ほかの全員とおなじくらい集中してゲームをする時間があった。

冬から春にかけての数ヶ月間、私はほとんどこのゲームのこと以外の記憶がない。おそらく、私とともに戦ったほかの五人のメンバーもおなじような状態だったと思う。なによりも顕著だったのは、健康面への影響であった。洗練された冗談でいつもメンバーを笑わせていたアップステイトはある夜、トイレから戻ってくるなり、「自分の小便から胡麻油のような臭いがした」と深刻な声で報告した。また、おそらく当時の日本でもっとも優れたエイムを持っていたスティーブは、日本代表として深夜の練習をはじめてから日ごとに視力が弱まり、けっきょく大会までに二度も眼鏡を新調した。ヴィクターは想像を絶するような彼の引きこもりの状況について語り、北海道にごきぶりがいないことは自分にとって幸いだった、という凄味のある一言で話を締めた。私自身、公《おおやけ》に口にすることはなかったが、激しい頭痛と腰痛に悩まされていた。私たちはそういった身体的苦痛すら笑い話に変えながら、一心にゲームをプレイし続けた。

いまとなっては確かめることもできないが、両親が私の行動を許し続けていた理由は、まったくの謎である。おそらく、父親は私がなにか面白いことをやっているらしいと勘違いしてくれ、母親は私にどう接していいかわからなかったのだ。それで、とりあえず放っておいたのだろう。本を私室にうずたかく積みあげ、液晶ディスプレイが市場を席巻した時代にブラウン管ディスプレイを好きこのんで手に入れ、学校から帰ってくるなりベッドに伏せ、夜中に起き出してコンピュータに向かい、ごそごそと何かやっているらしい息子に対して、親としてどんな行動をするべきかなど、誰にわかるというのだ？

春休みに入ると、私の体調はみるみる回復した。カフカ式睡眠法を継続する意味もなかったので、日没とともに目覚め、日の出とともに眠るようになった。ひとかたまりの睡眠というのは、何事にも代えがたい快楽であることを私は知った。毎日のように代表チームと会い、欧州に出かけて、練習試合を繰りかえした。そのころにはもう、海外のスタープレイヤーたちの名前をいくつも諳《そら》んじることすらできるようになっていた。私たちはひとりの選手として戦い、またひとりのファンとして、欧州で繰り広げられるさまざまな大会の推移を追った。そのころには、選手たちの活躍や競技シーンの趨勢を追う、欧州のポータルサイトに掲載されていく英語の記事も、なんとか読めるようになっていた。

いまでも覚えているのは、もうすぐ私たちと戦うことになるイギリス代表選手のひとり、クィンのインタビューである。記事に添えられていた写真に写る現実世界の彼は、車椅子に乗った色白の少年であり、両脚が腿のところから消えていた。ごく簡潔にだが、「八年間のリハビリ」という文面も目に入った。記憶が確かなら、あのインタビューは、つぎのような文章で終えられていた。

In real life, I am slower than anyone. Though in this game, I am called the fastest man on Earth. That's my pride.

現実世界では、僕は誰よりも遅い。でもこのゲームでは、世界最速の男と呼ばれている。

それは僕の誇りだ。


春休みが明けたのち、私は高校二年生になった。二〇〇八年のことだ。いつもどおり、私は頬杖をついてフェンスの向こうの空を眺めていたが、そこで担任がやってきて、二年生のカリキュラムを説明した。私は嬉しかった。ようやく、入学時に期待していた電気通信の授業が始まるという。はじめてコンピュータ・ルームに入り、見たことのない教師があらわれて、これからの授業についての説明を始めたとき、私は楽しみでならなかった。

授業が始まった。「それでは、このマークのついたボタンを押してください」と担任が言った。生徒たちが、一斉にコンピュータの筐体に埋め込まれた電源ボタンを押した。通風ファンがうなり声をあげ、ＯＳの起動音が教室中に満ちた。

「では、マウスを操作して、画面の左下にあるスタートボタンを押してください。そのあと、トレイのなかにあるシャットダウンというボタンを押してください。ここまでで、わからない人は手を挙げて」

私はデスクに両肘をつき、両手で顔を覆い、「おれたちは小学生か？」と独語した。

その日から数日間、日本代表の練習を休ませてもらった。コンピュータの前に座って、小説を書いたり、YouTubeで音楽を探したり、この世に存在していない架空の女の子に恋をしたりした。

そうしているうちに考えがまとまってきて、階下にいる両親のところへ行った。

彼らは、私たち家族があと三年と六ヶ月ほど食事をともにすることになる台所にいた。

私は通学鞄に入れっぱなしにしておいた、全校一斉学力テストの成績通知表を取り出し、両親に見せた。国語が一位、英語が三位、数学が最下位だった（ちなみに、最下位タイは七人いた）。母親は天にも昇りそうな勢いで喜びをあらわにし、私を抱きしめた。父親は座ったまま黙ってビールを飲んでいたが、突如「よくやった！」と大声で叫んだ。弟はしきりに感心し、「おれにはここまでの成績はむりだなあ」と呟いた。

良い感じの雰囲気だった。

それから、私はゆっくりと、数日間考えていたことを口にした。私の話が進むにつれ、立ったまま笑みを浮かべていた母親の顔色はだんだんと青くなっていき、終いにはその場によろよろと崩れ落ちた。父親は黙っていたが、口元に奇妙な笑みをたたえたまま、じっと手の中のグラスを見つめていた。弟は腕を組んだまま黙って聞いていたが、ゆっくりと席を立つと、「おれはいないほうがいいと思う」と言い残し、自分の部屋へと戻っていった。

「本気なの？」と母親が言った。

「本気だ」と私は答えた。

それから二日か三日ほど、階下の両親がふたりで話している声が聞こえていた。ずっと聞いていたわけではない、ヘッドフォンをしていたからだ。ただ、母親のほうが声を荒らげる瞬間が何度かあり、それで話をしていることがわかっただけだ。そしてある朝のこと、父親が私に向かって言った。

「誕生日おめでとう。今日はおれが送ってやろう」

それで私は父の運転する車の助手席に乗り、一年間と一ヶ月と二週間通った高等学校に向かった。職員室に入って担任に事情を説明していると、さすがに申し訳ない気持ちになった。話を終えると、担任は黙ったまま頷き、職員室の奥へ行って、ずいぶん長い間開かれていなかったであろうファイル・キャビネットから一枚の紙を取り出し、ペンを添えて、私の前のテーブルに差し出した。私はペンを握り、その紙に、こんなふうに署名した。

退学申請書

平成二十年 五月 十四日

理由：一身上の都合につき、

関西○○学院高等学校電気通信科を退学いたします。

二年B組　出席番号＿＿番　藤田祥平

「僕の出席番号って何番ですか？」

「二十一番だ」担任はため息をついた。「それくらい覚えておいてくれよ」

「すみません」私は追記した。

「判子はありますか？」と担任が言った。

「こんなこともあろうかと」と父が言い、スーツの内ポケットから印鑑と朱肉を取り出した。彼はなぜか得意気だった。

私は父から判子を受け取り、自分の名前のそばに捺印した。

そういうわけで、これが私が人生ではじめて捺《お》した判子である。

折よく休み時間が近づいていたので、担任は私と父親を教室まで連れて行き、私はちょうど授業が終わったばかりの教室に入った。教科書を取りに来させたのだろうが、私は自分の机のなかに入っている文庫本を通学鞄のなかに詰め込んだだけで、あとは放っておいた。父親は廊下側の窓枠に両肘をついて、私のかつてのクラスメイトたちに声をかけ、なにやら朗《ほが》らかに世間話をしていた。それでただ事でないと分かったのか、私のそばに数名の生徒たちがやってきた。そのなかにはヤハウェの姿があり、心配そうな顔つきで私のことを見つめていた。通学鞄を肩にかけている私の姿を見て、事情を察したらしい。

「辞めちゃうの？」とヤハウェは言った。

「ああ」と私は答えた。

彼はしばらく黙り込んだが、やがて言った。「わかったよ。なにがあるかわからないけど、頑張ってね」

他の生徒たちも私に似たようなことを言い、私はひとりひとりに礼を言った。その短い時間のどこかで、ひとりの男が私に声をかけた。夏休みの宿題の共有計画を告知するあのスピーチの時間、自分はなにひとつ勉強ができないと勇敢にも告白した、あの男だった。

「おまえよお、もしかしてよ、あのゲームのために学校を辞めるのか？」

混ぜ返すのもなんだったので、私は微笑みながら、そうだと頷いた。

「すげえ！」と彼は言った。「がんばれよ。勝てよ！　世界戦は夏だよな、ぜったい見るぜ。おまえが勝つところ、楽しみにしてるよ」

ほかの生徒たちも口々に、私を応援していると伝えてくれた。これは流石《さすが》に効いたが、男らしいストイシズムを発揮しようとして、私はぐっと涙をこらえた。

そこでつぎの時限の始まりを告げるチャイムが鳴り、教科の教師が入ってきた。私は皆に別れを告げ、教室をあとにした。

担任は校門のそばの駐車場まで私たちを送ってくれた。私はそそくさと車の助手席に乗り込んだが、父親が静かな声で、なにかあの先生に言っておくべきことはないのか、と囁いた。私はすこし考えて、ある、と答えた。父親は助手席の窓を下ろしてくれ、校門のところに立っている担任のすぐ側に車をつけて、窓越しに話せるようにしてくれた。

「先生、ひとつ言い忘れていたことがあります」

「何だ」と担任は答えた。

「Tの病院まで車を出してくれて、ありがとうございました」

「ああ」と担任は言い、ふっと息を漏らした。「そんなこともあったな。もうすぐ一年か」

「お元気で」

「元気でな」

私の父親はひとつ頭を下げ、車が走り出した。私が生まれ育ったベッドタウンに向けて京阪国道を北上しているとき、父親は一言だけ、私に向かって言った。

「それで、これからどうするつもりだ」

私はしばらく考えたが、うまい答えが見つからなかった。

「さあ」と私は言った。

父親は頷いて、赤信号をかわすためにアクセル・ペダルを踏み込んだ。

いくら汚れてもいいように丈夫な素材で作られたエンカン服に袖を通し、売り物の自動車をひとつひとつ磨き上げていくのは、苦しいが、やりがいのある仕事である。人によってやり方はさまざまだが、私の方法はこうだ。水道からホースで引っぱってきた水をたっぷりと車体にかけ、石鹸を吸わせたスポンジでボディを洗い、水で石鹸を洗い流す。それからハンドワイパーで水気を落とし、専用の洗剤をウインドウに吹きかけ、乾いたウエスで丹念に磨く。そのころには残っていた水気が蒸発しているので、こんどはボディにワックスをかけ、ウエスで拭き取る。ヘッドライトが曇っているときは研磨剤をかけてしつこく磨かなければならないが、やればやるほどきれいになるので、悪くない。

内装は外装にくらべると開放感がないので、あまり楽しくない。業務用の掃除機を引っぱってきて、ホースだけを車内に入れて埃《ほこり》を取る。ダッシュボードには洗剤を使いたくないが、ひどすぎる汚れには妥協するしかない。メーターの窓に貼りついた細かな水滴の痕や、エアコンの送風口に積もった埃を濡らしたウエスで拭き取れば、一丁あがりというわけだ。車の大きさにもよるが、小型の自動車なら十五分、大きなバンでも三十分ほどで済む。

機構についても、簡単な整備であればひとりでやれる。とはいってもごく基本的なことで、オイルの交換、エア・エレメントの取り替え、エンジンベルトの張りの確認などだ。ダッシュボードにマイナスドライバーを当てて側《ガワ》を引っぺがし、ブレーキランプの接触を見たり、ナビゲーション・システムの電源をバッテリーから引いたりすることもできる。運転も、車庫入ればかりやたらと上手くなった。

勤務時間は午後一時から夜七時まで。一日の途中、二度か三度ほど休憩の時間が入る。厳密に定められているわけではなく、話し相手が欲しいと社長が思ったときが休憩時間となるが、自分に与えられたぶんをこなしておけば、勝手に休んでも叱られることはない。

私とおなじようなことをやっている同僚はもうひとりいて、二十五かそこらの、明るく染めた髪を昼の仕事のあいだだけ頭の上でまとめているオリガという女性である。

彼女の夜の仕事場は、社長行きつけの地元のラウンジだ。私も何度となく行った。髪を下ろしてナイト・ドレスに着替えた彼女は、まったく見違えるように美しかった。社長がどうやって彼女を連れてきたのかはまったく知らない。

「あんまりおっぱいがないのが悩みなのよね」とオリガは言い、メンソール入りの煙草を吹かしながら、けらけらと笑った。「祥平くんはおっぱいが大きい子のほうが好き?」

私はしばらく考えてから、好きな人のおっぱいなら何でもいいですよと言ったが、なぜか虚ろな感じに聞こえたので、強調するためにもういちど繰りかえした。

「好きな人のおっぱいが好きですよ、僕は」

「いい子ね」

週に二度か三度のペースだが、勤務が終わると、私とオリガは社長が運転する車に乗って、五分ほど走ったところにある板金専門の工場へと向かう。そこは形式上は別会社だが、ふたりの社長は二十年来の付き合いで、片方が悪いときには片方が助けつつ、この土地でずっと仕事を続けてきた。三十年前に買い取った廃工場を若かりし日の社長が自ら改築したという工場の二階には、骨組の上にうすい鉄板が無数に敷かれていて、その鉄板の上に事務所と社員食堂が設けられている。もちろん違法建築だが、万一がさ入れが来た場合には、階段のところに大きな荷物をたくさん置く。そうしておいてから、二階はほとんど使っておらず、物置にしていると役人に伝えるそうだ。そういうわけで、私たちは公には存在しないことになっている工場の二階の社員食堂に入り、私とおなじように様々なところから集まってきた人々と、好きなだけビールを飲む。

私がこの場所に来るのは初めてではない。幼いころ、まだ商売が軌道に乗りかけているあたりで両親が忙しかった時期に、よく預けられることがあった。従業員たちは当時とくらべて年を取ったものの、性格に変化はなく、みな明るかった。私が久しぶりにこの場所にやってきたとき、彼らの記憶にあるより何倍も大きくなった私を見て、彼らがすぐに名前を言うことができた理由は謎である。とにかく彼らは、大きくなった私にさまざまな楽しみを教えた。酒、煙草、賭け事、そして女である。

彼らがさかんに働き続けているあいだに世界のほうが変わってしまったのだろう。彼らは最初のふたつ――酒と煙草――が、完全に健康に良いものだと主張したし、それを心の底から信じてもいた。健康を損なうのは、阿呆のように過剰に摂取するからだというのだ。私はべつに反論する気もなかったし、すすめられた酒や煙草を断るほどの馬鹿でもなかった。彼らの発言を証明するのは言葉による理論ではなく、健康に働き続けている彼らの肉体そのものだったから、そのぶん説得力があったのだ。そんなやりとりをしているうちに、オリガを含めた数人の女性たちが何かしら酒の肴《さかな》を作ってくれ、それで私たちは好きなだけビールを飲む。そのあと、当夜の空気によって麻雀か女かというふうに、夜の続きが分岐する。そのころにはすでに、オリガはラウンジで勤務するために消えている。

いまでは閉店したと伝え聞くそのラウンジは、たとえば梅田や祇園や三宮にあるような、都会的に洗練された店ではない。そもそも、こんなベッドタウンの片隅に店を開こうというのだから、物の分かっている客だけを相手にするつもりで営業しているのは当然だ。内装は非常に豪華だったし、置かれている酒も良く、女性もみな美しかったが、それらをすべてひっくるめた方向性は、現代からどうしようもなく外れていた。要するに、昭和の雰囲気が濃厚に残っていた。

エンカン服を着て頭の上でお団子を作っていたオリガがナイト・ドレスに着替え、髪を下ろし、しっかりと化粧しているのを見るのが好きだった。性格は昼に会うときとほぼ変わらなかったが、会話の端々や細かな言葉遣いに、いま話しているのは同僚ではなく客なのだと彼女が考えている

節が見えた。そしてオリガは、昼の時間に私の煙草に火をつけることはなかった。私はオリガの

そういうところが好きだった。

めったに他人の人生をコントロールしようとしない誇り高き私の父が、退学にあたって唯一私に突きつけた扶養の条件は、彼が経営している中古自動車の整備販売会社でアルバイトをすることだった。彼はこんなことを言った。

「おまえが一体何をしているのかは知らないし、説明してもらおうとも思わない、おれには理解できないだろうからな。しかしおまえはいつも学校から帰ってくるなり、それに備えて昼寝をし、万全の体調で臨んでいた。ということは、それはおまえにとって何よりも大事なことなのだろう。だから、おまえはそれをやれ。ただし、中腰でやるな。本腰を入れろ。そして、おれのところで車洗いのアルバイトをしろ。まったく違う場所に自分を置け、とくに若いうちはな。そうしなければ、自分が何者なのかもわからないまま、より多くの無為な時間を過ごすことになる。世の中には、自分が何者なのか分からずに腑抜けている人間が一定量いる。そういう人間は、たいていの場合、自分がなにをやっているのかもわからずに生きている。年齢は関係ない。五十でも、六十でも、カスはカスだ。おまえはおれの息子だ。人間というものは進化しているのだから、おれのつぎの世代であるおまえが、おれより劣っている訳がない。おまえはおれより優れているに決まっている、これは自然の摂理だ。しかしおまえは、どのあたりがおれより優れているのかまだ知らない。だからおまえはおれのところで車を洗うんだ。いいな?」

こういうことがあったから、いまでも私は彼が仕事をしているときには、社長と呼ぶ。

私はこうして酒と煙草と仕事を覚えた。帰宅してから酔いが醒めるのを待つ間、例のゲームの録画を見ながら、どうにかして自動車整備技術をこのゲームのプレイに応用できないだろうかと考えた。私は真剣だった。さまざまな部品が組み合わされて機能する自動車と、さまざまな選手が組み合わされて機能するチームは、どこか似たところがあるのだ。

もちろん、この奇想は酩酊《めいてい》から来るものだが、当時の私はまだ酩酊に詳しくなかった。

私はたまに、汗をかいたからという理由をつけて勤務後すぐに自宅に戻り、新しいシャツに着替えてからオリガのいるラウンジに一人で行った。ビールよりもウイスキーを好んだが、もちろん自分の好みというよりは、インターネットを介して見た種々の映画の真似だった。

オリガがほかの客の相手をしている時には、ほかのさまざまな女性と話をした。国籍も年齢もばらばらで、多様で楽しかったのだが、わけても興味深かったのは妙齢のママとの会話である。彼女の年齢は直截的には聞かなかったが、おそらく私と四十は年が離れており、たいていは洋装ではなく和装だった。彼女は言った、「店の女の子はみんなあんたの若さにまいってるよ」。私は笑いながら――これも映画の台詞から学んだのだが――「でもおれはママにいちばんまいってるよ」と答えた。

そういうとき、彼女は慎ましく笑ってくれ、私たちはほかの客のカラオケにあわせて、お互いの身体の半分をくっつけたまま、ゆっくりと踊った。彼女の帯の下に片手を添えたのは儀礼上というか、身体の組み合わせの都合上だったが、そのときに感じた乾きかけの餅のような手触りは、いまでもよく覚えている。

正確な日付はわからないが、彼女はもういない。肺癌だったのだ。だから私の手のひらが覚えているもっとも印象深い臀部《でんぶ》の感触は、死者のものである。

彼女の眠りが安らかでありますように。

もちろん支払いはすべて会社につけた。無断でそうしたわけではない。どうせ飲むならあの店で飲んで、会社につけてくれと社長から頼まれたのだ。そのほうが税金まわりのことと、女絡みのことで都合が良いらしい。得意先というわけだ。

いつもではなかったが、私が帰るとき、オリガは店の門のところまで送ってくれた。それから私たちは夜闇のなかで他愛のない会話をした。そこは国道一号線から脇道に入ったところにある小さな坂道の途中の店で、こんな時間まで営業している商店はほかにひとつもなかったし、人がたくさん行き来するような通りでもなかった。それで、私たちは好きなだけ好きなことをやれた。魔法のようなひとときが終わったあと、たいていの場合、オリガは私のすぐ耳元で囁いた。

「また明日ね」

夜の街を歩くのが好きだったので、たいていは三十分ほどかけて徒歩で帰った。そのあいだに、私の身体は物理的なものから電子的なものへと変化していくようだった。若くたくましい十七歳の青年の肉体はどこかへ消えてしまい、声と名前だけを持つ、ゲームへと送られていく一連の信号の束になるのだ。家にたどり着くころにはすっかり心はどこかへ行ってしまい、自分に肉体が存在することを思い出すきっかけは、ニコチンの不足と疲れだけだった。

私は午後一時から七時過ぎまで働き、帰宅したのちに、自分のチームの練習試合に出た。酒を飲んだときには十二時ごろに帰宅したが、二時間ほどかけて酔いを覚ました。そのあと午前二時から午前六時まで日本代表として練習を行い、日の出とともに眠った。目覚めるのは、たいてい昼の十二時を回ったころだった。

日本人コミュニティは熱狂に沸いていた。代表チームの強さの質が昨年と根本的に異なっているることが、人々の興味を惹いたのだ。ほかの選手も同様だったと思うが、IRCを通じて、さまざまな応援の言葉が私のもとに届いた。私が作ったチーム、BPの選手たちは半ば揶揄《やゆ》するように。高等学校のかつての同級生たちは熱っぽく。PUBサーバーの常連たちは、不可解だが独特な言葉遣いで、それぞれに期待をかけてくれた。

当時の私には、戦場で起こりつつあるすべてのことが見えていた。チームメイト全員の位置と彼らの体力、ひとつのマップにおける有効な射線の種類、濁流のような勢いで展開していく試合の趨勢が、手に取るようにわかった。キラークから譲り受けたCRTディスプレイは、私の射撃精度を上げただけでなく、移動速度も向上させた。あるひとつの的確なタイミングで入力を行えば、システムはしっかりと私の意志に応えた。

国内の練習試合において、私はそうしようと思いさえすれば、BPのほかの選手たちをおとりにして、ひとりで勝利目標を達成することさえできた。日本代表のほかの選手たちも私と同様に、チームとしての動きだけでなく、個人の特性をより洗練させていた。キラークは暴力的な動きで敵陣に突撃し、空爆を投下して大量のキルを瞬時に奪い、相手チームをリスポンタイム一周期ぶん無力化した。ミルクは彼にしか見えていない星座に向かってライフルグレネードを撃ち、マップを横断した弾頭はモーターとなって敵陣の基点に着弾した。

ほかの選手たちはどうだったかわからないが、グループリーグ参加をかけた予選が始まる日、私はほとんど緊張していなかった。

初戦の相手となったポルトガル代表との試合は、よく覚えている。

我々の圧勝だった。

第二期日本代表チームにおける私の役割はサポート・メディックだった。このゲームにおけるメディックという兵科は、システムではなく選手のプレイスタイルによって、ふたつの専門性を獲得している。

メディックは自分の体力を回復できるために、単体でも充分な突破力をもつ。

また敵の砲火を受けて倒れたチームメイトを「蘇生」でき、ほかのユニットと組み合わせたときにも効果を発揮する。

ただ、とても速いペースで展開していく実戦において、このふたつの役割を両立することは難しい。

そこで自然と、戦闘能力に優れたものはアサルト・メディックに、戦況を見極めることに長けたものはサポート・メディックに落ち着いていく。

もっとも足の速い私が敵陣に切り込むのではなく、隊列の後方にいて味方を支援する役割を負っていたのは、べつのところで戦っている味方の位置まで、すぐに移動することができたからだ。ボイスチャットによる細かな報告がなくとも、どこでどんな種類の音が鳴っているか、チームメイトの体力がどの程度残っているかで、私は毎秒ごとに継起するすべての出来事を察知できた。だから私は危機が迫るまえにクリティカルな地点まで移動し、到着した瞬間に倒れる味方を蘇生し、そのまま戦いにまわることができた。

サポート・メディックを長く担っていると、チームメイトの動きや位置関係から、ある種の重圧のようなものが感じられるようになる。これは拠点を防衛しなければならない守り側でも、守りの亀裂を突かなければならない攻め側でもおなじだ。重圧というのは、単純な相手の強さ、たとえば移動の速さだとか、チームプレイの効率、あるいはこちらの頭にいかに速く照準を合わせられるか、といった外面的な要素のみから来るものではない。一口に言えば、可塑性——刻々と変化する戦況に合わせて、チームという有機的なシステムを適応させていく、敵方の能力から来る。

優れたチームは、対戦したとき、相手方がチームとして行う戦略や戦術、そして個々人の選手の癖のようなものを、瞬時に見抜く。誰か一人が見抜くのではない、全員が見抜くのだ。そして私たちがこのゲームをプレイするときに互いに見抜こうとするのは、行き先が不明な分かれ道の、右を取るか左を取るかといったレベルの本質的な選択の傾向であって、それは個々人のアイデンティティにすら関与する問題である。

直感、と言うほうがいいのかもしれない。勝利オブジェクトに通ずる道がふたつあるとき、相手が通ると思われる道を選んで、足止めのためのグレネードを置く。べつの道ではなくその道に置く理由は、試合中に感じられる相手方の行動の総体——動物的本能と言える何か——の観察結果から瞬時に決定される。意外に思われるかもしれないが、経験の積み重ねや、相手チームの分析などからではないのだ。そのような要素が力を発揮するのはもう一段低い段階であって、各国のもっとも優れた選手たちが出場する世界戦においては、この可塑性こそが場を支配する。

これは、ほとんど禅のような概念だ。形はなく、言葉にするのは難しい。このゲームにおけるチームは、いわば単細胞生物のようなシステムである。この生物は非常に単純に見えるものの、じつは複雑な生存のための機構を備えている。それは環境に適応する能力であり、外敵から身を守る能力であり、つねに自己を更新しながら流れゆく時間のなかに留まり続ける能力である。

このゲームが持っている環境を知り尽くした各国代表の選手にとって、生き延びられるかどうか——勝利できるかどうかはひとえに、マップに挿入された対戦相手という異質な環境に、いかに対処できるかにかかっているのだ。そう、まるで、水を変えられた単細胞生物のように。

そういうわけで、ポルトガル代表との戦いが始まってからたった数分後に、私は勝利を確信した。後方にいた私は直截的に把握したわけではないが、チームメイトの落ち着いた対処を感じているうちに、相手方が私たちにとってコントロール可能な存在であることが分かってきたのだ。彼らはのろく、遅く、鈍重だった。もちろんこれは、単純な移動の速さではない。いわば、精神のスピードだ。ひとつの拠点を奪われることがあっても、私は落ち着いて、味方に前線を下げるよう指示することができた。状況が悪くなった相手方が打つ奇策にも、眉ひとつ動かさずに対処することができた。私は後半には真面目にプレイすることをやめて、相手のリスポン地点の裏手で、どうにかしてオブジェクトを奪取しようと小銃を撃ちつづける、ポルトガルのあるひとりの選手の背後にまわり、彼の背中にナイフを突き刺した。

「勝てるもんだな」と私は言った。

「当たり前だ」とキラークは答えた。「まだ予選だぞ」

優勝候補のベルギー代表には惜敗したが、つづくスペイン戦では勝利を収めた。日本のコミュニティは火がついたような騒ぎだったが、欧州のコミュニティも、予想だにしていなかった極東の黒馬の出現に驚いていた。まったくの異郷で生まれた選手たちが物珍しく見えたのだろう、いまでもインターネット上で発見することができるログには、第二期日本代表メンバー全員のインタビュー記事が掲載されている。ある粘り強いイギリス人の記者がＩＲＣ経由で私にずっとコンタクトを試みてきて、その熱意に負けたのだ。私たちは全員めちゃくちゃな英語で答えたが、その記者は存外にきれいな文章をまとめてくれ、いま読み返すとなかなか面白い。

私たちのチームで唯一、純粋な撃ち合いで欧州諸国の選手と渡り合えたスティーブのインタビューには、彼のスター性と内容そのものの良さのために、四百件余りの読者コメントがついている。

質問——あなたはどれくらいの期間、このゲームをプレイしていますか？　また、日本のコミュニティはどんなものですか？　「僕自身は四年ほどこのゲームをやっています。ずっと日本の仲間たちとプレイしていました。僕たちは英語ができないので、欧州にこんなコミュニティがあったなんて、知りもしませんでした。時差と言語の壁さえなければ、すぐにでも出ていきたいくらいだ。でもそっちの夜九時はこっちの朝六時で、とてもじゃないけど無理ですね」

ほかの質問——あなたの素晴らしいエイムの理由を教えてください。「練習です。繰り返しの練習。辛いときもありますけどね。はっきり言って、このゲームで強くなったからといって、誰かが金をくれたり、生活していけたりするわけじゃありません。それでも、僕はどうしても強くなりたいんです。誰よりも強くなりたいんです。なぜでしょうね？　このゲームじゃなくても良かったのかもしれない、と思う時もあります。たぶん、そうですね、それは間違いないことです。ただ大切なのは、何かひとつのことを僕はここまで突き詰めてやったんだということなんです。——自負です。それは自負のようなものなんです。それがあれば、いつかこのゲームを辞めることになっても、その自負が僕の背中を押すと思います。そうだ。だから僕はこのゲームをプレイしつづけているし、誰よりも強くなろうとしつづけているんです」

スティーブほど優れた内容ではないが、奇抜な動きで玄人筋の注目を集めていたアップステイトのインタビュー記事も面白い。性格がよく出ている——というか、かなり味付けはされているが、だいたいのところはおなじだ。「どうしてこんなことをやってるのか全然わからんよ。前のスペイン戦なんか、こっちの朝三時にやったんだぜ。めちゃくちゃだよ。そんな時間、漁師だって寝てる。病気がこわいから毎年人間ドックに行くことにしてるんだが、練習がいちばんきつかった夏前なんか、医者にひどく注意されたんだ。キラークがあんまりしつこいから引き受けたが、来年はパスだな。でも今年はやってやるよ。ベストを尽くすつもりだ。相手がヨーロッパ人だからってチームメイトはビビってやがるが、結局、おんなじ人間だろ？　ぶっ殺してやるよ、待ってろ、白人ども」

濃密なスケジュールで行われた予選のあと、一週間ほどの休息期間が設けられた。つぎのグループ・リーグではさらなる熱戦が予想されたが、けっきょくは抽選の結果によるので、どうなるかは運任せだった。というか、私たちはこの時点である程度満足していたのだと思う。べつにグループ・リーグで強豪国と当たろうとも、それはそれで良かった。ありていに言えば、私たちはすでに他の誰にもできない経験をし、無形の名誉を得たのだ。できるかぎり上に行ければ良いが、無理だったとしても仕方がないし、楽しめたからそれでよい——そんなふうに考えていたが、インタビュー記事におけるキラークの発言だけは、物々しい雰囲気を放っていた。

「優勝しなければ意味がない」記事のなかで、キラークはこう発言している。「私はそのために最高のチームを揃えた。各国の誇り高き英雄たちよ、決勝トーナメントで会おう」

キラークの言葉通り、私たちはすっかり波に乗っているようだった。実力もあったし、運もあったのだろう。私たちはスウェーデンとハンガリーに勝利し、さらには優勝候補と目されていたエストニア代表を下した。それで、グループ・リーグを全勝で抜けることになった。このあたりの戦いの記憶はまぜこぜになっていて、どうも判然としない。呼び覚まそうとしても、いくつかの断片的な映像が浮かんでくるばかりだ。

なんといっても、これは十年近く前の出来事なのだ。

恍惚状態にあった試合中よりも、興奮が徐々に抜けていき、それにかわって全身に喜びが満ちていく勝利のあとの快い時間のほうが、記憶によく残っている。日本のコミュニティはかつてないほどの興奮に包まれていた。うまい具合に、代表選手の所属チームが分かれていたのが良かったのだろう。結果としてそれぞれが、いちばんの仲間たちから快い賞賛の声を受けることとなった。

もちろんこの世界大会は、欧州のコミュニティによる自発的な催しであって、優勝したからといって金品が贈られるわけではない。esportsなどという言葉は、まだ生まれてもいない時代だったのだ。しかし私たちが求めていたのは、金品ではなかった。求めていたのは、ただ戦うこと、それもより楽しく、より熱烈に戦うことだった。

決勝トーナメント初戦の相手であったドイツ代表が試合時間に姿を現さなかったことは、いま考えても残念である。私たちはさすがに試合に備え、腰を据えてドイツ代表の動きを研究し、万全の態勢で審判に指定されたサーバーに接続した。五分が過ぎ、十分が過ぎ、二十分が過ぎた。マップのなかで手持ちぶさたにうろうろしていた我々は、この前代未聞のブルー・ボールの予感を打ち消すために、全世界に向けてライヴ・ストリーミングされているサーバーのなかで、グループ漫才に興じた。

誰も笑わなかった。

そのあたりのどこかで審判が言った。「ドイツ代表が現れないので、日本の不戦勝とします。解散してください」

もちろんライヴ・ストリーミングのチャット欄は大荒れだったはずだが、幸いにも中継先のチャットの模様は選手に見えないようになっているので、私たちは「勝った！」と言い残し、静かに去った。そういうわけで、私たちはこの世界で四番目に強い国の選手になってしまった。完全に消化不良だった私たちは不満を言ったり、勝ちを拾えてよかったと言ってみたりしたが、そのうち時刻が午前四時であることに気づき、みんなで床《とこ》に就いた。あの日に聞いた窓外のこおろぎの鳴き声は、いまでも忘れられない。

翌日、ドイツ代表がＩＲＣに現れて、運営に対して日付の伝達ミスがあったことを申し立てた。日本代表はドイツと試合がしたかったので、もういちどスケジュールを組み直してほしいと伝えたが、決定は覆《くつがえ》らなかった。運営もボランティアなのだ。それだけの時間を割《さ》く体力がなかったのだろう。

二〇〇八年九月四日に行われた第十二回ネーションズカップ準決勝戦、日本対イギリスの戦いは、ほとんど完全に均衡していた。中盤までの結果を明かすと、第一マップを日本が取り、第二マップをイギリスが取った。よってマッチカウントは一対一となり、コイントスによって決定される第三マップの戦いで勝利したチームが、この試合の勝利者となる。ちなみにこの試合には、私が心酔していた世界最速のプレイヤー、クィンも、イギリス代表選手として出場していた。

コイントスの結果、イギリスが選んだマップは「フロストバイト」だった。マップの勝利条件は、守り側の陣地の奥にあるオブジェクトを攻め側が奪取し、両陣のちょうど中間にあるラジオ塔まで運ぶこと。このオブジェクトに到達するルートはふたつあり、メイン・ルート、サイド・ルートと呼称される。これらの名称は、それぞれの終点である勝利オブジェクト到達までの地形的難度をあらわす。

試合中には、チーム内でのみ、ボイスチャットでの通信が許可される。これによって、離れた地点にいる味方にも、自分が見ている状況を報告することができる。両チームの選手全員が「準備完了」のサインを出すまでの短い時間、私たちはさかんに、さきほどまでプレイしていたふたつのマップにおける、イギリス代表の動きについて意見を交換した。

その内容は、柔らかいとか軽いとか素早いといった、なにか物質の質感を評価するような、奇妙な語彙で交わされた。それぞれに見えていた視界は異なっていたはずだが、しかし私たち六人の日本代表は、ある一点で意見の一致を見た。

「やつらの基点はメディックだ」

イギリス代表の戦法は、総体として、非常に守備的なものだった。いくらでも前線を上げられるタイミングでさえ、勝利目標の周囲には、つねに一人か二人のメディックがいた。一人称視点がもたらす視野狭窄のなかでは、どれだけ細密に敵の位置を摑もうとしても、撃ち漏らした敵が前線を抜けてしまうことがある。その敵をカバーするための、立体的な守備というわけだ。この発想自体は、そこまでめずらしいものではなかった。ただ、彼らの独自性は、最後方にいる選手がつねに交代しつづけるという、チームプレイの流動性にあった。めまぐるしく変化しつづける戦場のなかで、つねにポジショニングを交換し、より効果的な守備を確立する。計り知れないほどのコミュニケーションの円滑さが、チーム全体の動きから窺えた。

より恐ろしいのは、彼らの攻めだった。世界最速の男、クィン。実際に相対したとき、私たちは彼のほんとうの怖さに気づいた。クィンのプレイスタイルは、彼自身がそこにいない時でさえも、前線の選手たちにプレッシャーを与えるものだった。彼は、いわば、忍者だった。前線のどこにも死角はない、マップのすべてを見渡せていると確信しているときでさえ、クィンは私たちの守りの空隙を見つけ出し、いっきに奥まで駆け抜けて、なんの準備もできていない後衛の選手たちをキルするのだ。

しかしクィンのプレイスタイルは、じつは私自身のプレイスタイルの、鏡映しでもあった。

みじかい議論のあと、私たちは先守を選択した。

両チームの選手全員が、「準備完了」のサインを出した。

審判がマッチ開始の手続きを行い、私たち全員のディスプレイの画面上に、黄色い文字が大写しになった。

MATCH STARTS IN 30 SECOND（S）
PREPARE FOR FIGHT

試合開始直後、私は、二次大戦のドイツ軍の対ソ連前線のどこかにある物流倉庫のなかを駆けていた。ほかのチームメイトたちの姿は、すぐに視界から消えた。彼らの足音が、はるか後方に遠ざかっていく。最初の廊下の突き当たりを右、ドアを開いて二階から飛び降り、コンテナのあいだをジャンプして、階段を駆け上がりながら双眼鏡をのぞき、砲撃を要請する。完璧な操作だった。最短距離を最速で駆け抜け、理論値ぎりぎりのベストタイムで初手《しょて》を打った。序盤はこっちの勝ちだ――そう思いかけた瞬間、目の前を黒い影が横切った。

クィンだった。

私はすぐさまボイスチャットで報告しながら、奴の背中にむけて小銃を放ちつつ、慄然としていた。守備側の砲撃要請手の初動を上回るなど、もはやマップデザイナーの構想を無視してのける離れ業だ。どんなルートで、どれだけの速さがあれば、そんなことができる？

「メディック1、CPから階段を下りて物流倉庫！」と私は叫んだ。

「クィンか、速すぎる！」アップステイトが応答し、はるか後方で銃撃が聞こえ、キル・ログが流れた。「クリア！」

そのとき、おそらくチームメイト全員が、これはまずいと直感した。クィンをキルするまでの数秒間、私たちの守備システムは完全に停止していた。私をのぞく全員が後方にいたし、私自身もクィンに気を取られて、いまだに敵チームの位置を捕捉していなかった。私はすぐに階段を駆け上がり、メイン・ルートを見渡せる窓から、敵影をもとめて物流倉庫の外を見渡した。

誰も居なかった。

「サイド・オールだ！」と私は叫んだ。「全員、いますぐ引け！」

〈勝利オブジェクトが奪取されました〉とゲームシステムが宣言した。〈奪取者をキルし、オブジェクトを取り返してください〉

その瞬間、日本代表の六名の思考が、0.5秒のあいだだけ、過去に向かった。なにが起こったのか、だれひとり瞬時には把握できなかったのだ。そして私たちは悟った。それ以外に結論がなかった――クィンだけがメイン・ルートを駆け抜けて囮《おとり》となり、ほかの全員がサイド・ルートを選択した。

「第一防衛線放棄」とキラークが言った。

指示を聞き終えるまでもなく、日本代表は全員が後退をはじめていた。もっとも前線にいた私は〈自殺〉を行い、メディックにクラスを変更して、生き返った。そのとたん、銃声が聞こえてきた。私はそちらに駆けながら、ヴィクターの冷静な報告を聞いた。

「小部屋にメディック1、倉庫にメディック2とフィールドオプス1、オブジェクトは小部屋のメディックが持ってる」

その報告が終わるまえに、私は敵と相対した。大量のコンテナで視界のほとんどが塞がっていたが、得意な地形だった。私は、ごくふつうのプレイヤーがひとつのコンテナのそばを走り抜けるだけの時間で、ふたつめのコンテナのなかに入り、目の前を通過しかけたメディックをひとりキルした。すぐさま飛び出して、トラック・ストップでふたりの敵に囲まれたスティーブのもとへ向かい、銃弾に倒れたところを〈蘇生〉、同時に周囲を探る――オブジェクトはいったい、どこだ？

「ロール、ミルク、ヴィクター、ラジオ塔へ」とキラークが指示した。

私たちはすぐさま自殺し、リスポンして、ラジオ塔へと駆けた。私は棟の屋上にのぼり、敵チームのリスポン地点を確認した。そこにはすでに六名のプレイヤーが集結しており、こちらに向かって駆けはじめていた。瞬間、六つのトンプソンM1の銃口が光った。銃弾の豪雨から身をかわしつつ、ラジオ塔のなかに戻りながら、なかば絶望して、私は言った。

「第二防衛線放棄！　敵、リスポン地点からラジオ塔にオール！」

そのとき、天啓のような航空機の音、そして耳を聾《ろう》するような爆撃音が鳴り響いた。キル・ログが高速で流れ、イギリス代表の五名が、キラークの空爆によって死亡した。「プッシュ、プッシュ、プッシュ！」アップステイトが叫びながらラジオ塔を飛び出し、私もあとに続いた。敵リスポン地点とラジオ塔の中間にある、開けた場所。そこに、勝利オブジェクトを抱えた、敵のメディックがいた。狙いを定め、後退していくメディックの背中を撃った。一発、二発、三発、四発――しかし、敵メディックは必死に駆けて、敵リスポン地点の小屋に入った。

その瞬間、私は半秒のあいだに、味方の位置、残弾数、残体力、残スタミナ、そして自軍のリスポン周期と敵軍のリスポン周期を確認した。そしてもう半秒のあいだに、自分が敵のリスポン地点にたどり着くまでの時間と、敵軍が復活するまでの時間を考え合わせた。私の本能が叫んだ。

走れ。

「もう敵が復活《リスポン》するぞ、引け！」とミルクが言った。

「いや、いける！」と私は叫んだ。「アップステイト、サポートしてくれ、このままオブジェクトを狙う！」

そのとき私は、圧倒的な視野狭窄を体験した。CRTディスプレイが視界いっぱいに広がり、自分の照準のまわりだけがやけに大きく見え、すべての音が後方へと流れていった。私は右手でマウスを振り、左手でキーボードを操作して、誰よりも速く、この世界の誰よりも速く、東部戦線の雪原の平地を駆け抜けた。鈍色の空から無数の雪が落ち、遠くに雷光が見えたが、雷鳴は聞こえなかった。そのとき、右手に携《たずさ》えた拳銃の重みと、左手に携えた両足の軽さが、私の肉体の筋組織と完全に結合した。

速く、速く、速く。

この世界の誰よりも速く――

おれの眉間《みけん》めがけて飛んでくる、やつらの銃弾よりも速く！

「さて、当ラジオでは、第十二回ネーションズカップ準決勝戦、日本対イギリスの模様をお送りしています。遠く離れたふたつの島国の戦いは、途方もない熱戦となりました。強豪イギリス代表に対して、極東の黒馬、日本代表がすばらしい戦いぶりを見せています。試合は第三マップまでもつれ込みました。誰がこんなことを予想できたでしょうか？　日本のサムライたちは、第一マップの戦いでイギリス代表をほとんど完全に押さえ込みました。第二マップでイギリスが勝てたのも、ひとえに時の運だったという感じがいたします。

　しかしここに来て、日本の守りが崩壊しました。イギリスによってセットされたタイマーは、二分二十八秒！　とんでもない速さです。こんなタイマーは、公式戦、それも世界戦という大舞台ではなかなかお目にかかれないでしょう。

　手元に資料が来ました、クランベース・コミュニティのデータです――公式戦におけるフロストバイトのタイマーセット平均は、七分十二秒。イギリス代表は、そのわずか三分の一の時間で攻め落としたことになります――さあ、両チームとも準備完了のサインが出ました、カウントが始まります。後半開始まであと三十秒！　日本、ここで望みを繋ぐことができるか！」

　私は自分の手に握られているトンプソンM１の重みを確認した。そのとき、このゲームに費やした何万時間という時の流れが、とつぜん立体的な記憶として蘇ってきた。それは不思議な感覚だった。時間にしてみれば、一秒にも満たないだろう。私は椅子を蹴飛ばしながら立ち上がり、ほかの五名のチームメイトたちも私に倣《なら》った。リスポン地点の窓からはメイン・ルートの平野が見え、その奥に、こんどは私たちが攻める物流倉庫が見えた。視界いっぱいに、黄色い文字で、試合開始までのカウントダウンが見えていた。一秒の長さが見えていた。止めることのできない時の流れが見えていた。

イギリス代表の守りを砕くための時間は、二分二十八秒。

人間は、二分二十八秒で、なにができるだろう。いちばん近くにある駅に行くことはできるだろうが、電車に乗るのは難しい。急げば食事を終えることはできるかもしれないが、食器を片付けるのはむりだろう。小説なら数行くらいは書けるだろうが、完成させることはできない。そのわずかな時間に、私たちは、海の向こうのもうひとつの島国で、私たちとおなじように、このゲームに果てしない時間を注いできたプレイヤーたちの手からオブジェクトを奪い、ラジオ塔まで運ばねばならないのだ。

「キャプテン、ルートは？」

「サイドだ」とキラークが答えた。「サイド・オール」

後半開始。

私は扉を開けて平野に出た。物流倉庫には直進せず、迂回路のサイド・ルートを進む。しばらく行くと物流倉庫の裏口に当たるが、谷間の道を塞ぐようにして巨大なゲートがあり、それは物流倉庫側からしか開けることができない。私はダイナマイトを取り出してゲートの前に放り投げ、起爆用の工具を後ろにむかって投げた。誰かが工具をキャッチした音が聞こえたが、私は歩みを止めずに、ゲートのそばの斜面を駆け上がり——身体をひねって跳び、ゲートの天辺《てっぺん》に手をかけた。

トリックジャンプ。

このゲームには、こまかな操作を用いて、ジャンプの飛距離を通常よりも伸ばす技能が存在している。もともとの移動の速さが要求されるうえ、戦闘時のプレッシャーに耐えながらこの動きができる者は、あまり多くはない。私たちにしてみても、賭けだった。私とミルクくらいは飛び越えることができるだろう、しかしその後の者は、うまくいくかどうか、やってみるまでわからない。

ゲートの天辺を越えて反対側に降りたとき、落下硬直で停止した私の身体を、八発の銃弾が貫いた。画面が赤く染まり、身体が倒れる。仰向けになったとき、空が見えた。曇天、気が滅入るような空だ。そして——視界の端のゲートの天辺から、注射器を握りしめた味方のメディックが、私に向かって飛び降りてきた。空中で彼の服がちいさく裂け、そこから血が噴き出すのが見えた。撃たれているのだ。彼は、なにごとかを叫んでいた。彼の口はこんな形に動いていた——

「起きろ！」

私の心臓に太い注射針が突き刺さり、液剤が入ってきて、視界の赤さが消えた。私はすぐさま小銃を握りしめ、物流倉庫の裏口にいる敵兵にむかって撃った。そのあいだに私を〈蘇生〉したメディックが物流倉庫側のボタンを押して、ゲートを開いた。

「サイド・オール成功、第一防衛線突破！」と私は叫んだ。

「了解。各員、貫《ペネトレイト》通せよ」とキラークが言った。

日本代表の六名は、物流倉庫の裏口から二手に分かれて内部に入った。三名がトラック・ストップに、もう三名がコンテナ倉庫に入り、すぐさま銃撃がはじまる。私はメルセデス・ベンツの大型トラックに身を隠しながら、銃撃しつつ、敵影の数を報告した。トラック・ストップ、メディック3、フィールドオプス1、おそらくエンジニアは小部屋に1。私は数台のトラックの間を行き来して、敵の射線を自分に集中させた。目の前でボディや荷車に無数の穴が空き、死の蜂の羽音が何度も耳元をかすめた。

コンテナ倉庫からひとりの味方が飛び出して、駆け抜けながら小銃を放った。スティーブだった。完璧な照準で放たれた銃弾はイギリス代表の眉間を撃ち抜き、キル・ログが連続して流れた。そしてどこかの物陰から、ピンが抜かれたポテト――手榴弾――が、倒れた敵影にむかって飛んでいった。ヴィクターのグレネードだ。蘇生を行おうと駆けだした敵のメディックが、半秒後にグレネードの軌道の先に到達することを認め、私はトラックの陰から躍り出て、勝利オブジェクトが置かれている小部屋まで全速力で駆け抜けた。

いまでもはっきりと覚えている。レーダー・コンソールの机に置かれた、ファイルの中の書類。STRENG VERTRAULICH（重要機密）と記された、血のように赤いスタンプ。私はファイルに手を伸ばし、上着の内側にそいつを押し込んだ。その瞬間、ゲームシステムが神託を宣告した。

〈勝利オブジェクトを奪取しました。ラジオ塔までオブジェクトを移送し、内容を電送してくだ

さい〉

私は駆けた、飛び交う銃弾の間を。私は駆けた、交わされる通信のあいだを。私は駆けた、電子的に再現された第二次世界大戦の前線のなかを。リスポン地点までオブジェクトを持ち帰ったとき、残された時間は一分を切っていた。またしても天を裂くような爆音が聞こえ、私たちのリスポン地点の前に、大量の敵の砲撃弾が落ちた。

そのとき、時間の流れがおかしくなり、あらゆるものごとの速度が、とても遅くなった。砲撃弾の爆風で割れたガラスの破片が、小屋のなかに身を潜めている私の目の前を飛んでいったが、すべての破片の軌跡が、大きなものから小さなもの、人間にはほんらい見ることを許されていない粉のような破片までが、完全に見えた。チームメイトとの交信は、たしかこんなふうに続いた。

「オブジェクト奪取完了、いまリスポン地点に戻った！」

「砲撃がきつい。もう相手はラジオ塔に入ってるか？」

「入ってる！　少なくとも4」

「リスポンの周期が悪い、チャンスはあと一回しかない！」

「残り時間四十秒時点で全員出ろ、あわせて空爆を要請する」

「あと五秒！」

「行くぞ——全員、走れ！　プッシュ、プッシュ、プッシュ！」

このとき、私はほかの者のあとに続いて出た。すぐ目の前で、ふたりの味方メディックが身体を撃ち抜かれた。私は駆け抜けながら片方に蘇生を行ったが、すぐにオブジェクトを持っている私へと射撃が集中した。私は蘇生した味方を肉の盾にしてさらに前進したが、数メートルしか進めなかった。そのとき、ラジオ塔の二階から、敵のメディックが私に向かって飛び降りてきた。空中を飛ぶ敵の手元に握られたMP40の銃口が光り、一発、二発、三発と食らったところで、私のすぐ側を、なにかとても素早いものが飛んでいき、敵メディックの心臓を貫いた。

対戦車兵器、パンツァーファウストの弾頭だった。

チームの誰かが、リスポン地点から放ったのだ。メディックの心臓を貫いた弾頭はさらに進み、ラジオ塔の窓を突き破って、内部で炸裂した。キル・ログはふたつ。私はさらに駆けて、棟の壁までたどり着き、そこで身を伏せた。どこからともなく空爆弾が投下され、ラジオ塔の周囲に着弾し、さらに敵のキル・ログがもうひとつ流れた。

圧倒的な好機。

残り時間は――あと十二秒。

「棟の内部はクリアなのか⁉」と私は叫んだ。

「クリアだ！」と、建物の入り口をおさえていたスティーブが答えた。「もう敵がリスポンする、ロール、走れ！」

私はラジオ塔の入り口に駆け込み、小部屋をふたつ抜けて、通信室の扉を蹴り開けた。

その瞬間、ロッカーの物陰から人影があらわれた。

クリアでは、なかったのだ。

彼は私の眉間に照準を合わせようとした。私もまた、彼の眉間に照準を合わせようとした。鋼鉄の照準器の向こう側にいたのは、クィンだった。一発目は、互いの頬を切り裂いた。二発目は、互いのヘルメットを吹き飛ばした。通信機に向かって走ろうと、身を傾けた私の前にクィンが立ちふさがり、私たちは互いの肉体に激しくぶつかった。

もういちど小銃を構えようとしたとき、三発目の銃弾が、私の頭を撃ち抜いた。


私はキラークがデスクに座って、欧州の選手たちとともにゲームをプレイする姿を眺めていた。彼の部屋には、誰が使うのかは知らないがふたりがけのソファがあり、彼のデスクは部屋の中心に据えられていた。寝室と台所はべつの部屋にあり、ベッドのそばにはLサイズのコンドームの空箱とビールの空缶が散乱していた。キラークのプレイは見事だったが、接続遅延と酔いのために、ふだんよりは見劣りがした。拙《つたな》い英語でキラークが状況報告を繰りかえすのを聞き、試合が終わると、私は彼に話しかけた。

「なあ、キラーク、おまえはいま、どんな生活をしているんだ？」

彼は巨大なCRTディスプレイから目を離さなかった。

しばらくして、彼のほうが私に質問した。

「おまえ、年はいくつだった？」

「十七歳だ」と私は答えた。

「これからどうするんだ、大学には行くのか？」

「大学？」

「考えていなかったのか？　四年間の執行猶予がつくぜ」

「ふむ」

「なあ、どうしておれたちはこんなゲームをまじめにやっているんだろうな？」

「いまさら何だよ？」

「時々、ほんとうに馬鹿らしくなる。こんなものを極めたところで、生きていくのになんの役にも立ちはしない。いまになって思うよ、おれって、馬鹿みたいじゃないか？」

「いまからでも努力すればいい」と私は軽蔑をこめて言った。「それこそ馬鹿みたいにな」

「努力ならしたさ」と彼はディスプレイから目を離さずに言った。「なんの役にも立たない、誰も知らないゲームで、世界で四番目に強い男になった」

「それがどうしたって言うんだ？」私は真剣に腹を立てていた。「おまえがやっていたのは四位になるためか？　一位になるためか？　最強になるためか？　違うだろう、それは。おれたちは楽しむためにこのゲームをやっているんだろう。たかがゲームに――」

私は言いながら、自分でも驚いていた。私たちは、自分たちがゲームをここまで真剣にプレイしている理由を、まったく知らなかったからだ。

「どうしておまえはそんなに本気になる？」

キラークはしばらく黙っていたが、やがて言った。

「わからない」

私は頷いたが、キラークには見えていなかっただろう。

「ただ確かなのは、おれは来年も、世界戦に出るってことだ。もういちどチームを作る。作り直すよ、おれは。今度こそ、やってやるよ。正直言って、今年のチームは悪くなかったが、ふざけすぎていた。サイド・オールなんて奇策はやめるべきだった」

「混ぜっ返すのかよ？」

あのサイド・オールを提案したのは、私だったのだ。

「そうじゃない。おれたちにはもっと、実際の力のようなものが必要なんだ。どっしりとした力、いくらやられても動じない余裕が必要なんだ。今年のイギリスにはそれがあった。あいつらは、水のようだった。どこにも隙が見当たらなかった。だから勝てたんだ。だから最強になったんだ」

「うーむ」

「まあ、来年もやるなら、席は空けておくよ」彼は振り返って言った。「おまえのような選手は、チームにひとりでいい。アップステイトはもういらないな。あいつは虚勢を張っているが、実際に大舞台でプレイするとき、緊張している。あれじゃあ駄目だ」

「考えておくよ」

「ああ」

キラークに見送られて始発の電車に乗り、流れていく神戸の景色を眺めながらしばらく考えた。

たしかに、そろそろ先のことを考える時期だった。四年間の執行猶予というのは、悪くないアイデアだ。そのぶん、好きなことをやっていられる。では、その先は？　私はこう考えた、人生というものは、思いつきの産物だ。意味などというものはなく、あったとしても大切なことではない。大切なのは、いまの自分がなにを感じているか、どんなものと相対しているかだ。もしも未来と相対しているのなら、未来をうまくさばいてやればいい。

どうなるのかはわからない。しかし空中に放り投げれば、コインは二面のうちのいずれかを上にして落ちる。完全に運任せのその面がわれわれの運命を左右するのなら、いったい何をそんなに真剣に考える理由がある？

私は父の会社で車のボディを磨きながら、いま自分が何をするべきかについて考えた。いや、考えたというより、ずっと心の片隅に留めておくようになった。昼の仕事が終わったあと、例の工場の二階でビールを飲み、それからオリガのいるラウンジでウイスキーを飲み、酩酊して家に帰った。その時間にはもう、国内の公式戦シーンは落ち着いたあとだった。

かといって、次期日本代表としてやっていく踏ん切りもつかなかった。もう、あれ以上のチームは望めないように思われた。ミルクはすでに引退を表明していたし、スティーブはコミュニティから失踪していた。ヴィクターやアップステイトはまだプレイを続けていたが、いつまでやれるか怪しいものだった。

それで私はあてもなく懐かしいPUBサーバーに接続し、わけのわからないマップで奇妙なことをやっている人々のあいだに入り、好き放題に大暴れをした。とにかく叫んだり、タップ・ダンスを踊ったり、空を飛んだりした。トルーマンの一件からかなりの時が流れていたが、ヤハウェはこのサーバーをうまく運用しているようだった。厳密かつ上質な公式戦のルールとシステムから解放され、遊びの部分が強化された場所で楽しむのは、なかなか良い体験だった。

友達も何人かできた。いままで代表としての活動に熱中していて気がつかなかったのだが、PUBサーバーの同志が集まるIRCのチャットルームがいつのまにか開設されていて、遅ればせながら入室したのだ。あの有名プレイヤーが来たとしばらく騒ぎになったが、私がそのあたりにいる普通の悪ガキであることがわかると、みんなくだけた対応をしてくれるようになった。そのコミュニティは物わかりがよく、冗談のセンスも優れていた。私はいくつもの夜を大笑いしながら過ごした。

そのようにして、厳しい冬がやってきた。車体を洗い流すための水が冷たくなり、吹きすさぶ風は耐えがたかった。屋外に出て身体を動かすのは、やはり夏のほうが快適なのだ。陽射しも弱くなり、車のボディもくすんで見えた。私はオリガとともに煙草を吸いながら、いつも寒さについて話をした。

私たちはたくさん話をした。私にしても、それ以上望むことはなかった。

ただ、彼女がこれからどうやって生きていくべきなのか迷っているという打ち明け話をしたとき、その話をよく聞かずに、おれもおなじような状況にあると言ってしまった。彼女が関心を示したので、かいつまんで話をはじめたが、どう考えても高等学校をやめたことや、ゲームに打ち込んでいることについてうまく説明できる気がしなかったので、大胆なたとえ話でごまかすことにした。

「ふたつの道があるわけだ」と私は言い、両手の握り拳を前に出した。「どっちにすればいい？どちらも暗くて、先が見えない」

「ふうん。こっち」

彼女は私の右手をぱーんと叩いた。

私は手を開いた。何もなかった。確認のため、左手も開いてみた。何もなかった。

オリガは笑った。「両方とも入ってないのね！」

私も笑った。「そうだ。どっちへ行こうとも、何もないんだ」

その日の夜はとくに楽しかった。たまには気分を変えようと、オリガの店ではないところへ行くことになった。誰かがバンを出してくれ、夜のどこかにある別の店へと向かった。六人ほどが乗っていたが、父親もいたはずで、たしか助手席に座っていたと思う。みんなすでにずいぶん酔っ払っていて、大振りな冗談や贅言《ぜいげん》が交わされた。私はいちばん後ろの席に座っていた。オリガは私の右隣にいて、エンカン服を着たまま髪を下ろしていた。

車内は薄暗かった。彼女は私の右手を握った。指のあいだに指を通し、手のひらを合わせる握りかただった。私がしっかりと握り返すと、彼女は身体を寄せ、私の肩に頭をもたせかけた。

そのままの姿勢で彼女は言った。

「きみ、恋人はいるの？」

「いや、いない」

「いたことはあるの？」

私は中学生のころに好きだと言ってくれた、ひとつ年上の梟の目をした女の子のことを思い出し、頷いた。

「それなら、いいか」

そして彼女は私に口づけをしてくれた。

記憶が確かなら、私は十七歳で、彼女は二十五歳だった。彼女の身体は、エンジンオイルとカーワックスと女の子の香りがした。

そのあとのことはよく覚えていない。泥酔したのだ。


この冬から春にかけてのどこかの時点で、母親がキッチン・テーブルに突っ伏して、声をあげて泣いているところを見た。夜で、家には私と彼女のほかに誰もいなかった。彼女の泣き声さえなければ、とても静かな夜だったろう。私はさすがに気の毒になって、キッチン・テーブルの対面に座り、泣き止むまで待っていた。ひとしきり泣いたあとで気が楽になったらしく、彼女は涙を拭いたあと、ごめんね、と言った。

「煙草を一本くれない？」

私は驚いた。彼女が煙草をのむところなど、いままで一度も見たことがなかったし、身体に悪いからやめろと、私にいつも言い続けていたのだ。

とにかく、私は煙草の箱を渡した。彼女は慣れた手つきで火をつけ、紫煙をふっと吹いた。煙草をはさむために人差し指と中指をぴんと伸ばした彼女の手はとても美しく、また仕草も堂に入っていた。

「きついわね、これ。もっと軽いのにしなさい」

私はその台詞がおかしくて、笑った。

「どうして笑ってるのよ」

「それって、ものを盗むなら安いものを盗みなさい、みたいな感じじゃないか？」

彼女はすこしだけ笑った。

「そうよね。もうやめるわ」

そして彼女はまだ半分ほど葉が残っている煙草を、父親の灰皿で消した。やわらかい果物の皮を剝くような手つきだった。私は自分の煙草をもみ消した。彼女の仕草に比べると、とても乱暴に見えたかもしれない。彼女は立ち上がり、リビングのソファに横になった。

「くらくらするわ。あーあ、どうしてこんなものをやるのが、あんなに楽しかったのかしら」

難しい疑問だった。いまの私にも、よくわからない。


いま、私は最後の一本を灰皿に押しつけた。もうすぐ、新しい煙草を買いに行かなければならないだろう。オリガはいまごろどうしているんだろう。生きて、元気にしているのだろうか。まあ、彼女のことだから、いまでもどこかでけらけら笑いながら、好きなようにやっているだろう。

少なくとも彼女の笑顔はそんな感じがした。そういうところが好きだった。いつも明るくて、よく働いて、私にキスをしてくれた。それでよかったのだ。

煙草を買いに行かなければならない。

小説については、うまく進んでいるようだ。少なくとも、どのように書いていけばよいかは、わかってきた。流れのようなものがあって、それに乗っていけばいいのだ。ひとつのオブジェクトにたどり着くまえに、その次の展開を考えておけばいいのだ。基本中の基本じゃないか、こんなことは。そう、小説なんて、この程度のものだったじゃないか。かんたん、かんたん……。

………。

さっき、なにか身体を触るものがあると思って見てみたら、大きな蜘蛛だった。まったく、参ってしまう。びっくりして、考えていたことを忘れてしまった。この続きは、どうするんだったか。

どうするんだったか？

私たちはここでどのような表現を行ってもよい。

私たちはエクリチュールの場において、可能な文字の有限数の組み合わせのうちから、もっとも望ましいと思われるものを選び取る。右か左か。その選択の根拠となるのが、つねに物語の要求であるとは限らない。書かれることになる小説の全容をあらかじめ、おぼろげながらも把握するための、直感でもありうる。

こんな話、プロットと何の関係がある？　どうして私はこんなことを話している？　煙草がない。煙草を買いに行かなければならない。四畳半の雨戸ががたがたと揺れている。嵐が来ているのだ。しかし、いつの間に？

つぎに書くのは何についてだったか？

痛い！　叩くんじゃない！　わかってる、おまえとここで話すのはもうやめにする。わかった！　もうやめにするから、叩かないでくれ！


……。

………。


ああ、そうだ。

思い出した。大学のことだ。

それと母親のことだ。


私の母とオリガが話しているところは、一度だけ聞いたことがある。私がエア・コンプレッサーでタイヤに空気を入れているとき、ガレージの裏にある喫煙スペースで、ふたりが話していた。窓が開いていたので、内容がよく聞こえた。

他愛もない内容だった。ただ、オリガは、どこかの時点で私の母にこんなことを言った。

「祥平くんはとってもいい子ですよ」

私の母親は言葉にならない声を出し、それから言った。

「よかった。なんだか、安心したわ」

私はコンピュータを切り、駅前まで歩いていって、いちばんはじめに目についた学習塾の扉を開けた。受付にいた男性に事情を説明すると、応接室のようなところに案内してくれ、そこでひととおりの説明を受け、学習塾のパンフレットをもらった。それから家に帰り、両親に自分の計画を打ち明けた。彼らは了解し、パンフレットに同封されていた契約書にサインをした。

それから私はプロバイダに電話をかけ、インターネット回線を停止するように求めた。二日後、私の自宅は完全なスタンドアロンとなった。それから私は父の会社に行き、オリガに自分の計画を打ち明け、これから顔を出すことは少なくなるだろうと言った。彼女は微笑み、がんばってね、と言ってくれた。

オンラインの友人たちには、結果がどうあれ、一年で戻ってくることを告げておいた。

私は文房具屋に行き、数冊のノートとペンを買った。それから学習塾に行き、この国で採用されている教育を一対一で私にみっちりと教えてくれるという、担当の講師と挨拶をした。線の細い男性で、年の頃は二十代半ば、薄い眼鏡をかけていてタイトなスーツを身につけていたが、ネクタイやタイピンや時計などの小物には、一貫してどくろのデザインが施されていた。

「イッキです。よろしく」

「よろしく」

「さっそくですが、ご自身の学力についてお聞かせください」

「わかりません」と私は言った。「高等学校は一年半とすこし前、二年生になったばかりのころに辞めました。ここに来たのは、時間を稼ぐために大学に行ったほうがいいだろうと考えたからです。そして、そのために、入学試験に合格できるだけの学力を身につけたいのです」

イッキは、品定めをするような目で私のことを見ていた。

「では、まずはじめに、高校卒業程度認定試験を受け、パスしなければなりません」

「それはどういったものですか？」

「その名の通り、高等学校を卒業した者と同等の学力があることを、公の機関が認めるための試験です。大学の入学試験を受ける資格を、そこで得ることができます」

「難度は？」

「まじめに勉強をすれば大丈夫です。そこまで厳しくはありません。ただ、なんの準備もせずに受ければ、落ちる程度には難しいでしょう」

「僕はもうずいぶん長いこと義務教育をやっていません。中学校のときからゲームばかりしていて、高校に行ったのも一年間だけでした。どう思いますか？」

「まずテストをしましょう。あなたの学力を測らせてください」

それで私は筆記試験を受けた。国語、英語、数学の三教科だった。私は国語と英語をまじめにやり、数学だけは書かれている内容を一瞥したあと、時間の無駄であるからと言い添えて、白紙のまま提出した。イツキは私の目の前でゆっくりと採点をしていたが、いくつかの箇所、たとえば英作文や古日本語などの自由回答欄を見て、片方の眉を上げたり、口角を下げたりした。しばらくして、彼は私の学力を評する前に、志望する大学について質問した。

「どこでもいいんですが、どうやら僕は文系という人間のようなので、そういう大学が良いのでしょう。英語ができるので、外国語大学というのも良いかもしれません」

「なるほど。あなたは本をよく読みますね？」

「それなりには」

「数学については、あなたは、その学問そのものを軽蔑していますね」

私は驚いた。たしかにその通りだったのだ。

「気持ちはわからなくもありません。あなたのようなタイプには、いまの数学がなぜそうなっているのか飲み込むのは、難しいことでしょう。まあ、数学も面白いですよ。あなたの興味を惹くような数学は大学でやっているから、覗いてみると良いでしょう。ただ残念ながら、文系の科であっても、ある一定以上のクラスの大学は、入学試験に数学を採用しています。

Do you hear what I'm saying?」

「Yes?」と私は瞠目しながら答えた。

彼は笑い、そして続けた。

「失礼しました。では、そうですね、少し待っていてください」彼は席を立ち、少しして別室から戻ってきた。「このあたりはどうでしょう？」

彼が机に置いたのは、さまざまな外国語大学のパンフレットだった。いくつかを手に取り、ぱらぱらとめくってみた。こぎれいな建物にこぎれいな生徒たちがいて、どれも似たような教育理念とやらが書かれていた。

「べつにどれでもいいですよ」

「うーむ。もういちど確認させてください。あなたが大学に行くのは、何のためですか？」

「執行猶予を稼ぐためです」

「執行猶予とは、いったい何についてですか？」

私はすこし考えてから言った。「人生が退屈になるまでの準備期間です」

「あなたが言おうとしているのは、大人になって仕事をすることですか？」

「おそらく、そのようなものでしょう」

「なるほど」と彼は言った。「おもしろい言い方ですね。似たようなことを言う生徒は多くいましたが、あなたのような言い方をする人ははじめてだ。やはり読書は素晴らしいものですね」

私はなんと言っていいかわからず、黙っていた。

「ご趣味は？」

「ゲームです」

「どんなゲームですか？」

　私はどぎまぎした。他人からそこまで突っ込んだ質問をされたことがなかったからだ。私に趣味を聞いたすべての人間は、私が「ゲーム」と答えたとたん、他人の肌の隠された古傷をたまたま見つけてしまったような態度をとり、さっさと話題を変えた。

　私はなんとか説明しようとした。うまくいったかどうかはわからない。ただ、私が中学生のころから四年もあるゲームのプレイを続けていること、そのゲームに採用されているテーマが第二次世界大戦であること、しかし本質はアメリカン・フットボールに似た競技性の高いスポーツであること、そしてつい最近のことだが、そのゲームの世界大会で四位になったことなどを話した。彼がどれだけ理解したかはわからなかったが、しきりに頷き、私の話が終わるとこう言った。

「そのゲームをまったく知らない私の発言にどれだけ説得力があるかは分かりませんが、どんなことであっても、ひとつのことを究めるのは、すばらしい行いです。ですから、あなたはその行いを誇りに思ってよいと私は思います。まだそのゲームは続けているのですか？」

「先日、インターネット回線を止めました」

　彼は何度も頷き、それからつけ加えた。

「あなたは覚悟を決めてやってきたわけですね」

　私は首を傾《かし》げた。そんなつもりはなかったのだが、うまく説明できる気もしなかった。

「良いでしょう。私はいま、大学院というところに所属しています。それは四年制の学部というものの後にくる、より専門的な機関です。ですから私は、あなたの先輩ということになります。そういうわけで、あなたに対してこんなアドバイスができます。私の経験上、入学が難しい大学、つまりレベルの高い大学ほど、そこで行われている授業も濃密で刺激的なものです。ただ、その刺激は、私たちが中学生、高校生のころに受けた教育のシステムと、完全に食い違っています。十代のころの私たちは、世の中が理路整然としており、あらゆるものに正しい答えがあると信じて、大学に入りました。そういう教育を受けたわけですから、当然のことですね。しかし、そこで行われた授業は、ほとんどすべて、世の中には唯一の正しい答えなどなく、まだ分かっていないことのほうが多いという内容のものでした。そのような授業は、私たちを、まるで壮大な詐欺にかけられたような気分にさせました。そして何人もの、何十人もの生徒が留年し、大学を去っていきました。すこし込み入った話だと思いますが、私の言っていることがわかりますか？」

「だいたいは」

「良いでしょう。あなたの話です。あなたは独特なものを持っていると私は思います。それはこの社会において、非常に貴重な資質です。あなたはいまもそうして微笑んでおり、他人の意見をよく受け入れるような雰囲気を見せてはいるが、しかし自分の大切にしていることは、決して曲げようとしない。だからあなたは義務教育を受け入れなかった」

私は首を傾げた。

「とくに意識したつもりはないのですが」

「気にしないで。私の解釈ですから」彼は微笑んだ。「私が思うに、あなたは自らテーマを考え、そのテーマに対して能動的なアプローチを行う、学究行為を喜ぶことでしょう。ですからあなたは、自分が考えているよりももっと上のレベルの大学に行くべきだ、と私は思います」

「はあ」と私は言った。こんなによくしゃべる人だとは思わなかったのだ。

「とはいえ、まずは高校卒業程度認定試験をパスしなければなりません。この試験は六月に行われます。一度パスすれば、何度でも大学の入学試験を受ける資格が得られます。まずはそこに目標を定めて、学力をつけましょう」

それから私は卒業程度認定試験とやらの教本を買い求め、学習塾と自宅を往復しながら勉強をした。試験科目は四つで、国語、英語、数学、理科だった。そういうわけで、私は数学と理科だけに集中すればよく、問題のレベルは、高等学校の一年生の範囲とほぼおなじだった。理科については、単純な自然現象の知識のようなものを身につければよかったので、実際には現実を把握する能力が問われているようなものだった。問題は数学であった。これは純粋に抽象的なものを取り扱うので、とても厄介だった。数字を弄《もてあそ》んでいるうちに、怒りにも似た疑問がわき出てきたが、私はなんとかそれを抑えつけた。

実際のところがどうであれ、一足す一は、二ということになっているのだ。それがこのゲームのルールなのだ。べつにそれが正しいかどうかなど誰も気にしていないし、また実際にその考え方が役に立ってもいる。だから、それでいいのだ。

私はそう考えることにした。

そして私は大阪のどこかの施設で行われる卒業程度認定試験を受験した。おもしろかったのは、試験会場に、受験者むけの喫煙所が用意されていたことだ。私はてっきり自分とおなじような年齢の者ばかりが受験するのだと思っていたが、あきらかに三十代半ばと思われる男や、私よりもふたつは若い少女などもいた。中卒で金を貯め、あとから大学に行く気になったり、飛び級で大学から呼ばれた者たちだろう。もちろん私は休憩時間に、彼らとともに一服つけた。

合格した旨をイッキに報告すると、彼は喜んでくれ、今後の予定をどうするのかあらためて聞いた。二年かけて国立大を狙うべきだと彼は主張したが、私はなんとなくその場で思いつくままに答えた。

「入れてくれる大学に行こうと思います。二年もゲームを断つつもりはないので」

イッキはすこし考え、頷いた。「わかりました。あなたの意向を尊重します」

それで私は関西にキャンパスを置くいくつかの大学を受けることになった。

塾で受ける授業は一日あたり三時間ほどで、そのうち半分は有名大学の過去問題の答案作成に充てられ、もう半分でその過去問題の採点と、不明点の指導が行われた。実際の受験時間で過去問を解き、ライブ感を養うための指導法だとイッキは言った。国語の現代文はほとんど放置され、古文の文法や英作文といった、体系の会得が必要なものの指導に時間が多く割かれた。理数系の科目はまったく無視された。

「あなたの目的は、試験に理数系の科目がない大学に行くことです」とイッキはよく口にした。「その目的達成のために必要でないことは、行わなくていいのです」

そうは言っても、イッキはたまに目的とあまり関係のない質問をした。いまでも覚えている。彼は授業の切れ目に私に話しかけ、ほかの生徒たちに聞こえないように声を潜めつつ、こんなことを言った。

「あなたが一日に吸う煙草の量は？」

私はびっくりした。まさか学習塾でそんなことを聞かれるとは思わなかったのだ。この国では、二十歳以下の人間は、煙草を吸ってはいけないことになっている。そして私は十八歳であり、そのことはイッキも知っていた。ふつうなら、触れないでおくだろう。ただ、まあ、私は実際に休憩時間になるたびに外に出て一服つけていた。服についた匂いで、ばれていたのだろう。

「二十本です」と私は答えた。

「それでは、いまの授業と休憩の配分で、いらいらするといったことはありませんね？」と彼は静かな声で言った。

私は発言の真意を摑みかねた。

「いや、要するに、煙草が吸いたくなれば、授業中でも自由に声をかけてもらって構わない、ということですよ。煙草を吸う人は、吸いたいときに吸えないと、いらいらするのでしょう？」

私は微笑んだ。

「ありがとう、先生。大丈夫だよ、おれは。これで丁度良い」

〈文学〉にもういちど手をつけたのもこのあたりだ。ゲームができなくなったので、そのかわりにまた読書をはじめた。それで気がついたが、驚くべきことに、私はもうナイーブな少年ではなくなっていた。理由はわからない。世界戦という大舞台に出て度胸がついたのかもしれないし、冷たい水で自動車を磨き続けて強くなったのかもしれない。

〈文学〉を読んだあと、インターネットにつながっていないコンピュータのディスプレイの白紙を見つめていると、夢とも現ともつかない漠とした映像が浮かんできた。

私は文字を入力し、その映像を文章のうちに留めた。いつも他人のための墓を掘っている男がいたが、掘り終えたとたんに死神がやってきて、遺骸が穴のなかに転がり落ちる、という話である。要約するとよくわかるが、あきらかにカフカの思考法を転用している。

「西洋的ですね。東洋思想の文脈なら、この男は救われていたと思います」とイッキは言った。

「なるほど」と私は言ったが、よくわからなかった。

「墓を掘っている夢を見ているのか、それとも現実なのかわからなくなる部分は、とても面白い。ただ、端々に現れている思想をあらわす文章は、まったく他人のものをそのまま使っているようですね。まあ、このあたりは仕方ないでしょう。やり続ければ、そのうち、自分の言葉で書けるようになりますから」

私は感心し、採点を求めた。彼は首を振り、言った。

「芸術に点をつけて、いったい何になると言うんです？」

彼は微笑んでいた。ものを書くという私の行為を認めているように、私には見えた。誰かが私の文章をそのように受けとめてくれたことは、いままでに一度もなかった。

夜遅くまで机に向かって勉強をしているとき、ただなんとなく幸福な感じがしたのを覚えている。集中するためにデスクの灯りだけをつけた静かな室内で、ひたすらに自分の記憶を固めていく作業には、たしかに快感があった。世の中のある種の人間が、大学受験のための一連の勉強に熱心に打ち込むことができる理由を、私はおぼろげに理解することができた。たしかにあの勉強をやっていれば、世の中は理路整然としていて、あらゆる謎は解かれたあとであり、気持ちよく整備された並木道のような秩序がこれからもずっと続いていくのだ、と思い込むことができるだろう。

受験を翌月に控えた冬のことだったが、私はイツキの勧めで、受けることになっている大学を見に行った。雰囲気を見ておけば、本番にも泰然と構えていられるから、というのが理由だった。私にしても、オフラインのまま休日を過ごすのは手持ち無沙汰だったのだ。

電車を使ってひとつずつ大学を見ていったが、キャンパスに近づくたびに、失望に近い感覚がこみ上げてきた。まったく楽しそうではなかったのだ。たぶん、建物の形がいけなかったのだろう。いずれの大学の校舎も角張った四角で、中学校や高等学校の延長のように見えたのだ。どれを選ぼうとも、あの監獄のような教育のシステムに、またしても絡め取られてしまうように思われた。

京都市内の四角い大学を後にして、私はタクシーに乗り、北東を目指した。つぎの大学に行くためだったが、そこは市内を走る電車の終点より先にあったのだ。賀茂川と高野川が合流する地点で車は東進をはじめ、十分もすると、大文字山を擁する東山連峰に近づいてきた。ふもとのあたりで北東に伸びる比較的大きな通りに入ったが、そこでタクシーの運転手が不吉なことを言った。「ここは京都の鬼門だからね」

車が停まり、金を支払って下車すると、はるか上空にパルテノン神殿が浮遊していた。

私はそちらにふらふらと引き寄せられていって、信じられないほど幅の広い階段を登った。横に、三十メートルくらいはあっただろう。登り切ってみると、浮いているように見えたのは気のせいで、神殿の下部がそのまま校舎になっていた。どうやら、山の中腹を削ったところに建てたらしい。

巨大な石柱のあいだをくぐりぬけ、校舎の部分に近づいた。巨大な木のプレートが掛かっていて、文言が彫り込まれ、墨入れがなされていた。りっぱな仕事だった。

私は呆然とそのプレートを見た。彫り込まれた文言はつぎのように読めた。

「文藝復興」

私はこの奇妙な大学のなかをふらふらと歩いた。すべての校舎はそれぞれ独自の形をしており、理由は不明だが、人間が理解できるぎりぎりの点を突こうとしているように感じられた。その挑戦の跡は、なぜかとても快いものに思われた。正門から校舎群の中心を貫く大階段は、山の頂上まで伸びていた。建材も、意匠も、置かれているひとつひとつの椅子さえもが個性的だった。私は山頂近くの展望台で京都の街を一望し、地下の図書館に足を運んだ。そのときの私にはまだ理解することができないすばらしい蔵書がたくさんあり、通りに面した壁は全面が硝子張りになっていて、冬の木立が見えた。

それから私はエレベーターに乗り、地上階に出た。そのころには、位置の感覚などという些細なことは、どうでもよくなっていた。どうやら巨大なカフェに出たようだった。そこで人々はコンピュータを開き、絵を描き、ノートに書き込みをし、熱心に話していた。カフェのどこからもよく見える位置に巨大な掲示板があり、そこには全学科のさまざまな案内が掲げられていた。

私はそれらの掲示を追っていった。

映画学科、洋画学科、日本画学科、染織学科、建築学科、陶芸学科、彫刻学科、環境デザイン学科、空間デザイン学科、情報デザイン学科、と順番に並んでおり、最後のひとつが私の目に留まった。

文芸表現学科。

結果から言えば、私は受験した大学すべてに合格した。奇妙なことに、大学を選ぶ権利すら得たというわけだ。結果を伝えたとき、両親はとても喜んだが、自分が行くつもりの大学を伝えると、彼らの喜びはすこし弱まったようだった。その大学がなにをするところなのか、いまひとつよくわからなかったのだ。イツキに伝えるのもすこしためらわれたが、まさか報告しないわけにもいかないので、正直に打ち明けた。すると彼は、私が見たなかで、いちばんおおきな笑顔を見せた。

「あそこですか。良いでしょう。私の母校も近くにあって、学部にいたころは、ミステリ研究会というところに居ました。その縁で、あの大学の学生たちとはよく話をしましたよ。おもしろい奴らです。あなたにはよく合っていると思いますよ」

私は頷いた。「そうだといいんですが」

それから彼は私にこんなことを言った。

「お祝いをしましょう」

いま考えると破格のことだが、イツキは私の合格を祝うために、退屈なベッドタウンで唯一まともと言っていいフランス料理の店に連れていってくれた。私はいつもどおり適当な格好で出かけたのだが、重たい木の扉を押してなかに入ったとたん、自分の格好が恥ずかしくなった。こぢんまりとしているが、内装には木や煉瓦がふんだんに使われていて、壁は漆喰《しっくい》、テーブルクロスは処女雪のように白かった。たぶん、私が身につけていた服よりも、あのテーブルクロスの布地のほうが上等のはずだ。

天井からぶら下がっている燭台の蠟燭まで本物だった。

イツキは赤ワインを注文したが、そのあとすぐに、「飲んでもいいですよ」と言った。私は真意を測りかねていたが、彼はつけ加えた。「あなたが酒を飲むことくらい、もうわかっています。好きにしてください」

私は大笑いし、ご相伴《しょうばん》にあずかることにした。

食事がずいぶん進み、メインの兎と鹿を食べ終えたあたりで、私はイツキに聞いた。

「どうしてあなたは、僕にこんなによくしてくれるのですか?」

「きみが面白いからですよ」

「どのあたりがですか」

「そうですね。まず、一年間も勉強を続けたにもかかわらず、ただ楽しそうだからという理由で、芸術大学を選びましたね」

私は笑った。「勘弁してください」

彼も笑った。「まあ、それは冗談です。いい選択だったと思いますよ。あなたが選び得た四つのうち、最良のものだったと思います。そうですね。たとえばいま、あなたは丁寧に食器を扱っていますね」

「まあ、そうしようとはしています」

彼は頷いた。

「あなたは学習塾でも、規律を乱すようなことはしなかった」

「そんなことをして何になるんですか」

「まあ、聞いてください。実は、あなたのような生徒を何人か受け持ったことがあります。彼らは外的な要因によって、能力を制限されているような感じがありました。抑圧されている、と言いますか。彼らはストレスを感じていました、あらゆることに」

「ふむ」

「その原因が家庭なのか、学校なのか、それともこの社会そのものなのかは分かりません。とにかく彼らは、あなたとおなじように高等学校をドロップアウトして、親御さんに押し込まれるように、あるいは、あなたとおなじような理由で自発的に、私たちのところにやってきました」

「執行猶予を稼ぐためですね」

彼は頷いた。「そして勉強を始めるのですが、彼らには耐えられないのです。どう言ったものか。もちろんひとりひとり経緯は違うのですが、結果はおなじです。彼らは、いなくなってしまうんです。どこかのタイミングで、煙のようにね。たまに親御さんが来て事情を説明することもありますが、たいていは電話一本で終わりです」

「ふむ」

「しかし彼らは、時折すばらしい知性のひらめきを見せることがありました。あるいは、芸術への関心を見せることもありました。しかし、私が見たところでは、彼らの能力は、現行の教育システムにおいてまったく必要ないと判断されるようなものばかりでした。暗算が速かったり、絵が上手かったり、耳が良かったりするというのは、どうでもいい技能だとされるのです」

「わからなくもない話です」と私は言った。「心当たりはあります。僕はゲームをしていましたが、そのあいだじゅう、ずっと耳を塞いでやっていたように思います。つまり、誰から何を言われようとも聞いちゃいなかった」

イツキは頷いた。

「彼らに足りなかったのは、そういう態度だったのかもしれませんね。いずれにせよ、彼らはいくらかの金を私たちに支払い、その対価を得ることなく去っていきました」

「つまり僕は、最後まで生き残ったから、こうしていると？」

「それもあります」とイツキは言い、微笑んだ。「あなたは高等学校をドロップアウトして私のところに来た者のうち、合格までこぎ着けた、はじめての生徒です。あなたが合格したことは、私にとっても、とても嬉しいことです。達成感がありますよ。この仕事をやっていて、よかったと思います」

彼は続けた。「あなたは自分の求めているものを熱心に追い求め、そのために環境に順応する。あなたの食器の使い方を見ていればわかります。この店に入ったとたん、あなたはふだんより上品になりました。ここで生き残るためです。この時間をしっかりと生きるためです。それは素晴らしい資質だと思うし、その資質を大切にしてほしいとも思います。どうすればあなたのような人間ができるのか、知りたいものですよ」

私はすこし考えて、かいつまんで自分の家庭環境と生い立ちを話した。

イツキは微笑みながら言った。

「あなたのお父さんは自動車会社を経営しているのですね。私は大学院で、ガソリン・エンジンの燃焼効率についての研究をしています。この分野は開拓し尽くされていて、向上の余地はほとんどないのですが、それでも一年に0．1パーセントは効率が上がります。あなたのお父さんと私が会うことはないでしょうが、よろしく伝えておいてください。あなたのお父さんが売っている自動車には、もしかしたら、私の研究技術が応用されたエンジンが載っているかもしれないのですから」

「そうします」と私は言った。「ありがとう、先生」

そして私はイツキと別れた。それ以降、二度と会っていない。

私は参考書やノートの類をゴミ袋に投げ入れてから、意気揚々とプロバイダに電話をかけ、停止していたインターネット回線を復旧した。一年近く起動していなかったコンピュータの清掃をしてから電源を入れ、なつかしい、さまざまなアプリケーションを開いていくとき、私は心から嬉しかった。IRCのクライアントを起動し、まず自分のチームのチャットルームに入室して、挨拶をした。そこにいた二人が挨拶を返したが、ほかは誰もいなかった。

「みんなは？」と私は言った。

「もういないよ」と二人が答えた。

いない？

私はあわてて、例のゲームの日本コミュニティのポータルサイトや、プレイヤーによるブログなどを確認した。いずれも更新が止まっており、主要なサイトはドメイン切れの状態となっていた。すべての公式戦プレイヤーが一堂に会するチャットルームに入室したとき、私は驚愕した。一年ほど前、入室している者の数は、たしか二百名ほどだった。それがいまは、二十名ほどに数を減じていた。会話もほとんどなく、みな静まりかえっていた。話しかけても、答えはなかなか返ってこなかった。

私は古い仲間のひとりを捕まえて、コミュニティがいったいどうなってしまったのか尋ねた。彼は、とてもシンプルな答えをくれた。

「みんな消えたよ。おまえがいなくなっている間に」

私が黙っていると、無機質なＩＲＣのチャット欄に、新しい発言が表示された。

「このゲームは、死んだよ」

初日の一限目、センダ教授はこれから行う授業の内容と要項を説明した。二限目、前もって通達されていた課題本について、学生たちに発言させた。彼は腕を組み、足を組んで、教室じゅうを見ていた。

彼はとにかく、学生に話をさせようとしているようだった。ひとりひとりの学生の発言に対して、微笑んだり、しかめっ面をしたり、「なるほどね」と相槌を打ったりした。感じのいい人に見えた。

課題本はカフカの『変身』だった。最初の学生の発言に引きずられて、というよりは帯文や解説文などのサブテキストに引きずられて、学生たちは「不条理」という言葉について語った。彼らは、これは不条理の小説だ、と思っていた。考えたわけではない、ただそう思っていた。彼らは無垢で、彼らの未来は希望で満たされていた。

センダ教授は、二限目が半分ほど過ぎたあたりで学生たちの話をやめにし、立ち上がって、ホワイトボードの前をうろうろと行き来した。そのときの彼の顔は、能面のようだった。彼はついに立ち止まり、文庫本を片手に持ったまま言った。

「おまえたちの読みは、クズだ」

「これは不条理についての小説であるかもしれないが、それはひとつの読みにすぎない。その解釈は面白いかもしれない、しかしそれは解説文に書いてある。いいか？　この小説が面白いのは、この小説が不条理というものを表現しているから、というだけの理由ではない。この小説の主人公は朝、目覚めると虫になっている。彼がそのとき気にすることは何だ？　きみ、どう思う」

彼は私の目を見て言った。

私はどぎまぎしながら、「会社に遅刻するかもしれないこと。虫になったのに」と言った。

「それもひとつある。しかし、それは虫になっていなくても考えたであろうことだ」と彼は言った。ここで彼の声はとても大きくなった。「この主人公は平べったい虫になった。そして彼は思う、右を下にして寝たいのに、この身体じゃそれができない、嫌だなあ――ここなんだ、この小説の面白いところは！」彼はべつの生徒を見た。「これは不条理か？　きみはどう思う」

「わかりません」とその生徒は答えた。

「不条理と思うか、思わないかでいい」

「不条理だと思います」

「いいか！」と教授は言った。「不条理とは、物事の筋道が通らないこと、道理に合わないことだ！　辞書を引け!!　もしも身体が平べったくなっていたら、右を下にして寝ることはできない。これは道理に合ったことだ！　この作家は虫になったことをひとつの現実として描き、そうなった場合に当然起こりうることを書いた。そのあとで、この主人公が考えていることを書いた――右を下にして寝られないのはいやだと。なぜこの部分を面白いと思わない!?　自分が虫になったんだぞ、なのにこいつが気にするのはそんな些細なことなんだ！」

彼はすこし間を置いたあと、やや小さな声で言った。「君たちはしばらく、解説や帯文を読まないようにしなさい。君たちには、評論を読むための実力はないようだ。小説の本文だけに集中しなさい。課題については、不条理という言葉を使ってもよいが、なぜ自分がそう思うのかを、できるだけ自分の考えをもとにして書くこと。いや、わかりにくいから、こうしよう。もしも課題の文章に解説文からの盗用がすこしでも認められれば、課題は受理しない。ここまでハードルを上げておけば、その言葉に触れるのはやめにしよう、と思ってくれるだろう。不条理――そうだな。次回の課題図書はカミュの『異邦人』だ。つぎの授業までに読んでおきたまえ」

そして彼はホワイトボードに作家と小説のタイトルを書いた。

私はその小説を読んだことがあったので、なんだか得をしたような気分になり、薄い文庫本のページをぱらぱらとめくりながらバスに乗って、父親の会社へ向かった。いつもと変わりない感じだったが、オリガの姿は見えなかった。私は父親に聞いてみた。

「あの子はもう辞めたよ。新しい彼氏と同棲するとかで、引っ越したらしい。おまえによろしくと言っていたよ」

なるほど、と私は言った。

それからもういちど、なるほど、と言った。

季節は春で、とても気持がいい風が吹く、よく晴れた日だった。

それから私はバスに乗って自分の家に帰り、コンピュータの電源をつけた。「Wolfenstein : Enemy Territory」のコミュニティは、目に見えて縮小していた。私はBPに戻ったが、夜十時になってもメンバーがなかなか見つからないような日が続いた。欧州のポータルサイトに検索をかけ、第三期日本代表の戦績を発見した。グループリーグ敗退。私がオフラインだった一年のあいだにどんな流れがあったのかをBPのメンバーに質問したが、明確な原因はないようだった。私を含む第二期日本代表のメンバーは、世界大会が終わったあと、キラークをのぞく全員が引退していた。それに呼応するようにチームが解体していき、再編が繰りかえされ、いま残っているのは三チームほどだった。

私はしばらくゲームをして遊んだが、張り合いがなくなったいま、もうこのゲームを続けることは厳しいだろうと考えた。大学も忙しくなるはずだ。私はBPのメンバーに解散を勧め、私たちは公式に活動を停止した。最後の日、私たちは思い思いの酒を持ち寄って、内輪だけの酒宴を催した。美しい人々の最終戦績は、１２８４戦９２０勝３３９敗２５分だった。

このようにして、私が五年間を費やしたゲームとの蜜月は終わりを迎えた。

文芸表現学科のもっとも野蛮な授業は、文芸表現論Ⅰ、通称「百讀」と呼ばれるカリキュラムだ。これは前期、後期を通じた年間授業であり、進級のための必修科目で、私とおなじ二〇一〇年度入学生は全員が履修することになっていた。その内容は凄惨なものである。まず、学科が定めた古今東西の百の小説のリストが配られる。そのうちから六十作品を学生が選び、ひとつひとつ通読していく。それから一冊ごとに八百字のブック・レビューを執筆して、担当教員に提出する。

この課題のチェックは非常に厳しいものだった。課題のやりとりはメールを通じて行われたが、いまでも私の手元に残っているセンダ教授からの返信には、的確かつ反論のしようがない意見が記されている。

「そのような名前の登場人物はこの小説には登場しない。再提出」

これは東欧の小説のレビューについての評言で、私が文化的に見慣れない人物名を誤記していたのだった。

「トラルファマドール星人がビリー・ピルグリムに時間を飛ぶ能力を与えたのではない。『彼らはただビリーに、現実を洞察する手がかりを与えたにすぎない』。ハヤカワ文庫版43ページを参照せよ。再提出」

これは、ある北米の小説の設定に関する私の読みが、誤解であることを指摘するものだ。

「確かにこの小説を八百字で要約することが、ほぼ不可能に感じられることはわかる。しかし、すべてを要約しようとする必要はない。これは提案だが、不可能であることを示唆してみてはどうか。再提出」

これは文庫本上下巻で千ページにのぼる南米の長篇小説の要約をしようとして、不完全な形に終わったときのアドバイスである。

いつ終わるとも知れないこの膨大な量の課題にあわせて、一週間に一度行われる読書会への参加も評定に含まれた。この会では、さすがに早く読めるようにという配慮がなされ、あまり分量の多くない課題小説が選ばれた。ただ、それでもセンダは一切の手加減をしなかった。あきらかな誤読や甘い読み、ふざけたような態度に対しては、容赦のない言葉の刃《やいば》が飛んだ。ほとんどの生徒は混乱し、疲れ果て、打ちのめされて、会を追うごとにその数を減じていった。授業のなかのセンダの喩《たと》えでもっとも面白かったのは、「読書には筋力が必要である」という言い回しである。どういうことかくどくどと説明するのもなんなので、百讀課題図書となっていた作者たちを、ここに思い出せるだけ挙げてみよう。

夏目漱石、森鷗外、永井荷風、志賀直哉、谷崎潤一郎、三島由紀夫、川端康成、横光利一、島崎藤村、葉山嘉樹、江戸川乱歩、泉鏡花、水上瀧太郎、堀辰雄、林芙美子、尾崎翠、岡本かの子、倉橋由美子。

ウェルズ、ディケンズ、ウルフ、ワイルド、ジョイス、ジェイン・オースティン、ジョージ・

オーウェル、ルイス・キャロル、アーサー・C・クラーク、ブロンテ三姉妹、イアン・マキューアン、カズオ・イシグロ。

ヴェルヌ、バタイユ、カミュ、サン＝テグジュペリ、ジッド、スタンダール、ゾラ、サド、セリーヌ。

ナボコフ、トルストイ、ドストエフスキー、ツルゲーネフ、チェーホフ、プーシキン。

ヴォネガット、ケルアック、フォークナー、ポー、ヘミングウェイ、ブローティガン、レイモンド・チャンドラー、レイモンド・カーヴァー、ディック、ギブスン、ヴァーリイ。

ギュンター・グラス、トーマス・マン、ゲーテ、マイリンク、ホフマン、ケストナー。

ガルシア＝マルケス、ボルヘス、コルタサル、バルガス＝リョサ、プイグ、カルペンティエル、ボラーニョ、フエンテス。

私はたぶん鈍感だったのだろう。ほかの生徒たちのように、自分の意見についてはっきりとした言葉で酷評され、それで授業に出る気がなくなる、といったことはなかった。というか、私は酷評されながら、その酷評そのものの論理的整合性をよろこんだ。センダの発言は筋が通っていたし、彼ほど理路整然と、的を射たしゃべり方をする人間は、見たことがなかった。そのごまかしのなさ、正直さは、まちがいなく彼の美徳であると私は思った。

ただ、まあ、なんとなく予想できたことだが、四十名いた受講者は、一学期の終わりごろには十五人ほどになっていた。この授業に出席しないということは、進級をあきらめることと同義だった。

おそるおそるセンダに聞いてみたことがある。

「進級できない生徒が増えたとして、たとえば運営している母体かなにかに、授業内容を問われたりはしないのですか?」

「上に気を遣って、授業内容を容易にしろと言いたいのか?」と彼は答えた。

「そうじゃありません。ただ、大丈夫なのかなと思って。大学だって、なんだかんだ言って、学費で運営されるわけでしょう」

彼は私を睨みつけた。

「そんな生ぬるいやりかたで、作家を創れると思っているのか?」


もちろん生徒たちは、この地獄のふるいにかけられているあいだにも、若者が当然するべきことをいくつかやった。たいしたことではない。はじめて酒を飲んで羽目を外したり、夜通し遊んだり、恋をしたりだ。はじめのふたつについて語るべきことは、そこまで多くはない。最後のひとつについては、しっかりと語っておかなければならない。

アスカについて話す。

彼女との出会いのシーンだとか、恋人になるまでの経緯だとか、そのあたりの事情は、あまりくどくどと話しても仕方がない。恥ずかしがっているわけではない――一目惚れだったのだ。たぶん、私たちが虎や象や熊だったとしても、おなじようにしていただろう。私たちは目を合わせた瞬間に、私たちふたりがおなじ蓮華《れんげ》の葉の上に生まれたことを直感した。こうなったら、もうどうしようもない。形のいい頭部を引き立てる短い髪、キスをするときに背伸びをする仕草、太陽よりも眩しい夢がつめこまれた美しい身体。緑がその密度を増しはじめる七月のころ、私は彼女の瞳をまっすぐ見て、私たちが恋人になることを宣言し、彼女は頷いた。

私は十九歳、彼女は二十歳だった。

あらゆるものが、私たちが幸福になるようにお膳立てをしてくれているような感じがした。理由はまったくわからないが、当時の私はなぜか信じられないほどの美男子に成長していた。もと もと美しいアスカは恋のために天使と見紛うような顔つきになり、破れかぶれになって彼女を追いかけまわす男たちの追跡をかわしながら、誰も見ていないところでこっそりと何度も私の身体に触れた。互いの腰が砕け散って欠片《かけら》が天に昇り、そのまま星になるのではと思われるほどの寝台の上での交歓ののち、私たちが交わす会話といえば、クラスメイトの噂話と文学についてだった。

たしか夏休みのことだったが、彼女は友達と旅行に行くと両親に告げて、三日間の外出の権利を手に入れた。そして、私たちがふたりとも名前だけは知っているが実際には訪れたことのない街の、家具付きのウィークリー・マンションを借り、部屋の鍵を持って私のもとに現れた。

なかなか大胆なことだとは思うが、実際のところ、そうするほかなかったのだ。ふたりが共にいる時間が長くなるほど、私は何度もお手洗いに行って、下着の中身を清めなければならなかった。彼女も同様にしていただろうと思うのだが、それでも一時間かそこらで、太股の内側が膝のあたりまで濡れきってしまうような有様だった。

いま考えると驚異的なことだが、私はこの不思議な三日のあいだ、疲れ果てて眠りにつく直前にしか煙草を吸わなかった。彼女の身体のどこかに口づけをするのに忙しかったからだ。初日、私たちは寝台の上にいることに忙しくて、食事すらできなかった。翌日の夕方ごろ、やっと衣服を身につけて、駅前のこぎれいなスーパーマーケットで食材を買い、優れた卵子とより多くの精子をつくるために、心のこもった食事をした。食事が身体のなかで消化されるまで、私たちはじっと抱き合っていた。しばらくすると私のペニスは大きくなり、彼女のヴァギナは濡れはじめた。あとはおなじことの繰り返しだ。

あの三日のあいだ、夕刻になるたびに、このまま世界が終わってくれればいいのだが、と私たちは繰りかえし語り合った。そうなれば、私たちはおそらく、世界の終焉に際してもっとも幸福なふたりになれただろうに。

当時の京都はとても美しかった。たぶん、私の機嫌が良かったからだろう。私とアスカはたまたまおなじベッドタウンに住んでいて、よく一緒に電車に乗って通学した。その私鉄は京都市内に入るときに地下に潜るのだが、駅から階段で地上に出てくるとき、いつも自分が夢の国に入っていくような感じがした。夢の国というのは、かなり正確な喩えだと思う。私は外国の小説や、古い時代の日本の小説が大好きになった。そこで描かれているものの見た目は異なっているし、人々の考え方にもさまざまな例があるのだが、しかしすべての作品に共通しているのは愛、憎しみ、悲しみ、喜びなどだった。

時代も場所もまったくべつのところに存在する人間の魂に、普遍性があることを私は知った。その喜びが美しい古都と共鳴して、なにもかもを輝かせたのだ。

文学に対するセンダの慧眼《けいがん》はしばしばあまりに鋭く、その意見はほとんどの生徒たちを辟易《へきえき》させ、自分は物書きには向いていないと思い込ませるきっかけになってもいた。まあ、仕方のないことだろう。すぐれた剣はときに人を殺す。しかし私は生来の鈍感さによって、彼の剣に何度貫かれても、痛みを覚えなかった。完璧な優等生と目されていたアスカさえもが百讀から脱落しかけていた夏休み明けの初日、センダの授業にやってくる生徒の数は、前期の六分の一にまで減じていた。

しかし私は、センダの真意をなんとなくつかみはじめていた。たとえていえば、彼の発言の形式は、検眼医が患者の眼鏡をつくるときの、レンズを自由に入れ替えられる、あの特殊な眼鏡なのだ。引き出しのなかに収められている彼の無数の思想がレンズなのだ。センダの授業のやりかたは、生徒の数が少なければ少ないほど、功を奏するように思われた。彼の授業は、私たち生徒を〈文学〉という巨大な検眼器具の前に座らせ、フレームをかけ、レンズを入れ替えながら、これはどうか、あれはどうかと、辛抱強くひとりひとりに合う眼鏡を作り続ける作業だったのだ。その眼鏡は世界をよく見るために絶対に必要な装置だった。だから当時の私には、京都が、世界が、あらゆる電子的現象が、あれほどまでに美しく見えはじめていた。

十九の私は、東山連峰の森が色づきはじめる初秋、北白川通りにえんえんと続く銀杏《いちょう》の並木の色合いの玄妙さにはっと胸を打たれて、滂沱《ぼうだ》と涙した。

信じられないほどの悦楽だった。私は日に長篇を一冊、短いものなら三冊読んだ。それぞれの作家の出自やスタイルの差違など、なんの関係もなかった。月曜にスタンダードな日本食を、火曜にハンバーガーとフレンチ・フライを、水曜に西洋料理のフル・コースを食べるように、世界各国のありとあらゆる小説を楽しんだ。上質紙とインクの魔術が日ごとに私の精神を刷新し、ページを閉じれば美しい二十歳の恋人がいた。

この時期、大文字山の山頂で、私は小説の神から十戒を授かった。その十戒は、デイヴィッド・ロッジの『小説の技巧』のなかにすべて書かれている。同書には十どころか五十の基本的な技巧、組み合わせによって天文学的な数になるであろう小説のエッセンスが記されており、私はただ、その五十の技巧をひとつずつ習作のなかで会得していけばよかった。世界は、冴えたやりかたで記述されることによって私の望むがままに姿を変えた。その姿が好ましいものであるかどうかは些細なことであった。ただ私が世界を変えられること、それどころか、まったく新しいものを創造できることが重要な点であった。私の散文は人間の背中に失われたはずの翼を与え、矛盾のない非ユークリッド幾何学を発明し、ブラックホールの内部で行われている秘儀を解き明かし、世界の存在を否定し、すべてがあることとなにもないことの間には、まったくもってどんな違いもないと証明した。

あのころ、私の頭のなかには、あるリズムが流れていた。私はただ、そのリズムに沿って、音符を刻んでいけばよかった。日本語の散文という形式が許容する文体のさまざまな極点に、私は接近した。ほとんどの人間が物怖じして、話し言葉がさかんに交わされるあの賑やかな街へと引き返していくような領域、文法が溶けてしまうほどの酷暑の荒野や、氷のように冷たい構文が見渡すかぎり降り積もる厳寒の雪原を旅した。そして私は、図書館によく似た種々の遺跡のなかで、数えはじめればきりがないほどの遺物を手に入れた。横光利一『機械』、川端康成『山の音』、三島由紀夫『豊饒の海』、そして永井荷風『濹東綺譚』。鼓直と木村榮一によるスペイン語文学のあまりにも偉大な訳業。国書刊行会。みすず書房。東京創元社。光文社。河出書房新社。筑摩書房。岩波書店。おそらく世界でただひとり、ヴィトゲンシュタインのみが正確に描写しえた、「語りえぬもの」の向こう側（それまでの哲学はすべて存在の外側ではなく内側へ向かうものであった）、レムの宇宙、ボルヘスの図書館、ヴォネガットの戦争。

そして私は織田作之助とともに淀競馬場の巨大スクリーンで日本ダービーを見物し、谷崎潤一郎とともに橋本のあたりで淀川の葦林に分け入った。なにかの用事で四条大宮から嵐電に乗ったとき、となりに乗り合わせた丸谷才一に挨拶をしたこともある。水上瀧太郎は予想通りのスクウェアな人間だったが、車谷長吉は意外とひょうきんな人で、もつ鍋をつつきながら三島由紀夫の先進性と矛盾について語ってくれた。福永武彦とは出町柳の柳月堂という喫茶店で相席をしたことがあるし、深沢七郎とは木屋町のどこかのビルの地下にあるハードロック・バーで隣り合わせた。あまりにも音がうるさいので、お互いに言っていることはほとんど聞き取れなかった。柳月堂は名曲喫茶なので会話厳禁だった。

一回生の秋が深まりつつあったころ、鴨川沿いのベンチで盲目の老人と出会った。盲目というのがわかったのは、半分だけ開かれた両目が空の色だけを映し出していたからだ。ヒスパニック系の男性で、しっかりとしたスーツを着て杖をついており、私が腰かけていたベンチの反対側の隅に、いつのまにか座っていた。とてもよい日和《ひより》ですねと話しかけると、まったくそうですね、八幡の神々も喜んでおられることでしょう、という答えだった。

それで会話は終わるかと思われたが、サンドウィッチを片手に河原を歩いてきたべつの外国人——これも老人だがかなりの癖毛で、ツイードの上着を着ていた——があらわれて、私たちの前で立ち止まり、とてもよい日和ですな、と言った。私たちは頷いたが、そのとたんどこからともなく鳶《とんび》があらわれて、癖毛の老人の手にあった食べかけのサンドウィッチを奪った。癖毛の老人はとても驚いていたが、空《から》になった両手をぱんぱんと叩き合わせたあと、鳶が飛んでいったほうの空を眺めながら、こう呟いた。

「まったく。おまえたちは、おれのようなジジイからまだ何か奪うつもりなのか」

癖毛の老人がやってきたのとは反対の方向から、髪のほとんど残っていない、しかしきれいな丸い頭をした老人がやってきて、そろそろ行く時間だぞと言った。ベンチに座っていた盲目の老人が咳払いをし、こんなにも美しい河の流れがあるというのに、わざわざ行くべきところなどあるのかねと言った。丸い頭の老人は、おまえは過去しか見ていないからそういう発想になるのだ、と厳しい口調で言った。盲目の老人はため息をついたが、しぶしぶといった感じで杖に力をこめ、ゆっくりと立ち上がった。癖毛の老人はにっこりと笑い、腹がすいているんだが、食べ物はあるのかと言った。丸い頭の老人は、あとでいくらでも食わせてやると言い、五条大橋のほうに向かって歩き出した。ほかの二人も歩き出したが、そのとき私はなぜか、どうしても彼らについていかなければならないような気がした。

だから私は彼らに、どこへ行くのですか、と聞いてみた。

彼らは声を揃えて言った。

「きみの本棚へ！」

私の部屋には世界中から何百人もの人々がやってきて、そのまま幽霊か幻影か、とにかく物理的身体をもたない電子的現象のようなものに変身した。コンピュータに向かって、たったひとりで入力を続けているとき、私は私自身をコントロールしている見えないワイヤーの感触を両手に感じた。タイプを続ける私の両手は私自身の意志によってではなく、何百人もの好ましい友人、何百人ものすばらしい魂によってコントロールされていた。すでに私は私ではなく、なにか取るに足りないもの、巨大な精神のしもべ、文学という神木の枝振りの先で揺れる若葉となった。私は現象の裏側に存在するチェス盤の上のナイト、実存の否定のなかに存在する将棋盤の桂馬だった。

だから私は、学生時代のさまざまな飲み会のなかでも、とくにセンダが私とアスカを招いて連れて行ってくれたイタリア料理屋のことが忘れられない。とつぜんのお呼び立てで、私たちはまったく困惑しながら指定された木屋町の路地の入り口まで歩いていったのだが、そこには癖のある長髪を頭の後ろで束ね、ガンズ・アンド・ローゼズのTシャツにジャケットを羽織り、ミハイル・バフチンの『小説の言葉』の文庫版を週刊誌でも読むみたいにぱらぱらとめくっているセンダがいた。彼は私たちに気づくと顔をあげ、右の手のひらをぱっと見せたあと、無言のまま路地の奥に入っていった。私たちはなおも困惑しながら彼についていき、数分のうちに四人がけのテーブルに座った。

「おまえたちに渡そうと思っていたものがある」と彼は言い、背負っていたリュックサックから二冊の本を取り出した。私に手渡された一冊は、「作者の死」が収録されたロラン・バルトの『物語の構造分析』、アスカに手渡された一冊はセス・グレアム＝スミスの『高慢と偏見とゾンビ』だった。

「欲しかったんです！」と、ジェイン・オースティンのファンが言った。

「ありがとうございます」と、ロラン・バルトを知らない男が言った。

酒が入るとなかなか陽気な男だったのだ。冗談はおもしろかったし、きわどい話題にも怖れることなく切り込んだ。それで私はつい飲み過ぎてしまい、気分が悪くなってしまった。ちょっと緊張していたのかもしれない。こみ上げてくるものをこらえながら退店して、挨拶もろくにしないまま、ふらふらと歩き出した。アスカがついてきて、私の背をさすりながら歩いた。そのとき、センダは気遣って店先まで出て来てくれたのだろう。私は彼が、なにかを認めるような優しい笑いをこぼしたのを、背中で聞いた。

それから私とセンダは事実上の師弟関係を結んだ。書きためていた習作を見せると、感想ではなく文学理論上の問題として、彼は私の誤解や認識不足を指摘した。彼の発言の論理的整合性は秋の月のように明朗だった。感心するばかりで、私のほうから質問をすることはほとんどなかったが、研究室の彼のブースで個人的なレッスンを受けるうち、ひとつだけ気になることを聞いた。

なぜ、あなたはプロットについての話をしないのですか？

彼はしばらく考えてから答えた。

「それは、おまえ自身が編み出さねばならないものだからだ。私がおまえに教えてやれるのは、おまえ自身が持っているものをひとつの作品として成立させるための技巧――武芸で言うところの、型だけだ。百讀の課題を見ていてよくわかったが、入学したばかりのころ、おまえには型がなかった。それは型破りですらなかった。破るための型が、そもそもおまえにはなかったわけだから。

自由な発想を無条件に賛美するな。子供の発想は優れているかもしれない、彼らが描く絵はたしかに新しいのかもしれない、しかし描き方が下手だから、箸にも棒にもかからない。これが美大や芸大が入学試験でデッサンを採用している理由だ。表現しようとする人間に、そもそもの型があるかどうかを診ているわけだ。私たちが世界を見る能力に、そもそもの普遍性があるかどうかを診ているんだ。それがなければ、私たちは世界を美しいと思えない。

おまえの個人的な体験はそのままで価値のあるものではない。戦争に行った者、宇宙に行った者、総理大臣になった者がいる。しかし、彼らが自分の体験のありのままを語れば文藝となるのではない。より優れた語りの形式によって語られてはじめて、体験は物語となる。だから私はおまえと話すとき、生徒たちに教えるとき、語りの形式のみを問題としてきた。プロットやテーマなどの個人的趣向にかかわる部分は、それぞれの物書きが考えればいいことだ。だから作家はひとりではなく、たくさんいるんだ。そこに、無数の人生があるからだ。それぞれが根源的に唯一の存在であるからだ。

物語は物と語りから成る。物はおまえが考えろ。私が教えてやれるのは、語りだけだ」

だからこの小説は彼に捧げるべきものだろう。より厳密な言い方をするなら、彼らに、捧げるべきものだろう。じつは、このセンダという男は、現実に存在したふたりの人間をモデルにしている。この意味がわかるだろうか？　先生、師匠、あなたがたにこの意味が伝わるだろうか？

あの日、あなたは静まりかえった教室のホワイトボードに、決然と板書した。

「小説とは、重ね合わせの技巧《アート》である。」

この文章があらためて書かれることにも意味はあると思うのだ。いま、私は少なくとも一文につきひとつの、調子の良いときにはふたつの意味を編み込むことができるようになった。個別の意味がどんなものであるかは具体的に説明できない、ただ私の指先をコントロールする何者かが、私の背後で囁くのだ、そう、それでいい、その方向に進めば大丈夫だ、あの光を目指すんだと、しきりに囁くのだ。

これで合っているだろうか？　たぶん、大丈夫だと思うのだが。

ひどい嵐だ。停電にならなければいいのだが。

学科創設にまつわる神話によれば、日本を出てから二十年以上をニューヨークで過ごしたある男と、現世の秤《はかり》では計測できないほどの愛を注ぐはずだった腹中の子を喪ったばかりのある女が、羽田国際空港のターミナルで、京都にあるという芸術大学に新設される文芸表現学科のカリキュラムについて話し込んだという。シラバスの草稿の提出期限を明日に控えていたにもかかわらず、まだ準備が済んでいなかったのだ。それから四年が経った二〇一〇年十二月の某日、生まれたての月が満ちるように、文学を志す一回生から四回生までの五十数名の生徒と、数名の教員が一堂に会した。はじめての四年のカリキュラムが終了しつつある年の暮れを祝うためであった。

彼らは四条河原町界隈の、彼らがいなければ静かだったはずの気分の良い店でともに食事をし、文学にかかわること、人生にかかわること、恋愛事情、たわいもない冗談など、とにかくすべてのことについて延々と語り合った。

私もそこにいた。彼らもそこにいた。思い出せるのは取るに足りないさまざまな現象の質感ばかりだ。あのランプの色。あのワインの味。煙草を吸う者たちが煙草を吸わない者たちに気を遣って、集団から離れていくときの動き。いずれも内容をまったく思い出すことができない、学科長の演説、教員たちの演説、こういう場において演説するにふさわしいと皆が認めていたあの先輩の演説、それらすべての発言の切れ目に行われる、群衆のなかの教授陣や生徒たちからの大仰かつ短い返答。

そうだ。私たちは私たちが心から愛しているものについて、あけすけに語り合える機会を、ここではじめて得たのだ。そこにいるうちの誰かは安部公房のことが嫌いだった、彼はそのことをあけすけに語った。そこにいるうちの誰かは倉橋由美子を敬愛していた、彼女はそのことをあけすけに語った。私たちはみんな彼らの言うことをよく聞き、心をこめて返答した。その宴席にはセルバンテスが、チェスタトンが、デフォーがいた。ゲーテが、ホフマンが、トーマス・マンがいた。隅のほうのテーブルで九鬼周造と宮本常一と福沢諭吉が微笑んでいた。べつのテーブルでカントとヘーゲルとハイデッガーが談笑していた。

そして私の隣には美しい二十歳の恋人がいた。

フランス文学史上もっとも偉大な描写のひとつ、ルイ＝フェルディナン・セリーヌの『なしくずしの死』のあのシーン、フェルディナン少年が街を行き交う群衆に向かって叩きつけた叫びを、セリーヌが紙上にぶちまけた叫びを、いま、私はありありと思い出す。

「彼らを止まらせろ……それ以上一歩も動かすな……凍りつかせろ……そこで、その場所に……これ以上彼らが消え去らないように！」

文芸表現学科よ永遠に。

年が明けて、しばらく経ったころだ。どうにかして百讀の課題を切り抜け、その成果についてヴィトゲンシュタインと話をしているとき、大学のカフェの高い天井からつり下げられた灯りが、とてもゆっくりと、長く揺れた。大きな船に乗っているような感じがした。私たちは話を中断し、じっとその灯りを見つめていたが、まずいことになったようだとヴィトゲンシュタインが言うので、なぜなのか質問してみた。彼はすぐには答えず、腕を組んだまま、じっとテーブルを見つめていた。しばらくして彼は言った、きみは私と話をしている場合ではない、いますぐ家に帰りなさい。それで私は大学を出て、電車に乗り、ベッドタウンにある自分の家まで歩いて帰った。よく晴れた、気持ちのいい日だった。居間に入ると、母親がひとりきりでテレビを食い入るように見つめていて、片手はずっと胸のあたりを押さえていた。

「どうした？」と私は言い、テレビに目をやった。

線路の映像ではなかった。四人の男の子が歩いているわけでもなかった。

上空からの映像、燃えさかる濁流に呑み込まれていく田畑。逃げ惑う軽トラック。それがもう助からない、もう、絶対にあの死に飲み込まれてしまうとわかるぎりぎりの瞬間、カメラ・マンは強引に、撮影する対象を、青空へとずらした。

二〇一一年三月十一日のことだ。

私の母の憂鬱症は明確にこの日に始まった。

文芸表現学科は「復興と文藝」を旗印に掲げた。私のそばにいた物書きの魂たちはだんだんとその数を減じていき、夏頃にはもうほとんど姿を見せなくなった。彼らは東北地方の、待っている人々のところ、彼らが行くべきところへと向かったのだった。数名は旅立ちにあたって私に声をかけてくれ、言い方は様々だったが、きみが話したいと望めばまたきみのもとにやってくるという旨を言い残して消えた。そのなかでもヴィトゲンシュタインは去り際、いつものように私と目を合わせないまま口元に手をあてて何か考え込んだあと、私にこんな箴言《しんげん》をくれた。

「ひとりの個人が感じる苦境より、もっと大きな苦境を感じることはできない。ある人間が絶望しているとき、それこそがこのうえない苦境なのだから」


暗澹《あんたん》とした時代が始まった。この時期から、薄明の時間、それも日没のあとのわずかな時間の暗さが、いままでとは異なるものに変化した。それは先史時代の神話の薄明というよりは、すべての歴史が終わったあとの想像上の薄明のように感じられた。

すべての物書きたちは言葉を失った。少なくとも、文芸表現学科にいたすべての人間は。いや、正確には、話すことはあった。ただ私たちは、そのことに限っては議論をしなかった。べつに格好をつけたり、いまはまだ語るときではないと賢《さか》しげに判断したり、思案したりしていたわけではない。私たちはそもそも、あの出来事について語る能力を持ち合わせていなかった。私たちはみんなそのことに気づいていた。私たちにできるのは、それについて語ることではなく、祈ることだけだった。

私たちは何度か読書会をした。課題図書はヴォネガットの『スローターハウス5』、大江健三郎の『新しい人よ眼ざめよ』、セリーヌの『なしくずしの死』、そして大岡昇平の『野火』だった。

母親について言えば、おそらく、ベッドタウンの中途半端な静けさがいけなかったのだ。昼間にはそれなりに人がいるのだが、夜になるとみんな家にこもってしまって、まるで日が暮れるたびに人類が滅んだような気分にさせられる。そうした薄明の時間に聞こえてくるのは、小鳥のさえずりや虫の音ではなく、ただ遠くの烏の鳴き声の、とげとげした残響のみなのだ。

私は自分の母親が青い顔をして居間のソファに寝転がり、かあ、かあ、と、烏の鳴き声を真似るところを見た。また彼女は真剣な顔で、私の身体のなかにはたくさんの毒虫がつまっている、と私の目を見て宣言した。私の父も弟も似たような体験をしたようだが、私たちはみな、そういった言葉に対しての返答を持たなかった。

日を追うごとに彼女は気が狂っていった。煮えたぎる毒が彼女の身体の器のなかにあり、その器はなんども吹きこぼれて、怒りや叫びや恐怖をもたらすのだ。家族はその毒をかわすだけで精一杯だった。彼女の身になにが起こっているのか、知っているものは誰もいなかった。私は大学の友人と遊ぶことが多くなり、家に寄りつかなくなった。関西随一の進学校に入学した弟は、受験勉強のために夜遅くまで塾に詰めていた。父親はいつもどおり得意先や商売仲間たちと夜会を楽しんだ。

結論から言おう。

私の母親は二〇一一年一一月二二日、彼女が生きているかぎり続くと思われた果てしのない苦しみから逃れるため、私たち家族が二十年間食事をともにした台所の梁《はり》に、輪っかにした電源の延長ケーブルを通し、そこから自分自身をぶらさげて死んだ。

彼女が漆黒の世界のただなかで静かに内面の辛苦を見つめているとき、私は使い古されたCRTの窓から世界を見つめていた。彼女が一階の居間で家族に宛てた遺書を書いているとき、私はヘッドフォンをかぶり、なんらかのゲームをプレイしていた。不思議なことに、どのゲームをプレイしていたのか、まったく覚えていない。ドアがノックされ、私はふりかえった。母親はゆっくりと部屋に入ってきた。私はゲームを中断して、いくらか話をしたと思う。不思議なことに、どんな話をしたのかはまったく覚えていない。それから彼女は、部屋に転がっていた電源の延長ケーブルを拾いあげた。部屋から出ていくとき、彼女はいちど振り返って、私にむかってこう言った。

「ばいばい」

私はなんのことだかよく分からなかったが、ばいばい、と答えておいた。それから二時間ぐらい経ったあとだろう、階下がやけに騒がしくなっているのを感じ、部屋を出て居間に降りた。見知らぬ水色の服を着た人々が、さかんに彼女の身体に〈蘇生〉を行っていた。彼女は生き返らなかった。当然のことだ、これはビデオゲームではないのだから。担架が運ばれてきて、彼女の身体が乗せられ、救急車が遠ざかっていく音がした。父親が同乗した。しばらくして、電話がかかってきた。お母さんは亡くなったよ、と父親は言った。そうか、と私は答えた。

私は遅れてやってきた警察の人間に状況を説明していたのだが、そのとき、居間のテーブルに載っていた紙切れに、母親の手による最後の文章が書かれているのを見つけた。

××さん　大好き
祥ちゃん　大好き
×××　大好き
ばいばい　ごめんね

彼女の遺書は詩のように書かれていた。つまり、行頭と行末のあいだのスペースは計算され、文章の終わりがきれいに整列するように組まれていた。

そのせいか、どうも、これは死に行く人間の仕事というより、人にこの文章を見てもらおうと考えている人間の仕事のように見える。

この文章の形から考えられるのは、彼女はこれをほんとうに遺書にするつもりはなかったのではないか、という仮説である。ただ延々と続く憂鬱症の苦しみから逃れるための気慰みに、自分が死ぬことを想像して文章を書いていたのではないか。つまり、これを書いているあいだには、彼女はまだ生きる意志をわずかながら持っていた。ただ、家の階段を上り、私の部屋に来て、なにか話をしているあいだに、その意志は尽きてしまった。そこにケーブルが転がっていて、手に取ってしまった、というわけだ、ワトスン君。

もしかすると、そのケーブルを持って階段を下りていくときにもまだ、彼女には生きる意志が残っていたのかもしれない。そうして居間に戻り、ソファに腰かけ、手の中にあるケーブルの重みを感じながら自分が書いた遺書を見たとたん、死ぬ準備が完全にできていることに気がついたのかもしれない。まあ、すべては推測である。いまわの際でも世間様への配慮を怠《おこた》らない、気高く美しい母だったと言うこともできるし、誇り高き血のなかに詩人の因子が刻まれている、というすてきな言い方もできるだろう。

いずれにせよこれらの推測は、現実に存在したすばらしいひとりの女性とは、なんの関係もないことだ。

興味深いことに、私にはこの出来事を含む、大学二回生と、三回生のはじめごろまでの記憶がほとんどない。消したのだろう。ゆいいつ覚えているのは、欧州旅行である。母の死から四ヶ月ほどが過ぎたころ、父親が私と弟を引き連れ、関西国際空港の国際便に乗せて、四ヶ国をめぐる喪の旅行を敢行した。一千万という、見たこともないような大金が支払われたが、私の記憶に残っているのは、欧州諸国の厳しい陽射しで輪郭がつかめなくなった、建物の印象のみである。氷づけにされたように動かない天使や聖人たちが壁からたくさん突き出ていたが、顔はよく見えなかった。

それはずいぶん大切なことをいろいろと学んだ旅行だっただろう、と人は思うかもしれないが、そうではない。

事の成り行きはこうだ。その旅行は三月に行われたが、父親が誰にも相談せずに予定を組んだため、たった半月で十二もの都市をめぐるという乱暴なスケジュールが組まれた。父の言によれば、旅行代理店の担当者と意気投合してしまい、あれもこれもと調子に乗っているうちにこんな予定になってしまった、とのことだ。迷惑な話である。そういうわけで、私たちは観光というより空間の移動そのものを目的としているかのような喪の旅行を続け、おなじ都市に二日留まることさえほとんどなかった。断言できるが、後にも先にも人生でこれほど疲れたことはない。

へとへとになって関西国際空港のターミナルから自宅に戻ってきたあと、私はベッドに倒れ伏して二十時間ほど眠った。いや、眠ったというより、苦しみながら寝返りを打ちつづけた。それから起き出して、大きなコップで水を二杯飲み、煙草をつけた。疲れがまったく取れていないと気づいたのは、そのときのことだ。あらゆるところが痛み、透明な見えない手がずっと胃を押し上げているような不快感があった。あれだけの大旅行をしたのだから、そういうこともありうるだろう、とその時は考えた。しかし一週間が経ち、一ヶ月が経っても疲れはまったく取れず、それどころかどんどん悪くなっていった。

梅雨どきだったと思うが、身体中にわけのわからない小さなできものが出てきた。その数が尋常ではなく、また全身にわたっていたので、私はさすがに医者にかかった。帯状疱疹《たいじょうほうしん》と診断された。採血してもらったのちに再診を受けたが、医者はこんなことを言った。白血球が異常なほど増えています、癌患者とおなじくらいの数値です。

いま考えると、その医者は患者がびっくりするようなことを平然と言うタイプだったのだ。あわてて全身検査を受けたが、とくに異状は見つからなかった。まったくの健康体、というわけだ。ただ、私の身体の不調はほとんど無視できないほどになっていたし、癌がどうだといった発言が頭にこびりついてもいた。そのうちに、ただ歩いたり考え事をしているだけで動悸が速まり、立っていられなくなるようなことが起きた。そういうとき胸を押さえてじっとしていると、自分がいままで歩いていたところが、冷たい湖の水面に張った薄氷にすぎないと気づくことも多くあった。なおわるいことに、その薄氷はかんたんに割れてしまい、私はなんどもなんども湖の底に沈む羽目になるのだ……。

…………。

その湖の底がどんな場所であるかは、書きたくない。書けないのではない。怖すぎて、思い出したくないのだ。許してほしい。

夏休みのあいだのことだったと思うのだが、私はどうにかして身体を引きずり、昔から通っている散髪屋まで自分を連れていった。そこでなじみのお姉さんに散髪をしてもらっているあいだに、雲行きがどんどん怪しくなってきて、信じられないような雨が降りはじめた。夕立だった。帰路を急いだが、どうしても通らなければならないある道のある地点で、生活用水路から水があふれ、路上にどんどんと流れ出ていた。マンホールがぷかぷかと浮き、あちこちに恐ろしい渦ができていた。雷が鳴りはじめ、視界が真っ白に染まるのとほぼ同時に、鼓膜を裂くような轟音がした。近くで落ちたのだ。

恐慌に襲われたまま自宅にたどり着き、シャワーを浴びたあと、家中の雨戸を閉めてまわった。雨と雷の勢いはさらに強まり、気を紛らわすために歌ってみた自分の声がまったく聞こえないほどだった。あまりに疲れていたので、ベッドに身体を横たえた。数十分ほど嵐が続いた。そのあいだ、身体の不調はより厳しく感じられ、私は苦しかった。やがて、雨と雷はしだいに遠のいていくように思われた。安心しかけたそのとき、雷が私の家に落ちた。すべてが白く染まり、耳が聞こえなくなり、私はベッドから転げおちて叫んだ。

そのときだ、私の頭のなかの瘤《こぶ》がはじけたのは。

はじけた瘤から、おそろしく不快な情報、おそらく私が人生で体験したもののなかで最も不快な情報が漏れ出し、全身に染み渡っていった。その情報が心臓を貫いたとき、私の意識は、それをこう翻訳した。

「母さんが死んだのは、おれのせいだ」

そして、この言葉にはもうひとつ続きがあった。

「死にたい」

私の実家に母親の幽霊が出るようになったのは、この時からだ。はじめのうち、私は彼女の幽霊に、毅然とした態度で対応しようとした。しかし、どれだけ追い払ってもいつのまにか現れて、なにか言いたげな目でじっとこちらを見ているのだ。やりきれなかったのは、部屋の掃除をしていたり、大学の課題を書いていたりするときだけは、ふだんの感じとは違う、慈《いつく》しむような目で私を見ることだった。時には私も付き合いきれなくなり、声を荒らげてこう言ってやることもあった。

「さあ、あんたの望んだとおり、おれはまじめに大学に行くようになって、昔のような非行少年じゃなくなったぞ！　これで安心しただろう、だからおれの前に姿を現さないでくれ！　元気でな！　さよなら！」

そうすると彼女はしばらくのあいだ消えていてくれるのだが、数時間もすると戻ってきて、また私の邪魔をするのだ。なにをやっても無駄だった。中学生のころから集めていたカフカの小説をすべて燃やしても、なんの効果もなかった。虚構ではなく現実のものとしての不条理は、はっきり言って、私にはどうしようもなかったのである。

けっきょく、根負けしたのは私のほうだった。母の幽霊がいつまでもついて回るから、大学のそばに下宿をさせてほしいと父親に頼んだ。彼はふたつ返事で了承し、私は大学のそばに下宿を見つけた。季節は秋で、賃貸仲介会社もシーズン・オフだったらしい。とんとん拍子で事が運び、一週間後には、私はコンピュータと書籍と冷蔵庫を父の会社のミニバンに詰め込んで下宿先に向かった。六畳一間で、狭い台所と風呂と便所がついていた。私は荷物をすべて運び込み、部屋の片隅にある差込口にLANケーブルを挿入したあと、コンピュータでポルノをダウンロードしてマスターベーションをし、それから寝た。

実家を離れたのは良かったと思う。私は母親の幽霊と別れることができ、自分自身の憂鬱症に集中できるようになった。じつのところ、死への渇望からくる熱狂と興奮は、甘美なものなのだ。うまく泣くことができたときなどは、その甘さはますます強くなるように思われた。果物も精神も、腐る直前がいちばん甘いのだ。
しかし腐敗が進みすぎて、どうしようもなくうち捨てられたような気分になるときは、とにかく自分を部屋から出して、左京区という、京都市のなかでもじつに静かな住宅街を、あてもなくひたすら歩いた。

私が気に入らなかったのは、あらゆる事物が母の死を安物の悲劇に仕立てようとすることと、あらゆる人々がもともと用意されていたかのような台詞をつぶやく役者になってしまうことだった。まあ、仕方のない話である。おそらく私たちは、ふだんの生活で、自分の身にふりかかる不条理があまりにも少ないので、いざ人生にそれが起こってみると、フィクションのうちでのみ取り扱われているような語彙のほかに、語るべきことがなくなってしまうのだ。

私が気に入らなかったのは、通夜にやってきたアスカが、泣きはらした目で私の名前を呼んだことだ。いままで名字でしかおれのことを呼ばなかったくせに、悲劇の登場人物ぶっているのだ。

私が気に入らなかったのは、センダがなにかと理由をつけて私を呼び、好きなだけ酒を飲ませ、自分はほとんど一言も口をきかなかったことだ。私たちの師弟関係は文学理論上のことに限られていたはずなのに、とつぜん精神的な師を演じはじめたのだ。

このように、当時の私は錯乱しており、誰彼かまわず自分の悲しみを打ち明けた。もちろん、インターネットの仲間たちにもだ。そのうちのひとりであったノンは、おそらく何かゲームをやっていたと思うのだが、悲嘆に暮れている私の発言を聞いて、こんなことを言った。

「おまえのせいだろ?」

私は怒り狂い、ボイスチャットを切断し、二度とそこへは行かなかった……それがどうした。

………。


このあたりから、この小説の章立てというか語り口は、かなり断続的かつ混乱したものになる。ありていに言えば、私は記憶障害を発症していて、ほとんどのことを覚えていられなくなったのだ。

いや、記憶障害などという言い方はなんだか仰々しい。単純に、記憶に値するものだけが記憶に残るようになった。それだけの話だ。

厳しい話だが、そうしなければ、つらい体験をした人間は生きていくことができないのだ。分かってやってほしい。

ただ、人間の尊厳を根底から奪うあのいまいましい病気があるていど寛解したいまになって思うのだが、発症のきっかけがすべて母親の死だとも言い切れないところがある。もちろん、原因のひとつだとは思う。しかし、仮に彼女が死んでいなかったとしても、けっきょく私はこの病気にかかっていたような気がするのだ。

考えてみれば、ずっと長い間、私は世界のどの場所にも完全に帰属できないでいた。あらゆる場所が私の望みとは関係なく霧消してしまった。けっきょく私は心のどこかで、十代の五年間を捧げた、あの二次大戦のゲームをプレイしたいと願っていたのだろう。あのゲームだけをずっと、延々と、プレイし続けていたかったのだろう。

もちろん、いまではどのようなものも永遠に続くことはないと知っているから、流浪の運命は自然なことだ、くらいは言える。しかし私はこの時、なんともいいがたい不安を覚えていた。どのような関係も、どのような現象もすべて終わりを迎え、そのたびに新しいところへ行かなければならない。放浪を続けなければならない。そして人間にゆいいつ許された、この新しい場所を訪れるという可能性も、避けがたい死という事件によって、最後にはあっけなく回収されてしまう。

そのことを考えるとき、私はまるで帰る家を失った子供のように、途方にくれた。ありていに言えば、私の幼年期はかなり強引な手段、たとえば断頭台のようなもので、一息に断ち切られてしまったのだ。注意深い読者ならば、この小説のここまでの文章が抱えていた、ある種の矛盾にも気づいているだろう。その矛盾とは、このように傲慢で利己的な人間が、ここまで執念深く小説などという机仕事を続けられるわけがない、というものである。その矛盾について、やっとここで釈明することができる。

ここまで語られてきた「私」は、事実上、つまり実感としても現実としても、いまこうして読者諸氏に語りかけている私とは、まったくべつの人間である。

ここまでの「私」はとてもロマンチックな人間で、コンピュータやテクノロジーを心から愛し、自分の理性ではなく感覚によって物事を計り、どんな失敗も厭わない積極的な人物だった。これらの美点のいくつかはいまの私にも引き継がれているが、しかし私はもはやそれらを美点として誇ることができない。いまの私は理詰めで物事を考え、内容よりも形式が優れているものを良しとし、美しさとおなじくらい論理的整合性をよろこぶ。できるかぎりトラブルを避け、世界のほとんどの人間たちから放っておいてほしいと願っている。

つまり私は、憂鬱症によって、ロマンチックな人間からクラシックな人間になったのだ。

私は大学に行ったり、読書をして気分を紛らわせようとしたが、言語によるあらゆる思考はすぐに死と結びついてしまい、まったく集中できなかった。というか、一分一秒が信じられないほど長く引き延ばされたいくつもの夜のいずれかにおいて、私がほんとうに自殺しなかったのかどうか、いまでも本当のことがわからない。

いや、むしろ、私は自殺をしたのだと思う。若々しく、精悍で、よく飲みかつ食い、引きしまった肉体に美しい衣装を身につけた十代の私は、自殺をしたのだと思う。そして、彼のそれと地続きになっているとは到底思えない時間の果てで、二十六という見慣れない歳になったべつの人間が、いまここでタイピングを続けているのだと思う。

私の意識が続いているのはただの偶然である。あなたがこうして私の小説を読んでいるのも、ただの偶然である。まったくそうだ。しかし、いったい、ここはどこだ？

偶然といえば、もう朝になりかけていた頃だと思うのだが、四条木屋町の阪急電車出口の植え込みに半ば身を埋めた状態で目覚めたとき、飲み過ぎてずきずきと痛む頭を気にしながら、見慣れない赤っぽい空に浮かぶ無数の星々を目撃したのも、偶然のように思われる。

薄汚い格好をした初老の男性があらわれて、こんなところで寝ていたら危ないぜ、この荒れた世の中じゃあいったい何をされるかわからないからな、と通りがかりに忠告してくれた。それで私は身を起こし、胃の中に残っていたものをすべて高瀬川に吐き出したあと、いったいあの星空がなんだったのか確かめるために空を見上げた。星はひとつも見えず、地上には酩酊した人間たちだけが残っていた。タクシーに乗る金も残っていなかったので、私は身体を引きずりながら左京区に向けて歩き、道中にある友人や知り合いの家のチャイムをひとつひとつ押していった。どのドアも開かなかった。みな眠っているのだ。けっきょく、一時間ほど歩いたあと自分の下宿に戻った。

そこで、私は自分が完全に疲れてはてていることに気づいた。

私の大好きな小説家に、カート・ヴォネガットというのがいる。私が河原で出会った精霊のうちのひとりで、鳶にサンドウィッチを奪われた男だ。彼は生前、六十のころに自殺未遂をやったが、そのあとのインタビューかなにかで、記者の質問にたいして、こんなふうに答えている。

「なにもかもがいやになっちまったのさ。もうコーヒーもなし、ジョークもなし、セックスもなし」つづいて、「大いなるドアが閉まる音が聞きたかった」とある。

私の気持ちは、彼のこの言葉とまったくおなじだった。私はもうなにもかもがいやになってしまった。ややこしい言い訳はなしにしよう。生きることはすなわち、地獄だった。憂鬱症の症状について、もっと真に迫った描写をするほうが、小説の構造上、効果的であることはわかっている。しかし、私にはできないのだ。私はもう二度と、あんなものを思い出したくない。あんな恐ろしいものは、ふたをして、もう二度と開かないでおくべきだ。それでも憂鬱症患者の気持ちがわかりたいという奇特な人間は、自殺未遂の人間が書いた本でも買って読めばいい。しかし私はもう実際に自殺をしたし、そこに至るまでの経緯や感情をいちいち書くのは絶対にいやだ。

だから私は、私が採った自殺の手段のみをここに簡潔に記そうと思う。

まず私は寝床に横になり、死ぬことに決めた。それから下宿の部屋のなかをぼんやりと眺め、死に方を考えた。家庭用コンセントとコンピュータを繋いでいる電源ケーブルが目にとまり、これで首をくくるのがいいと思った。しかし、室内に自分をぶら下げられそうな個所はなかった。カーテンレールは強度が心配だったし、電灯は天井にぴったりとくっついていて、ケーブルをまわせそうになかった。それから私はベランダに出た。朝の光のなかに、電信柱から伸びる、太くてたくましい黒い電線があった。手を伸ばせば簡単につかめそうだった。ただ、それでは死んだあとに街路に落ちて、他人にぶざまな格好を晒《さら》してしまうだろうと思った。

それから私は自分の手のなかにある電源ケーブルを見た。

私は室内に戻り、はさみで電源ケーブルを切って、銅線を二股に分け、ビニールを剝いて露出させた。それから銅線をライターであぶって消毒し、その行為になんの意味もないことに気づき、くすくすと笑った。台所で包丁を手に取り、左胸に切っ先を押し付けると、さすがに緊張してきた。脂汗が出て、気分が悪くなり、止めようかと思った。ただ、面白いことに、止めるという言葉が私の心に影響して、これよりもっとつらいものを止められるのだから、気合を入れてやってしまおうと思った。力を込めると、うまい具合に数センチほど切れた。傷の深さは、一センチにも満たなかったと思う。はじめのうち痛みはなかったが、だんだんとひりつくようになった。しかし大切なことをやりとげた実感があって、痛みは心地良かった。

そして私は二股にわけた電源ケーブルの銅線の片方を切れた左胸のなかに埋め込んだ。血のせいで滑ってしまい、なかなかむずかしい作業だった。私はじっくりと、自分の左胸のなかに電源ケーブルが埋まっている絵面《えづら》を眺めた。そこで疑念が頭をもたげた。これではかんたんに抜けてしまうのではないか。私は片手に左胸とつながった電源ケーブルを持ち、散乱した部屋のなかをかき回して、やっとのことでガムテープを見つけた。そのあいだに血が垂れてきて、私の半身を濡らした。

ガムテープで左胸を補強したあと、こんどは背中にとりかかった。ただ、どうやってもうまく背中を切ることができなかった。そこで肌の上に直接、電源ケーブルの銅線の片方を貼りつけた。まあ、これで大丈夫だろう。

そのあたりで、ひどい憂鬱の波がやってきた。私は寝床に倒れ、しばらくそのまま、死ぬことのほかになにも考えずにいた。誰の顔も浮かばなかった。どのゲームも、どの体験も、どの物語も思い出さなかった。私が自殺をしたあの日、あの時、あの場所においてのみ、太陽は昇らなかった。不眠とともに過ごした夜の朝九時、人間の尊厳を根底から傷つけるような夜が私を支配していた。おそろしい暗さだった。私はもう、そんな暗さを味わい続けるのはいやだった。

一時間ほど横になっていたが、そのあいだに、私の身体を構成する細胞は夜とおなじ物質に変化した。半身を起こすと、万年床に黒々とした血がこびりついていた。いまだに血は流れつづけていたが、かなりの量が乾いて、銅線は私の肉体とひとつになっていた。

私は電源ケーブルを手に持ち、さきほどまでコンピュータに電気を供給していた家庭用コンセントの挿入口を見つめた。そこは私の未来を象徴しており、完全に黒かった。その黒さは、私の興味を引いた。やっとこれで終わりにできる、信じられないほど長く続いた薄明の時代に終わりを告げられる。それも、不条理な世界の見えない手によってではなく、ほかでもない自分自身の手で。私は手中の電源ケーブルを、コンセントに差し込んだ。全身の筋肉が勝手に緊張して、まったく動けなくなった。

そして私は感電して死んだ。

目覚めたとき、私は息をしていなかった。正確には、息をする必要がなかった。混乱さえしなかった。深い眠りから目覚めたときのように、頭がうまく回らなくて、おかしいとも思わない。ただ、なにもかもがやけにはっきりとよく見えた。

液体のなかにいた。まわりには壁があり、オレンジ色の弱い明かりが点々とついている。ためしに身体を動かしてみた。問題なく動いたが、それで液体がゼリー状であるとわかった。こんどは声を出そうとしてみたが、うまくいかなかった。筋肉だけが突っ張っているような感じがして、音が聞こえないのだ。それで気づいたが、私の肺は、私の肉体が浮かんでいる液体で完全に満たされていた。このあたりでやっと頭がまともに動くようになり、私は混乱しはじめた。

そこで声が聞こえた。温かみのある女性の声で、英語だった。

「インフォモーフ・トランスファー・プロトコル、プロセス完了。クローン・ボディの正常作動確認。ニューロシナプス液、排出開始」

どこかでコンプレッサーがまわる音が聞こえた。私はその音になじみがあった。父の会社で自動車のタイヤに空気を補充するとき、エア・コンプレッサーの電源を入れるのだが、その音にそっくりなのだ。それから、私の肉体が浮かんでいる液体の水位が下がってきた。一分ほどで排水は完了し、私は自分の両足で、二メートル四方ほどの空間に立っていた。

「ニューロシナプス液、排出完了。カプセルハッチ、開放」

そして私は歩み出た。明かりの抑えられた部屋で、目の前には三段ほどの階段と、履き心地のよさそうなスリッパが置いてあった。ふりかえると、四メートルほどの高さの卵形のオブジェクトがあって、私に向けて口を開いていた。どうやらここにいたらしい。スリッパを履いて階段を下りたところで、白衣を着た女性が奥のほうから歩いてきた。きれいな人だった。彼女は本体から管の伸びた、酸素吸入器のような機械を手に抱えていた。私はあいさつをしようとしたが、まだ声が出なかった。それに、ちょっと視界が悪くなってきた。なんだか気分も悪い。

女性は管の先に付いているカップを私の口元に当てた。そのカップは柔らかいゴムのようにぐにゃぐにゃで、私の鼻と口をすっぽりと覆い、肌に張り付いた。それは高校生のときに見た、トルーマンが病床でつけていたものによく似ていた。それから女性は、私の目を見て言った。

「驚かないでください。終わったら、息ができるようになります」

それから女性は機械のボタンを押した。そのとたん、胸のあたりに激痛が走り、鼻孔と口蓋の継ぎ目にはげしい異物感を覚えた。口から液体が出てゆき、鼻から空気が入り込んでくる。私は声にならない声をあげたが、こんどはちゃんと音が出た。数分ほどそうしていただろうか。電子音が鳴り、女性は私の顔からカップを外した。私はたとえようもないほど苦しくなっており、その場に崩れおちて、激しく呼吸した。

「ご気分はいかがですか？」と女性が言った。

私は咳き込みながら答えた。「最悪だ」

やさしい言葉を期待したが、返答はなかった。

「きみの名前は？」私は立ち上がりながら言った。

「この宇宙ステーションのナビゲーションＡＩです。名前はありません」

よく見ると、彼女の身体はホログラムだった。


それから数分後、私は艦長用休憩室のソファに腰かけて、星間新聞社発行の雑誌のページをぱらぱらとめくっていた。身の周りにあるなにもかもが新しく、つやつやとしていて、手に取って触れたくなるようなものばかりだった。

私の目の前には三枚のスクリーンがあった。一枚には、なんらかの市場の経済的推移をあらわすグラフのようなものが表示されていた。もう一枚には、四条木屋町で見たものと非常によく似た、あの赤い星空が見えた。もう一枚には、どうやら私のものらしい小型の宇宙船が浮かんでいた。それは蠅のような、羽虫のような形をした宇宙船で、全長五十六メートル、三門の砲塔を持ち、現存する標準型フリゲート艦のなかではもっとも高速である、という共和国軍の宣伝文句が記されていた。

それから私は自分の肉体を操作して、べつの区画に歩いていき、充塡剤が満たされたカプセルのなかに身体を沈めた。肺のなかに液剤が満ちると、呼吸の必要を感じなくなった。目を開き、両の手のひらを空中に浮かぶ電子コンソールに重ね合わせると、液剤のなかにプロジェクションされたコマンドの一覧が展開されて、いまから私がするべきことが手に取るようにわかった。ディスプレイのなかに、さきほどの標準型フリゲートの図像が浮かんでいた。私は「アンドック」の文字に指を載せた。

クリアランスののちに私が見たのは、赤い宇宙だった。赤いというのは比喩ではない。このあたりの星雲は、どういう理屈なのかは知らないが、カメラ・ドローンのレンズを通すと赤茶けて見えるのだ。それは長年にわたる帝国の奴隷制の犠牲となりつづけてきた、部族共和の誇りを表す血の赤であった。あたらしい私の肌は美しいチョコレート色で、筋骨隆々であり、隻眼だった。かつて帝国の奴隷であったころに受けた暴行のために、視力を失ったのだ。クローン技術で再生してもよかったのだが、自らの存在理由のひとつである怒りの表明として、そのままにしてある。

私はユーザー・インターフェイスを操作して、パイロットライセンスを表示した。

氏名　ロールストーン
番号　第６２１３０６６０号
ヨイウル議会暦１１２年３月３日生まれ
ヨイウル議会暦１１３年３月３日まで有効

カメラ・ドローン越しに見る宇宙は美しかった。私はエンジンを切り、カメラ・ドローンを固定して、無重力の空間にふわふわと浮かぶ私の小さな宇宙船と、その向こうにどこまでも広がる虚無を眺めた。

その宇宙は5201の太陽系を擁する単一の銀河系から成る。四大国家の統治が及ぶのは、そのわずか十分の一にすぎない。銀河系中心部付近では、四大国家の合弁によって設立された警察機関による治安維持が行われている。外縁部に近づくにつれて統治は不確実なものとなり、銀河系の果てにはどのような法も存在しない。すべての太陽系にはいくつかの惑星と月、アステロイドベルト、宇宙ステーション、星系間を繋ぐスター・ゲートなどが存在し、そこで私とおなじような宇宙船乗りがさまざまな活動を行っている。

活動の内容は多岐にわたる。アステロイドベルトからの鉱石採掘とその運搬、宇宙ステーションでの精錬と造船。すべての物品はどの宇宙ステーションでも販売することができるが、市場原理によってマーケットが集中化し、四大国家の各所に自然発生的に成立した巨大商業都市が存在している。これらのマーケットにおいては、ある物品への投機や、買い占めによる価格操作なども頻繁に行われている。

こうした環境と市場の活動のほかに、より優れた資源を得るため、あるいは純粋に戦いを楽しむための武力衝突がある。一対一の決闘から五千対五千の戦争まで、その規模はさまざまなものだ。時折ゲームの外にまで聞こえてくる大規模な戦闘は、現実の資産額に換算して数千万円という富の消失と、勝者の高揚、そして敗者の憂鬱をもたらす。

この宇宙はロンドンのサーバーセンターで動き続けている無数のサーバーの演算によって維持されており、中国をのぞく全世界からのクライアントが単一のシェードに接続するマッシヴリー・マルチプレイヤー・オンラインである。名前は「Eve Online」。これは祝祭の前夜、夜のとばり、あるいは創世記第二章に記されている、すべての人間の母の名を表す。


私はしばらくのあいだ、ひとりきりでゲームシステムが渡してくれる仕事をこなし、いくばくかの小銭を稼いだ。しかるべき操作を行えば、おもしろいようにNPC――無人の、コンピュータによって制御されたエンティティ――が撃墜されていき、それで私は腹を決め、とある日系企業の門を叩いた。

このゲームのシステムによって公式に形式化されているコミュニティの最小単位は、コーポレーション――企業である。チームでもなく、クランでもなく、ギルドでもない。私はこの名付けの感覚に、本作を貫いている、ある冷徹な思想を感じる。まあ、それはおいおい語ることができるだろう。私がコンタクトを取った企業、「鬼インダストリー」はインゲーム・メールで私に電信を届け、面接を行いたいという旨を知らせてきた。

指定された日時にゲーム内チャットを経由したコミュニケーション・ラインが開いたが、そこに映っていたのは長髪の女性のアヴァターで、かなりの美人だったので、私はしばらくのあいだどぎまぎしながら会話をするはめになった。

「まず、なぜあなたが弊社を志望したのか、お話しください」と彼女は言った。

「御社の発展に寄与したいと考えたからです」と私は答えた。

「ありがとうございます。具体的にはどのような方法をお考えですか？」

「対人戦です。御社のウェブサイトを拝見しましたが、対人戦の分野を拡大していきたいというお考えのようですね。他のゲームにおいてですが、私には闘争の経験があります。この資質と御社の志向は、とてもよく調和するものだと思います」

「お断りしておきますが、弊社の対人戦部門——戦闘部と名前がついていますが——は、つい先日設立されたばかりで、人材も予算も足りていません。福利厚生も整備されておらず、しばらくは個人の財布から、戦いのための資金を供出してもらうこととなるでしょう。それでも構いませんか？」

私は大笑いした。

「面接という手続きがそもそも興味深かったのですが、福利厚生とは、驚きました。これはゲームでしょう？」

「これはゲームですが、私たちはこのゲームを真剣に遊んでいます」

「おもしろい」と私は答えた。「ぜひ協力させてください」

ボイスチャットに接続してすぐにわかったことだが、彼女はほんとうは女性ではなく、男性が女性のアヴァターを使っているだけだった。まあ、よくあることだ。彼の名前はクシャナといい、創業時からのメンバーで、それまで生産と流通をおもな業態としていた社風を押し広げ、日系企業のうちもっとも優れた戦闘部を作ることを目標としていた。私が同社のすばらしいウェブサイトの出来を賞賛すると、彼は嬉しそうな声で、本職のデザイナーを雇って一ヶ月ほどかけた仕事なんだ、と言い切った。

私はまたしても大笑いしたが、こんどは、ゲーム云々といったことは口にしなかった。

鬼インダストリーで活動を始めるにつれ、クシャナが面接で口にしたことが、謙遜ではなく事実であることが了解されてきた。かなり本物の企業らしいインフラストラクチャが組まれていたが、正式な戦闘部所属の人間は私とクシャナの二名のみ、ほかは鉱石を掘って精錬し、宇宙船を造船する職人たちや、もっぱら商業都市のあいだを往復する運び屋兼商人しかいなかった。

私とクシャナは本社が置かれている太陽系からさほど遠くない、警察機関からプレイヤー同士のいざこざを黙認されている星座を選んで、ある惑星のそばに浮かんでいる人気のない宇宙ステーションに営業所を開設した。右も左もわからなかったので、さまざまな文献を読んだり、YouTubeなどで参考になる動画をあさったりして感じを掴んだあと、とりあえず一番安い船を買い、インターネットの海のどこかから見つけてきた得体の知れない教則本通りに装備を取り付け、勇んでステーションから出港した。

それから私たちは撃ったり撃たれたりした。船が爆発して相手の脱出カプセルがはじけ飛んだり、自分の脱出カプセルがはじけ飛んだりした。もちろん結果は散々なものだったが、私たちは気にしないように努めた。

さて。かつての私も自殺をしてしまったことだし、やはり憂鬱症について、もうすこし具体的に話しておいたほうがいいだろう。

これは感覚に訴えかける病気である。目覚めてから眠りに就くまで、自分が生きていることはとんでもない間違いであると、全身の細胞が叫びつづける。私がロマンチックな人間からクラシックな人間に変わったのも、当然のことだ。というのは、私はいままで自分の感覚を頼りに生き延びてきたし、そのことに自信を持ってもいた。しかしここにきて、自分の感覚があきらかな誤《ご》謬《びゅう》に陥った。開け放たれた高層の窓、特急電車が通過する駅のホーム、交通量の多い幹線道路のそばなどで、私の感覚はそちらへ行くように私を諭《さと》した。つまり、いままで頼りにしていた自分の感覚に耳を傾けると、私は死んでしまうのである。

そういうわけで、私は生きていくにあたり、まったくべつの方法を採用しなければならなかった。その方法とは、理性である。

私が悲しみを打ち明けたとき、人々は、さまざまな言い回しを私に教えてくれた。時間が解決するだとか、若い時分のそうした体験は貴重であるとか、あなたの母親はいまでも天国からあなたのことを見守っているだとか。

信じるにせよ信じないにせよ、私は、そういった言説が持っている物語的説得力を頼りにして、生きて行かねばならないようだった。

いま死ぬのは得策ではない、時間が解決するのだから。いま味わっている苦しみは、後の日に私の力となるだろう。私の母親は、天国から私のことを見守っている。

物語。

これが一般にひろく受け入れられている、物語だ。


私は言葉については詳しいほうだ。私の感覚が叫んでいることを、死にたい、という言葉に翻訳することができたのも、そのためだ。この語彙が、諸刃の剣となって私を傷つけた。私の身体は感覚を翻訳する機械であり、また翻訳された言葉を増幅する、虚ろなエコー・チェンバーであった。この翻訳と増幅の物語機構を完全に捨てることなどできない――それはまたべつの、死の形でしかないからだ。

これが、理性という新しい生活方針を採用した理由である。

理性がよろこぶのは西洋思想である。というか、理性はそこから生まれたのだから、あたりまえのことだ。論理的整合性、ロゴス、大学教育、呼び方は何でもいいのだが、美しいものには理由があり、それは言葉で説明できる、という態度のことだ。この態度は、じつは美しさの上位にあるのではなく、美しさを構成する一要素にすぎないのだが、当時の私にそんなことが分かるはずもなかった。とにかく私は日々、さまざまな理性的解釈をこしらえて、死のほうへ進もうとする自分の感覚を押さえ込まなければならなかった。

そうだ。そして私は、小説を書くことができなくなった。私が小説を書くときに頼りにしていたのは、理性ではなく感覚だったからだ。以前とおなじように感覚に任せて書きはじめると、私自身を投影した人物はすぐに自殺してしまうし、生まれてくるほかの人間たちも、どうして生きているのかわからないくらい絶望している者ばかりになった。

ずいぶんあとになって、「なぜ小説を書かないんだ?」とセンダに質問された。

そのとき、私はとっさにこう答えた。

「物語を語る機能が、壊れてしまったからです」

この発言は正確でないうえに、自己矛盾を犯している。そのことに気づけていない程度の、いわば、アマチュアだったのだ。

それでも私は、芸術大学の課題として作品を提出しなければならなかったので、崖から自分の子供を突き落とすように、書いたものを送った。三回生の期末に学科全体が参加する合評会が催され、私の作品が批評の対象となったが、教授陣、また生徒陣は満場一致で、これは小説ではない、という評価を下した。私も完全に同意見だった。あの作品は小説ではなく、血まみれになった原稿用紙であり、それ以外のなにものでもない。

発症の瞬間に、私の意識が編みだした言葉を思い出してみよう。

「母さんが死んだのは、おれのせいだ」

この言説は、それ自体の確実性を重要なものとしていない。というのも、私の母親がいったいどんな原因で死んだのかを、客観的な事実からの演繹ではなく、主観的な感情の発露によって説明しているからだ。非常に、ロマンチックである。「AのせいでBが起こった」と考えるとき、私たちはそこに因果関係という、あまりにも人間的な、おそらく種々の旧い神話の成り立ちにすら関わっている、なじみぶかい観点を採用している。

したがって「おれのせいだ」という言説は、科学的ではなく、物語的である。

海はなぜ塩辛いか？

科学的な説明ならば、こうなる。

塩素を含んだ水に岩石のナトリウムが溶けだして、塩化ナトリウムの水になったから。

物語的な説明ならば、こうなる。

永遠に塩を吐きつづける不思議な臼を、誰かが海に落としたから。

物語とは、かつてコンピュータを手に入れた中学生のころの私が、これで何かすごいことができるかもしれないと考え、信じ続けた形式であった。

そして、ほかでもないこの物語化の機能――おれのせいだ――が、私を破壊したのである。

それから私は宇宙にまたたく星々を眺めるほかに何もできなくなった。

これが、私が小説を書けなくなった理由である。


「ロールくん、今月度の成績報告！」

「ん？　ああ」私は会議室のテーブルに書類を置いた。「戦闘部の今月の成績は、64撃墜、98被撃墜。この被撃墜数のうち58はおれ個人の成績です。フリート行動における成績だけで見ると、30撃墜、28被撃墜。ギリギリだが、黒字ですね」

「フリート行動というのは？」

「ええと」私は眠い目をこすりながら、言葉をまとめた。「フリートというのは、艦隊のことです——つまり、二人以上のペアで行動することです。誰かと組んでやれば、そりゃあ成績は良くなるってわけですよ」

「もっとたくさんの人数で行動すれば、それだけ強いということ？」

「まあ、そうなるでしょうね」と私は言った。「ただ、人数が増えると、フリートコマンダーというものが必要になるようです。つまり、艦隊指揮官ですね。彼は行くべき場所を定めたり、ふたつ以上の敵のどちらを先に撃つべきかなどを決定したりします。艦隊行動の指示役というわけです」

「ふーむ」と誰かが答えた。「新しいウェブサイトと、ゲーム・クライアントの日本語化のおかげで、二日にひとりのペースで新入社員が増えている。戦闘をやりたいという人材も多い。とても喜ばしいことだ。ただ現状は、組織だって動いているわけではなく、各員がそれぞれ個別に対人戦をやっている。もったいない状況だとも言えるな」

「みんなで飛べばいいじゃないか」と誰かが応じた。

「しかし、フリートコマンダーというのが必要になるんだろう。誰がやる？」

「おれがやりましょうか」と私は言った。「やったことないんで、ぐだぐだでしょうけど」

「しかし、もしも大敗したら、戦績に傷がつくのでは？」

「そんなことを気にしているから、このゲームの日本人コミュニティはこんな状態なんですよ」

と私は言った。「他人の顔色をうかがってばかりで、誰も行動しようとしない。何が楽しいんだか知らないが。そんなふうに腰が退けているなら、いっそウェブサイトから戦闘部の看板を外したらどうです。そっちのほうが恥ずかしいですよ」

「そう、キルボードの戦績を気にしていても仕方がない」とクシャナが言った。「はじめのうちは誰だってへたくそなんだ。僕たちがすべきなのは、下手を恥じることではなく、もっとうまくなろうとすることだ」

しばらく沈黙があった。

「やろうじゃないか」と社長が言った。「ロールくん、きみに戦闘部を任せるよ。好きにやってみなさい」

私は毎夜のごとくフリートを編成し、集団で銀河系をうろうろと徘徊した。船の種別も兵器の種類も、とくに指定しなかった。あまりうるさいことを言うと、みんな嫌になってしまうだろうと思ったのだ。とにかくこちらには十名ほどの味方がいるのだから、射撃のしかたを教えるだけで、あとは訓練めいたこともしなかった。

たいていの場合はうまくいった。フリートには斥候《せっこう》という役割があって、本隊が進行する先の太陽系をあらかじめ探索し、めぼしい船が浮かんでいないかどうか確かめる。あるいは、自分たちではあきらかに敵《かな》わないような艦隊がいないかどうかも確かめる。そののち、ボイスチャットを通じて状況を報告する。この斥候の役割はクシャナや、ほかの腕に覚えがあるパイロットが担った。指揮官である私は、彼らの報告を聞いて、どんな動きをするべきか考え、本隊に指示を下すわけだ。

　あとからついていくフリート本隊は、どちらかといえば、さっきまで宇宙船を組み立てるスパナを握っていた手で、操縦桿を握りしめているような連中ばかりだった。そんなわけだから、ほんものの技術が要求される拮抗した戦い、十対十程度の戦いにおいては、大敗を喫することもしばしばだった。ただ、私たちは悔しがる以上に、楽しんでもいた。ゲームをはじめるときに何となく夢見ていた、宇宙船どうしの戦いが、いままさに現実のものとして目の前にあるのだ。私たちはまるで、新しいゲームを買ってもらった子供のように夢中になった。


　信じがたいことだが、日本人コミュニティのなかで、私たちの企業に対し、ある種の疑念と嫌悪が向けられはじめたのもこの時期だった。この現象は、うまく説明できそうにない。おそらく、あるひとつの企業が武力を獲得することは、それまでに深い横の繋がりがあった日系企業全般に対して、緊張を強いる行為であったのだと思う。私には、よくわからない心理なのだが。

　とにかく私が入社した鬼インダストリーは比較的新しい企業で、ほかの日系企業のことなど特に気にもしていなかった。そういうわけで、私たちはどうして自分たちが責められているのかよくわからなかったのだが、まあ、いまなら彼らの気持ちはわからなくもない。そもそもの話、日本人コミュニティは、このゲームの文化においては過疎地というか、辺境にある村と言ってよかった。というのも、すべてのパイロットが単一のシェードに接続するというユニバーサルなデザインのために、ゲーム内でパイロットが使用する言語の比率は、地球上で話されている言語の比率と対応していたのだ。独特な社交文化が生まれるのも、無理はない。

タイムゾーンの問題だったのだ。多いときには五万人が接続する宇宙であるとはいえ、同時接続者の数には浮き沈みがあり、それは私たちが暮らす宇宙における太陽と地球の位置に深い関係がある。おおざっぱに言えば、ヨーロッパの夜九時は日本の朝六時、北アメリカの夜九時は日本の正午なのだ。そんなわけで、ある程度までは日本人同士で遊ぶしかなかったという要因もある。

そんな辺境の文化圏において対人戦の準備をはじめるのは、輪を乱すことだ。もちろん、この地球、あるいはこの広い広い宇宙のどの文化においても例外なく言えることだが、輪を乱す人間は、コミュニティから爪弾《つまはじ》きにされて当然である。


そういうわけで、日系企業連合「シェイクハンズ・ファミリー」が所有するワームホール・スペースと、私たちの企業が所有するワームホール・スペースが、いたずらな神の采配によって接続されてしまったとき、形容しがたい緊張感がコミュニティ全体に走ったのも、うなずけることだった。この銀河系には、スター・ゲートによって固定的に結ばれた網目状の移動用インフラストラクチャのほかに、自然現象としてのワームホールが存在している。パイロットたちはこのワームホールを用いて、既知の銀河系のあらゆる場所、あるいは地図が存在していない、まったくべつの銀河系――ワームホール・スペースと呼ばれる、潤沢な資源を擁する宙域――に移動することができた。ふたつのワームホール・スペースを接続するワームホールは、だいたい一日ごとに発生と消滅を繰りかえしている。ゲームシステム上存在しているワームホール・スペースの数と、任意のふたつのスペースが接続する確率を、一日あたりという条件付きで計算すると、二，四三二，五三二分の一という数字になる。
天文学的な数だ。誰も望んでいなかった運命の当籤《あたりくじ》が、とうとう出てしまったのである。とはいえ、私たちは既知の銀河系で対人戦をするのに忙しかったから、こちらから何か仕掛けるつもりはまったくなかった。ただ、問題のワームホールを包むようにワープ機能妨害スフィアを展開して、その穴から出ることも入ることもできないように——正確には、生きて帰れないようにしただけだ。それだけに、この出来事があった翌日、シェイクハンズ・ファミリーが、彼らのウェブサイトでつぎのような声明を出したことには驚いた。

鬼インダストリーによる襲撃事件について

日本時間の昨夜未明、当企業連合シェイクハンズ・ファミリーが有するワームホール・スペースと、日本人企業「鬼インダストリー」が所有するワームホール・スペースが接続されました
当方は斥候を派遣しましたが、これは鬼インダストリーによって敵対行為と見なされ、撃墜されました
この件について当企業連合は遺憾の意を表明し、鬼インダストリーからの説明を求めます

ちなみに、句点が省かれているのはこのプレス・リリースを出した担当者の癖である。推して知るべしというものだ。

私たちはこのプレス・リリースを読み、腹を抱えて笑った。このゲームがどういう仕組みになっているのか、彼らは知らないのだ。彼らがやっていることは、いわば畑を耕し、そこに実った作物を売買して、さらに畑を拡大するだけのことだった。そして彼らは、自分が作った作物が、巨大な軍産複合企業によって、どれほど低い値段で買い叩かれているのかも知らない。そのくせ矜持《きょうじ》らしきものを振りかざして、ごていねいに声明まで出す始末なのだ。私たちの笑いには、世間を知らない小作人に対する同情さえ含まれていたように思う。

いずれにせよ、私たちは満場一致でこの声明を無視することを決定し、シェイクハンズ・ファミリーとのこれ以降の一切のコンタクトを遮断した。

それから数日かけて、だんだんと火種が広がっていった。日本人コミュニティが情報を共有するためのあらゆる参加型メディアに、鬼インダストリーへの誹謗中傷が書き連ねられた。巨大匿名掲示板でのヘイトはまだその威力も薄かったが、ときには日本人がほぼ全員参加していると思われる公式言語チャットで、鬼インダストリーに入社したいという新顔のパイロットに、あそこはやめておいたほうがいいと忠告する者まで現れた。そのプレイヤーはもちろんまっさらな経歴の持ち主で、おそらくイメージダウンの活動のために、わざわざ作成されたものだろう。それでも私たちは無視を決め込んでいたが、下がりはじめた入社志望者の数は無視するわけにはいかなかったし、また単純に、腹を立てはじめてもいた。

そういうわけで、私はクシャナを呼び出した。そこは私たちがはじめて営業所を構えた宇宙ステーションの片隅にある小さなバーで、私たちはそれぞれの飲み物をやりながら、窓外の赤い宇宙を眺めていた。窓に映った黒人の肉体と顔立ちは、赤い空と調和して、よく栄えた。

私は率直にはじめることにした。

「最近の流れについて、どう思う？」

クシャナはしばらく黙っていたが、何度かグラスを口に運んだあと、「嘆かわしいことだ」と言った。

「そもそもあいつらのやり方は気にくわないんだ。完全な官僚主義なんだよ」と彼は続けた。「トップダウン式の搾取機構さ。何があっても、会議、会議で、何ひとつ前に進まない。そのくせ外れ者を攻撃するときだけは、蛇のように素早い」

「詳しいな」

「詳しいさ。君が入ってくる前、僕たちの会社はあの企業連合に所属していたんだから」

「ふむ？」

初耳だった。

「当時僕たちは駆け出しの企業だったし、資源が潤沢なワームホール・スペースを持っていなかったからね。勉強になると思ったんだ。まあ一応、あそこで得たノウハウは、いま活用できているけどね」

「ちょっとまて」と私は言った。「ということは、奴らはおれたちのことを、組織から造反した、裏切り者かなにかだと考えているってことか？」

「その可能性も充分にあるよ」

「なんてくだらないんだ。そういうことをやるのは、現実世界で充分じゃないのか？　そういうのはネクタイをしめて、しみひとつないシャツを着てやるもんだろう？」

「彼らはそういうのが大好きなんだろうね。ゲームでもやるくらいに」

「気に入らないな」

「気に入らないさ」

かといって、私たちになにかいい考えがあるわけでもなかった。私はバーカウンターを指先で叩き、ディスプレイでキルボードを眺めて、若い指揮官が何度目かに編成したフリートの成績を確認した。１２撃墜３被撃墜。なかなか悪くない数字だった。

「ヒッグスも育ってきたな」

「うん、このまま続けていけば、いい指揮官になると思うよ」

そのとき、兵站部門所属のワームホール管理者が、大慌てで私たちのいるバーに入って来た。

「報告！　報告です！　いいですか？」

「うん。一杯やる？」

「そんな場合じゃありません！　繋がりました、ワームホールがまた繋がりました！」

「落ち着いて。どこと繋がったの？」

「例のあの糞ども――シェイクハンズ・ファミリーのところですよ！」

クシャナはあわてて重役たちのところへ向かい、私はバーカウンターのテーブルに座ったまま、キーボードでメールを書きはじめた。

そのメールは、いまでも私のインゲーム・アカウントの「送信済みメール」のフォルダのなかに、見つけることができる。

「鬼インダストリー社員諸君

ごきげんよう。


我々は今日を含めた三日間、大規模な対人戦イヴェントを行う。

週末の家族サービスの予定はすべてキャンセルしてくれ。

突然の告知ですまない。

ただ、地理的・時間的制約のために、作戦発動はまさに今日がベスト・タイミングであると判断した。

宇宙標準時1100に全社会議を行う。ボイスチャット・ルームP――1に集合せよ。

諸君の参加を期待する。

鬼インダストリー戦闘部　部長　ロールストーン」

戦闘部門にこまごまとした指示をオーダーしながら、私は重役会議に参加した。状況の説明はクシャナとワームホール管理者が行ってくれ、私はおおまかな意向を重役たちに伝えるだけでよかった。つまり、これからシェイクハンズ・ファミリーを攻撃し、あわよくば壊滅させるつもりであること。その攻撃を開始するのは、ワームホール接続の関係上、今日この日がいちばん良いということ。正直なところ、会議の前はどんなことを言われるか予想もつかなかったが、私が話をしているあいだに、重役たちの声色が変わっていったのはおもしろかった。

「船はどれくらい必要なんだ？」と生産部の部長が言った。

「できるだけ多く。おれたちのワームホール・スペースに備蓄されている艦船で、最初の一撃は間に合うだろう。問題は二日目からだ」

「POS（プレイヤー・オウンド・ストラクチャ）は攻略するのか？」と兵站部の部長が言った。

「するべきだろう」

「なんてこった」と彼は言った。「それなら攻城用主力艦《ドレッドノート》を手に入れなきゃだな。ああ、時間がない、もし会議の結果、この作戦は中止となったら、すぐ教えてください。別室で準備をはじめます！」

彼はあわただしく会議室を出て行った。

「まったく、あいつらしいね」と誰かが言い、皆が笑った。

「人事部の部長から、なにかご意見は？」と私は言ってみた。

「賛成だ」とクシャナは答えた。

「オーケー。社長、ご判断を」

「ん？　やればいいよ」と社長は言った。

ここで沈黙があった。

私は言葉を継いだ。

「社長、この作戦を実行すれば、私たちは今後、二度と日本人のコミュニティに参加できなくなります。それでも良いのですか？」

「やればいいって。なんとかなるから。責任はおれがとるから」

「もう一度言いますよ。鬼インダストリーは永遠に呪われます。その汚名は二度とすすぐことができません。私たちはいい。しかし、この会社に所属していた職歴をもつ末端のプレイヤーまで、二度とほかの日本人と遊ぶことができなくなるでしょう。それでもいいんですか？」

「いいって言ってるだろ。今日を逃せば、もう二度とワームホールは繋がらないんだ。誰かがこの成り行きに介入してるんだよ。そうとしか思えない。ワームホールの神か、ゲームマスターか、知らないけどさ。おれたちはステージに立っていて、見られてるんだよ。だったら、踊るしかないだろう」

私は微笑んだ。

「社長、この書類にサインを」とIT部門の部長が言った。

「あ、忘れてた。オッケー。じゃ、この作戦中は、社内の全権をきみに移譲するよ」

彼が人差し指でテーブルを叩いたとたん、眼前に、私たちの会社のインフラストラクチャの配備図、保有資産のNET、経営資料などがいっぺんに表示された。

私は爆笑した。

「こんなにいらないですって！　各営業所のコーポレーション・ハンガー管理権限と、宇宙係留物の管理者権限だけください」

「あ、そうか。まあ、でも、いいよな、ロールくんが持ってれば」

彼はIT部門の部長に目配せをした。

「問題ないでしょう。あとからつけ加えるのも手間ですから」と部長が言い添えた。

「わかりました。では、ただいまの時刻をもって、作戦を開始します。このままブリーフィングといきたいところですが、もう全社会議の時間が近づいていますから、そこでまとめてお話しします。P―1へ移動しましょう」

それで私たちはテーブルに指を突き、べつの会議室に自身を転送した。

四十余名が参加した全社会議のあと、独立したオペレーションが必要な部門は、部門長の指揮のもとに行動することになった。細かいところはよく覚えていないが、ひげ面の生産部門長の怒声だけは、いまでも思い出せる。

「てめえら、今日は寝かせねえぞ！　ここにいる全員分のスペアを用意するんだ。さあ、ライン回せ！」

同席した全員が驚くほどの大声だった。生産部の面々はあわてて自分たちのデスクに駆けてゆき、コンソールを起動して、さまざまな生産業務の発注表を書きはじめた。

戦闘に参加できる者たちは、各員が活動していた太陽系から、鬼インダストリーが所有するワームホールの接続先となっている太陽系への移動を開始した。私自身も自分の船に乗り、戦闘部の営業所から集結地点に向けて、スター・ゲートを経由した合計二十五ジャンプの星系間移動をはじめた。

そのあいだに、私は兵站部長とワームホール管理責任者、そして攻城用主力艦のパイロットライセンスを持っている二名とコミュニケーション・ラインを開き、あの狭いワームホールの穴に巨大な主力艦を通すことができるのかどうかを検討した。

「結論から言えば、可能です」とワームホール管理責任者は言った。「ただし、入るまでが相当に危険です」

「なぜ？」

私は商業都市近くのスター・ゲートをくぐった。さまざまな船が無数の点となって、いそがしく宇宙ステーションのまわりを行き来していた。あのたくさんの光の点がみな、それぞれプレイヤーであるのだな、と私は思った。

「私たちの拠点と敵の拠点を繋ぐワームホールは、サイズが小さすぎて、主力艦は通れません。

主力艦が通れるほどの巨大なワームホールは、ヌルセク——ヌル・セキュリティ・スペースにしか発生しません。あそこは治安が悪いどころか、治安という概念が存在しないところです。はっきり言って、何が起こるかわかりません」

「ふむ」

「目標であるシェイクハンズ・ファミリーのワームホール・スペースは、ヌルセクへの固定穴が湧きます。ただ、ワームホール・スペース側から貫通させない限り、ヌルセクとの通路は開かないんです。しかも、この広い宇宙のどこに穴が空くか、開けてみるまでわからない。まったく予想できないんです。手に入れた主力艦が銀河系の反対にあるということも、充分ありうる事態ですね」

「つまり、主力艦は運べないのか？」

「それは——」

「運ぶこと自体は可能だが」兵站部門長が答えた。「それまでの航路の安全確保のしようがない。ヌルセクだろう？　荒れているかどうかもわからない海に船を出すみたいなもんだ」

「何を怖がってる。出すんだ。ただ、出すにしても、航路は短いほうがいいわけだな？」

「そういうことだな。まあ、斥候を立てれば何とかなるだろうが」

「オーケー」と私は言った。「こうしよう。現在、準主力級艦に搭乗するパイロットたちが、集結地点に集まりつつある。おれはこいつらを指揮して先に突入したあと、橋頭堡として、敵拠点内部に小型ＰＯＳを設置する。ここまではブリーフィングの通りだな？」

「ええ」

「ここからが、作戦に追加する事項だ。おれたちは橋頭堡の設置と同時進行で、ワームホール・スペースの内側から直接ヌルセクに接続するワームホールをスキャンし、そいつをこじ開ける。開封後、接続先が判明し次第、パイロットと兵站部に伝達。パイロットは接続先の太陽系からもっとも近い場所で売られている攻城用主力艦を購入し、兵站部は主力艦の武装を購入地点まで輸送。その後、主力艦を惑星間跳躍で移動し、目標の穴の逆側——つまり、ワームホールの出口から投入する。どうだ？」

「良いんじゃないでしょうか。なにか問題は考えられますか？」

「武装は運べるのか？」とパイロットの一人が言った。

「もちろん。穴が空き次第、重トラで商業都市からハウルする」と兵站部門長が答えた。「決まりだな。主力艦のパイロットは、必要な装備のリストをこっちに回してくれ」

「楽しくなってきた」とべつのパイロットが言った。


そして私は二十数名のパイロットを引き連れて敵方の拠点に入り、ＰＯＳ——プレイヤーが宇宙空間に係留できる居住施設——への攻撃を行った。それと並行してヌルセクへのワームホールを開封し、三十分ほど後には、ＰＯＳとおなじくらい大きい攻城用主力艦も、うまく拠点内に入ることができた。

目立った応戦はなかった。ワームホール・スペースは重要な資金源であるとはいえ、つねに内部にいて面倒を見なければならない性質のものではない。シェイクハンズ・ファミリーのメンバーのほとんどは、単純に外出していたのだろう。そういうわけで、敵方POSの防衛兵器をすべて無力化したあと、われわれはカプセルに充塡されたニューロシナプス液のなかでふわふわと浮遊しながらコンソールを触り、リラックスして本体を撃ちつづけた。

二時間ほどで防衛タイマーが作動し、POSが非貫通モードに入った。このモードは一定時間のあいだ、すべての攻撃を完全に無効化するが、そのかわりにストラクチャのシールドをすべて消費する。モード終了までのタイマーは、十六時間だった。このタイマーが明けたあと、さらにPOSを撃ちつづければ、巨大な花火が拝めるというわけだ。私たちは時間を計算し、翌日の集合時間を定め、橋頭堡のなかにフリートを戻して、ログアウトした。

気がつくと、私は宇宙のどこかの地点にあるバーの、枕木を何本も固めたような分厚いカウンターに、死ぬことばかりを考える東洋人の肉体の頭を乗せていた。そうしながら、財布のなかに入っている金で、あと何杯飲めるのかを必死に計算していた。計算し直すごとに結果が異なっていた。記憶のなかの紙幣の枚数が、毎回の計算ごとに変わっていくのだ。そのうちに腹を立てていた。上半身を起こし、上着の内ポケットから財布を取り出して、一枚ずつ数を確かめた。そうしているうちに、こんどは何杯飲んだのかがどうしてもわからなくなった。

そのうちに私の心は、自分の心臓を切り裂いて、そのなかに電源ケーブルの銅線を埋める想像をやりはじめた。お決まりのやつだ。何度も何度もやりやがるのだ。私は心から腹が立った。

私は席を立って便所に行き、胃のなかのものをすべて吐いたあと、いくぶんすっきりして席に戻った。そのときに気がついたが、そこはかつてセンダに教えてもらった、とても感じのいい店だった。下宿まで歩いて帰れないこともない距離で、ほかに客はひとりもおらず、私の年齢のきっかり四十上の、礼を失したことをしなければすべてを放っておいてくれる店主が、壁いちめんのボトルのあいだにある小さなスペースに背をもたせかけて、うつらうつらと船を漕いでいた。

夢のなかにいるみたいな感じがした。

「ワンさん」

ワンはうつむき加減のまま目を開き、そのまま何度か瞬きをした。

「うん?」

「ウッドフォード・リザーヴをください」

彼は頷いた。

言ってから、私は重要なことに気がついたので、ちいさな声で聞いてみた。

「ワンさん、僕はきょう、どれだけ飲みましたか?」

ワンはボトルを探す手を止め、老眼鏡をかけてから、カウンターの内側の伝票を見た。

「これで八杯目」と彼は言った。

私は頷いた。

モダン・ジャズ・カルテットのものと思われる曲がかかっていた。

「今日は」とワンは言った。低い、ハミングするような声だった。「たくさん飲むんだね」

「そうなんです」

「いいことがあったのかい？」

私はびっくりした。いいことは起こっているのかもしれないが、私はもうずいぶん長い間、それを感じることができていなかった。ただ、少ししてから、他人にはそう見えているのかもしれないと思った。

「そうなんです」と私は言ってみた。

ワンは小さく頷きながら、オン・ザ・ロックのグラスの下に、紙ナプキンを添えて出してくれた。

こういうところが好きなのだ。

「ワンさん、知ってましたか？」と私は続けた。「いま、僕は宇宙戦争をやっているんです」

「うん？」とワンは言った。「SFを書いているのかい？」

「いや、小説じゃないんです。ほんとうに宇宙にいて、戦争をやってるんです」

「とうとう頭がおかしくなったのかい？」

私は笑った。

「コンピュータ・ゲームですよ」と、種明かしをした。

「ほお。最後にやったのは、いつだろうな。藤田くん、『ゼビウス』はいつだったかな？」

「すくなくとも、三十年は前ですね」

「そうか、そうだね」

ここで沈黙が来た。

私はなにか大切な儀礼上のまちがいを犯しているような気分になり、そんな気分になる理由を必死に考えたあと、はっと気がついて、できるだけ丁重な声で、静かに尋ねた。

「スコアは？」

ワンは微笑んだ。

「カンストしたよ」

私は大きく頷いて、小さく拍手をし、彼の偉業をたたえた。

そこで入電があり、私はポケットに入っているアルミニウムの板を取り出して、指で何度かつついた。コミュニケーション・ラインが開き、ボイスチャットの先に、もう名前も思い出せない鬼インダストリーの誰かがいた。

「ロールさん、未確認勢力が橋頭堡を攻撃してます。僕らの小型ＰＯＳです」

「数は？」

「三十隻ほど。すべてステルス・ボマーです」

「所属は？」

「すくなくともシェイクハンズ・ファミリーじゃありません。国外の勢力です」

「傭兵だろうな」と私は結論した。「自分たちの戦績に傷がつくのを怖れて、兵力を外注したんだ。奴らしいな」

「どうしますか？」

「シールドの減り具合はどうだ？」

「このままいけば数十分で非貫通モードに入ります」

「タイマー調節用のストロンチウムは搬入してあるか？」

「二十四時間ぶんあります」

「でかした。そうだな――」私はしばらく考えてから、指示を出した。「二十四時間分、全部詰め込んどけ。そこはもう使わない。明日の作戦開始時間までもてば、それでいい。ただ、新しいPOSを搬入しておいてくれ。小型でいい」

「了解」

それで電信は切れた。

私はアルミニウムの板をポケットにしまい、それからもう一度取り出して、電源を切った。

「ゲーム？」

「ゲームです」

「そうか。戦争でもやっているのかと思った」

私は笑った。

「戦争よりきついですよ、こいつは。なんたって、ゲームなんだから」

いま考えても、よくわからない台詞だ。

しばらく間を置いて、ワンは両手を組みあわせ、言った。

「アーメン」

アーメン。

父よ、彼らを許し給え。彼らは自分がなにをやっているのか、まったくわかっていないのです。

そういうわけで、私たちは翌日の夜、シェイクハンズ・ファミリーが編成した百六十隻からなる艦隊と対峙した。

彼我《ひが》の戦力差は五対一、こちらの圧倒的不利。

敵艦隊の数が斥候から報告されたとき、ちょっと嫌だなと思った。もしもこれで負けてしまったら、ほんとうに腹が立つ。

ただ、まあ、何と言ったらいいのか――つづく出来事は肩すかしというか、のれんに腕押しというか、なんとも甲斐のないものであった。彼らは、仕掛けておいたワープ機能妨害スフィアにつぎつぎと引っかかり、また相手の攻撃はまったく組織だっていなかった。全員がてんでばらばらに船を持ち出し、目についたこちらの船団にむかって、狙いもつけずに砲火するしまつなのだ。

私はゆっくりとした口調でフリートに指示を出し、全員の砲火を集中させて、虱《しらみ》を潰すように一隻ずつ、相手の艦隊の船を落としていった。

フリートへの指示は、こんなふうだった。

プライマリー・ターゲット、F・E・L。

フォーカス・ファイア。

セカンダリー、V・N・I。
プライマリー・イズ、V・N・I。
セカンダリー、P・O・N。
オーケー、プライマリー・イズ、P・O・N。
フォーカス・ファイア。
フォーカス・ファイア！
プライマリー・イズ、P・O・N。
オーケー、プライマリー・ターゲット、E・V・A。
セカンダリー、Z・I・N――
（以下、えんえんと続く）

私が敵方のパイロットのひとりの名前の、はじめの三文字を唱えるたびに、おそらくは日本のどこかで私とおなじように生活をし、家族をもうけ、子をもうけ、あるいは孤独に生き続けている誰かの宇宙船が爆発した。その爆発はきれいだった。彼らが現実の仕事のあいまにこつこつと金をため、数日、ものによっては数ヶ月をかけて手に入れた船が、塵となって消えていく。私はカメラをズームして、いろんな形をした、きれいな宇宙船に亀裂が入り、ゆっくりと火災が広がっていくところを眺めて楽しんだ。
「ザコじゃないか！」私はある時点で、けたたましい笑い声をあげた。「なんてザコなんだ！

兵器使用自由！　殺せ、……もっと殺せ！」

　種明かしをすれば、敵軍にはフリートコマンダーがいなかった。いや、正確にはいたのだが、戦いの現場にはいなかった。

　彼らはまず、ワームホール・スペースの外で二百隻規模の艦隊を編成した。ワームホールまで軍団で移動し、いっぺんに通過しようとしたとき、巨大な質量変化に耐えきれなくなったワームホールが崩壊し、これによって艦隊は分断された。なおわるいことに、通路が崩壊したのは、フリートコマンダーがワームホールを通過する前だった。

　敵方はパニックに陥り、ワームホール・スペースに入った者は、まだシールドが展開されている安全なＰＯＳにむけてワープするよう指示された。兵隊たちが各自でワープした先には、私たちのワープ機能妨害スフィアが無数に展開され、すべての敵の船のワープ・ドライブは、そこで機能停止した。私たちが射撃を行ったのは、このタイミングである。敵兵たちはＰＯＳにたどり着こうと必死にエンジンを吹かし、数名は助かり、ほかのものはみな撃墜された。

　我々の総撃墜数は６７、被撃墜数はゼロだった。

　ことの顛末が分かったのは、ずいぶんあとになってからだ。シェイクハンズ・ファミリー側の兵士としてあの戦闘に参加していたパイロットが移籍してきて、現場のことを語ってくれたのである。

「地獄だったろうな」と誰かが言った。

「地獄だった」と彼は答えた。

この戦いから数週間のあいだ、日本人コミュニティは燃えに燃えた。鬼インダストリーの所行は完全なる悪徳行為であり、同社に所属している人間は末代まで呪われ、永遠に排斥されつづけるだろうという声高な発言が目立った。あるいは、これは既得権益のシステムに風穴を空けるすばらしい偉業であり、彼らは停滞した時代に突如現れた英雄たちであると褒め称える者もいた。

さすがに放っておくのもまずかろうということで、私は筆を執り、ウェブサイト上で声明を発表した。あまり上等な文章ではないので仔細は省くが、要するにその声明で私が伝えたのは、つぎのようなメッセージである——私たちはただ、あの日のあのナイト・クラブで、踊りたいから踊っただけだ。

それから時間をかけて、このゲームの日本人コミュニティは、徐々に好戦的な気風を獲得しはじめた。長い時間を無自覚な農奴として過ごしていたプレイヤーたちが、あの会戦で目を覚ましたのだろう。一年ほどをかけて、戦いを主眼に置いた企業がいくつも設立されていった。私は時を忘れて宇宙のあちこちを駆け巡り、ときには他企業のプレイヤーに戦い方を教えたり、いっしょに宇宙を飛んで獲物を探したりした。あっという間に時は流れ、私は私のあたらしい筋骨隆々の黒人の肉体を楽しんだ。

センダが糾弾するような声で言った。

「なぜおまえの卒業制作は、小説ではなく評論なんだ?」

私は四回生になっていた。

そして私は、その質問に対するうまい答えを見つけられなかった。

というより、私は、世の中のすべての質問に対するうまい答えを見つけられなくなっていた。みじめだった。仕送りの金はすべてゲームにつぎこんでしまい、一年以上はあたらしい服を買っておらず、入学当時にくらべて十五キロも目方が増えていた。鏡のなかにはいつも、見ているだけで気分が悪くなるような、穢《けが》らわしい獣がいた。

私は話そうと努めた。センダは、他人がうまく話せないからといって、すぐにあきらめるような薄情な人間ではないし、けっきょく私にしても話す必要があったのだと思う。

私は、教授陣から当然期待されていた長篇小説ではなく、ある北アメリカの小説家の長篇の評論を行うことを告げていた。その小説が何であるかは、わかる人にはわかるだろう。この小説にも、いろいろなところに似たような言い回しを忍ばせてある。

もつれてはほどけ、脇道にそれていき、どうしてもまとめることができないことを心苦しく思いながら、私はいまの自分がなぜ小説を書くことができないのかを説明した。まとめればたったの一行で済むような話をするために、私は十五分ほどを費やさねばならなかった。センダは私の話を聞きながら、だんだんと表情を曇らせ、研究室の彼のブースのなかに置かれている仕事机にひじをついて、手のひらを額に当て、私の目を見ようとしなくなった。

彼はじっと黙って私の話を聞いていたが、どうやら最後の台詞らしいと思われる私の発言が終わったあと、すこし沈黙してから言った。

「どうして泣いているんだ？」

私にもわからなかった。私はハンカチを忘れていた。服を着ていたかどうかも怪しい。鼻水があふれ、涎《よだれ》があふれ、弾薬の材料になりそうなくらいたくさんの涙があふれた。

「正直な気持ちを言わせてもらうが、私はおまえが羨ましい」

私は泣きながら、あっけにとられていた。

意味がよくわからなかった。

「おまえはひとりの作家が成立するために、絶対的に必要な、普遍的なテーマを手に入れた。おまえはそのテーマのまわりを永遠に周回しつづけるだろう。もしかすると、おまえはそのテーマについて、いつかすばらしい小説を書くことができるかもしれない。いや、おそらく書けるだろう、これは直感なのだが。いずれにせよ、おまえの人生はこれから永遠に暗く悲しいものになるだろうが、それはただ暗いだけのものではない、おまえ自身がそこに価値を見出すことができる類のものなんだ」

私は黙っていた。

「だからこそ、私はおまえが羨ましい」と彼は言った。

私には意味がよくわからなかった。

「なぜですか？」

「私には、書けなかったんだ。私はもう四十二になる。三十まで大学に行った。それでも、書けなかったんだ。君はいま、いくつだ？」

「二十二になりました」

「私が自分のテーマを見つけたのは、二十八のときだ。それじゃあ、遅すぎた」

「僕は、自分を幸運だと思うべきだ、と仰《おっしゃ》るのですか？」

「私はそんなことは一言も言っていない」と彼は言い、怒りを露わにした。「私をそんな浅薄な人間だと思ってくれるな」

「あなたの仰っていることの意味がよくわかりません」

「いまはわからなくていい」

沈黙が来た。

その意味は、いまならわかるのだが。


このあたりのどこかで、センダはめずらしく私を彼の自宅に呼んでくれ、私たちはふたりで夕食をたべた。

鍋料理のスープが温まるまでのあいだに、センダはこんな話をした。

「この牡蠣についていてなんだが」

「ええ」

「私が通信部でも教えているのは知っているな？」

「なんとなく」

「そうか。三年ほど前、広島に生徒さんがいてね。五十ほどの女性なんだが、いたく私のことを気に入ってくれて、卒業したあとも毎年、この季節になると牡蠣を送ってくれるんだ」

「ありがたいことですね」

「うむ。ただ、今年の牡蠣は、ちょっと特別なんだ」

鍋が煮えた。センダは牡蠣を投入した。

「毎年そうなんだが、牡蠣には手紙が添えられている。今年の手紙の内容によると、彼女はいま、癌にかかって、広島の病院に入院しているそうだ。それでね、こう書かれていたよ。これがお送りできる最後の牡蠣になるかもしれませんから、お腹いっぱい食べてください。つまり、来年の牡蠣の季節まで、もたないかもしれないんだと」

私は言葉を継ぐことができなかった。

「だから、これはそういう牡蠣なんだ。わかるか？」

「はい」

「食べよう」

私たちはほとんど無言のまま食べた。一粒も残さなかった。

「うまいですね、師匠」と私は何度か言った。

「うむ」とセンダは答えた。

食べ終えたあと、私たちは黙ったまま煙をのんだ。

ちなみに、スープは白味噌仕立てだった。

このあたりのどこかで、卒業制作の評論に付録をつけよう、こんな小説をわざわざ買ってまで読む人間はめずらしいだろうからと私は考え、評論の対象としていた、とある北アメリカ人の長篇小説の全訳を行った。そのために私の頭はますますおかしなところへ飛んでいき、時間も、事実も、因果関係もすべて雲散霧消した。はっと気がつくと、私は卒業制作講評会の席にいて、心をこめて何かを喋っている教授陣の顔をぼんやりと見つめていた。私は何かしらの賞と金一封をもらったが、その日のうちに飲み干した。

そのあたりのどこかで、卒業パーティーが行われた。みんな楽しそうだったが、私にはなんのことかわからなかった。そのとき、私たちの互いの顔はすでに過去のものとなり、それぞれの人間の電子的な思い出の一部となった。それから私は下宿を引き払い、父の運転する車に乗って実家に帰った。私はゆっくりと助手席の扉を閉め、門を開けて、玄関から家に入った。

母親が立っていた。

「ただいま」と私は言った。

「おかえり」と彼女は言った。

私はため息をついた。

彼女は意に介さなかった。

当然だ、彼女はこの世のものではないのだから。

「オーケー。そっちがそういうつもりなら、おれにも考えがある」

そして私は、私が二十年間を過ごした実家の自室の掃除をし、コンピュータをセットアップし、電源をつけ、例のゲームを起動したあと、誰一人入って来られないように、幽霊さえも入ってこられないように、自室の扉を閉めた……。

……。

………。

最近になって、自分の過去について考えることが増えた。あそこでああなったから、いまこうしているのだという考えは、どこか慰めめいて快い。そうしているうちに、ひとりの人間が考えうる最高の精神的自慰は、あらゆる運命、あらゆる不幸さえも、自分自身が望んで引き寄せたものだと考えることだ、と気づいた。

もちろん、現実はその通りではない。現実は、もっとわけのわからない、いわば目的論的なしくみで成り立っている。もしもある出来事がほんとうに何かのせいだったならば、つまり因果論的だったならば、まだ納得できたのだが。

私たちが持っている自由意志は、一般にひろく認められているものとは、じつはちがった形をしている。もしもほんとうに自由意志が流言どおりのものだったならば、生きていくにもいくらか甲斐があったはずだ。そうではないと気づいてしまった私はいま、はっきり言って、完全に成り行きまかせに生きている。

いまでも折りに触れて、センダの発言を思い出す。夜遅くまで飲んでいて、ふたりとも次の日に予定があった。「明日がありますよ」と私は言った。すると彼はぎろりと私を睨みつけて、「どうして今日と明日が繋がっていると思うんだ？」と私に向かって言った。まったく、迷惑な話である。翌日の用事は宿酔《ふつかよ》いと寝不足のせいで散々だった。

私は寂しいときもあるが、愛するひとがたくさんいるので、やっていける。

結局、若いころの私の感覚は間違っていなかった、ということになる。なんにせよ、美しいところそが、このチェス盤の上に存在するすべてのものの唯一の規範なのだ。

もしも私という文字、この記号が、時間や空間によって否応なしに変化していく認識の束の総体を指すとするならば、それ自体が矛盾しているとまでは言わないが、現実の私というものの感覚とは、かなり異なっている。十五歳の私は二十五歳の私とおなじものではないが、この記号は、まるでそのふたつの存在がおなじものであるかのように見せかける。

しかし、私などというものは、すでに実在しない。私はエクリチュールの向こう側へと、溶けて消えてしまったのだ。結局、ブランショの言っていたことは正しかった。「死ぬこと――位置のずれた主体、『死にゆく私』を探し求めるようにして。あたかも死ぬことが、それに固有の軽さによって、成就されない侵犯のしるしによって疲れきっているかのように」。

しかし、果たしてここは一体どこなんだろうか。

「それ、けっこういいと思うわよ」と彼女は言った。「悪くないじゃない。一冊の書物のなかにリアリティの境界面が複数用意されていると、織物の柄に深みが出るわ」

「黙れ」と私は言った。「殺すぞ」

……

…………。

つぎに外に出たとき、季節は夏になっていた。私はさらさらと履歴書を書き、川を挟んだ向こうの街にあるいちばんおおきな企業に郵送して、その一週間後に面接を受けた。古き良き一族経営の商社で、専務を務めているまだ若い社長の息子が、私の面接を行った。

「私たちの企業を志望した動機を教えてください」と専務は言った。

「私はいままでの人生で、言葉というものの訓練をずっと続けていました。この力で、きっと御社に貢献できると考えています」と私は答え、それから付け加えた。「父が生粋《きっすい》の商売人であることも、営業マンになりたいと考えたきっかけだったかもしれません。私は幼いときから、彼が自分の会社で商談をする姿をよく見ていました」

「なるほど」と専務は言った。

一週間後、採用通知が来た。

さらに一週間後、私はスーツを着て、ネクタイをしめ、出社した。

初年度の年給は、賞与を含めて480万円だった。なかなか悪くないと思う。

なにをどうがんばっても仕方がないので、私は母親の幽霊を助手席に乗せてやることにし、関西のさまざまな都市をめぐり、その土地で根を張っている卸問屋《おろしどんや》やスーパーマーケットの人々と商談をした。そのときに気づいたことだが、この日本という国は、ちょっと信じられないほど美しい景観を持っていた。商談を終えて夕方ごろに大阪へと戻ってくるとき、都市や山間へと暮れていく夕日とその残照を眺めながら、ローカルFMのラジオを聴くのが好きだった。「マーキー・ミュージックモード」という番組があって、DJはじつによくしゃべる——あたりまえだが——のだが、聞いた話によれば、彼はずっと立ったまま番組をやるらしい。そのほうが喋りやすいそうだ。

まったくプロフェッショナルの仕事だった。彼の話し方からは、さまざまなことを学んだ。私はラジオを聴きながら、助手席に座っている母親ともよく話をした。ほとんど返事をもらえることはなかったが、ときどき、彼女がまだこの世に残っているのは未練があるからではなく、ただ私や私の弟や、彼女がこの世でいちばん愛していたたったひとりの男がどうしているか気になるからだ、という意味のことを言った。

商談をしているより運転をしている時間のほうが十倍は長かった。私は運転をしながら、数え切れないほどたくさんのひとと電話をし、話をした。さまざまな話し方が私の頭のなかにあふれた。どの企業のどの部署であっても、一定以上の役職に就いている人間は、誰もがなにか光るもの、すぐれた計算力や状況把握、弁論の巧みさ、野性的な勘といったものを持ち合わせていた。

ある大きなヤマがあって、私は細心の注意を払いつつ準備をととのえた。営業先を選定し、リストを作成し、上役につながりのある人間に紹介してもらったり、ときには正面玄関から大胆に飛び込んだりして、さまざまな企業の責任ある人物と、テーブルを挟んで相対した。

そして私は彼らにこんな話を持ちかけた。

「日本語を使用言語とするもののうち、最大規模のフリートを編成することができる、主体的な軍事行動を目的とした日系企業連合を作りませんか？」

二〇一四年一一月四日、鬼インダストリー、ウイングス・オブ・ヴェンデッタ、ファーイースト・スターフリート・アカデミー、ザ・ディヴィジョン、サーカス・オブ・ミッドナイト、グランゼーラ・レヴォリューショナリー・アーミー、エコーズ・ヘビー・インダストリーの七社の合意のもと、独立系日系企業連合「ウォークス・ポプリー」が成立した。それまで少数民族であった日本人コミュニティが、いまだ達成できていなかった究極のプレイスタイル——この銀河系に、主体的な軍事行動でもって影響を与える——の実践を目標としたこの企業連合は、設立時の総在籍パイロット数435名を数える、日本人コミュニティの歴史上もっとも巨大な軍事組織であった。

いまでもインターネット上に見つけることができる、私の筆による「創設のごあいさつ」は、この企業連合の理念をよく説明するものだ。

というよりもむしろ，我々自身こそが民の声なのです．これまでの日本人コミュニティが欠いていた，「自律した軍事行動」と，これにまつわる幾多のフリート戦こそ，我々が求めていたゲームの遊びかたであり，自由の一形態であると言えましょう．つまり日本人にとって最も新しい楽しみが，ここにあるのです．

そしてこの目の眩むような本物の自由のもと，我々が獲得した戦果は，ほかでもない我々の物となります．そこに生まれる責任は，自ずと当企業連合に所属するメンバーたちの行動規範となるでしょう——手に入れたものを守るのは我々自身であり，より多くを求めて旅立つのも我々自身なのです．

では最後に，Giedrius Svilainis による詩歌，“Vox Populi”を以下に引用して，当連合の信条とすることを宣言いたします．

Vox populi，vox Dei.
Homo homini amicus est.
Ubi concordia ibi victoria.

民の声は神の声
我らは同胞
結束あるところに戦勝あり

日系企業連合ウォークス・ポプリー CEO
ロールストーン

晩秋の寒さが身に染みる時節，パイロットの皆様におかれましては益々ご健勝のこととお喜び申し上げます．

去る2014年（ヨイウル議会暦114年）11月4日，我々は対人戦を主とした日系企業連合，ウォークス・ポプリーを設立いたしました．設立にまつわる種々のタスク処理に奔走し，尽力して頂いた皆様方に，まず御礼申し上げます．また各種調整に尽力していただいた連合各社ＣＥＯ，ディレクターの皆様方にも重ねて御礼申し上げます．

日本人コミュニティの歴史上，もっとも強大かつ最高の戦闘集団を率いる役目を負うことは，骨身が震えるような思いがするものの，それ以上にたいへんな光栄であると感じております．

さて，我々がより強く，よりＣＯＯＬになるためには，引き続き皆様のご協力が不可欠です．アライアンスに加入された各社社員の皆様，またそれ以外の皆様も，どうかお気を遣わずに発言していただきたい．何といってもこれはゲームであり，この虚構の世界においては，有史以来，人々の声がいとも簡単に歴史を動かしてきたのですから．

“Vox Populi”はラテン語で「民の声」を意味し，「民の声は神の声」と謡う古代の詩歌からの引用です．この名が代弁する通り，我々は民の声に耳を傾け，それをもって神の声と認識し，主体的に行動を起こしてまいります．

成立と同時に首脳部が開始したのは、プラシッド及びブラック・ライズ宙域への広域戦略資源奪取キャンペーンだった。

この宇宙には、ＰＯＳを建造してしかるべき月の資源の採掘設定を行い、あとは放っておけば、いくらでも金が入ってくるような仕組みが存在している。時折ゲームの外にまで聞こえてくるような大戦争は、もとをたどれば、すべてこの月資源の奪いあいに端を発しているのだ。

金のなる木は災いのもとであると私が学んだのは、このゲームからである。

当然ながら、金のなる木はすべての月に一本だけしか生えない。そうしないと、ゲームが面白くならないからだ。

そういうわけで、いろんな勢力が月の領有権を奪おうと、必死になって血みどろの戦いを続けていた。これらの宙域に展開していた勢力を思い出せるかぎり挙げてみると、シャドウ・カルテル、スナッフ・ボックス、サイコティック・テンデンシーズ、ソヴィエト・ユニオン、ＰＬＡ、ガレンテ・ミリシアなど、びっくりするような強豪ばかりである。新参とはいえそれなりの勢力を持った日本人が、この膠着《こうちゃく》した戦線に風穴を空けるチャンスがあるとすれば、それまで大きなディスアドヴァンテージだった時差を、アドヴァンテージに変換すること――つまり、宇宙標準時のある特定の時間において、圧倒的な存在感を放つことだった。そして、それは、はじめのうちは、とてもうまくいった。

あれから三年が経ったにもかかわらず、いまでもよく覚えている——国内外のさまざまな勢力と通話するための、無数に開かれた、万華鏡のようなコミュニケーション・ライン。数的な不利を覆すために採用した、当時の日本円で換算して、一隻あたり六千円という高価な船の艦隊。ときに百名以上に膨れあがる艦隊を首尾よく運営するための、独自に制定した無数のガイドラインとルール。怒声が交わされる各省庁の代表者どうしの会合。企業スパイを束ねていた諜報部によってまとめられた文書に、十数ページにわたって記されていた、思いもよらない勢力どうしの奇妙な癒着。すべての勢力の超々主力艦の配備分布図。我々が保有している月資源採掘用POSの位置と、地下水脈のように静かに宇宙を流れる金。

それは規模においても戦況においても、どこか十九世紀の南米諸国の独立運動を思わせる、泥沼の戦いだった。私はいまでも、オウレッタ太陽系における、敵対する勢力のすべての月資源採掘基地を破壊し終え、疲弊して帰路についていたサイコティック・テンデンシーズと激突した戦いを覚えている。あれが綿密な計算に基づいたウォークス・ポプリーの強襲作戦だったと主張する者は、我々が秘密裏に大型輸送艦で輸送していた未完成の超々主力艦が、戦線のど真ん中に投げ込まれていたことを知らない者だ。聞いているだけで全身の毛が逆立つような大型輸送艦のパイロットの叫び声をどうにかするために、私は戦いを中断してボイスチャットの担当技師に号令を出さなければならなかった——あいつのマイクを切れと。

あるいは、ヘイディールズ太陽系におけるガレンテ・ミリシアとの小競り合いの最終局面が、プラシッド及びブラック・ライズ宙域に根を張ったすべての勢力に、完全に漏れてしまっていたときのこともよく覚えている。はっきり言って、手に負えなかった。戦いに際したパイロットたちの焦燥ぶりもよく覚えている。その作戦は、はじめのうちは、北アメリカに基盤を置く友軍、ネクサス・フリートとのジョイント・オペレーションとして、ヌルセクからワームホールを経由し、時間コストを大幅に削減しつつ援軍を戦線に呼び寄せるという戦略の、試験運用として考えられていた。

蓋を開けてみると、ガレンテ・ミリシアもまったくおなじことを考えていて、宇宙の果てからまったくべつの勢力を呼び出し、私たちの主力艦隊の首元にがっちりと嚙みつかせた。私は艦隊指揮を行いながら、コミュニケーション・ラインを経由して舞い込んでくる無数の援軍の申し出にすべてイエスと答え、私たちが戦う星座の名前を叫び続けた。それぞれの敵勢力の拠点を監視していた斥候たちから、アンドックしてくる敵性の主力艦の数を聞き、それらを合計したとき、私は本物の鉄火場に足を踏み込んだことを知った。

情報をとりまとめる斥候長が私に報告してきたときの、あのやけに肝の据わった語調は、いまでも忘れることができない。

「ロールさん。ドレッドノート48、キャリアー86、スーパーキャリアー12、タイタン3です。逃げないとまずいですよ」

「ここで逃げてどうするんだ」と私は叫んだ。「いったいおれたちが何のために集まったと思ってるんだ。このためだろう！」

「藤田くん、今月度の成績報告！」

「ん？　ああ」私は会議室のテーブルに書類を置いた。「私のルートの営業成績は、月間目標に対して売り上げが116パーセント、うち12パーセントは、さきほどご報告した大口の商談によるイレギュラーなものです。ただ、差し引きした4パーセントぶんは、来月度以降も固定的な取引が見込めます。そのほかは、例年通りの取引量を維持できた、といったところです」

「例の、京丹後地方の問屋の倒産については？」

「ええと」私は眠い目をこすりながら、言葉をまとめた。「倒産というより再編のようです。後継者が見つからず、もともとライバルだった企業に社員やノウハウを供出する形を取り、自分のところの看板はたたむようですね。供出先のライバル企業との取引はこれまでありませんでしたから、来月はあつく営業して、うまくスライドする形で取引継続できるようにしたいと考えています。うまくいけば、おなじ問屋が握っている別の地方への開拓も行えるかもしれません」

「あの老舗が看板をたたむとはな。なにか贈っておいたほうがいいか」

「そのあたりのこともご指示いただくか、もしなんでしたら、私のほうでなにか考えておきます」私は欠伸《あくび》を嚙み殺しながら言った。「あそこの会長は芋焼酎がお好きだと聞いたことがあります」


　そのあたりのどこかで、私はレアリティ・グレード64の月を三つほど獲得し、ほかのこまごまとした月資源とあわせて、一月換算で三十六億ＩＳＫ《インターステラークレジット》ほどの資金を稼いだ。

汚職を防ぐため、武力によって手に入れた富はすべて武力に投入するという合意書を企業連合内でとりまとめ、内外に発表した。もちろん、こんな複雑なゲームをプレイしている日本人の数は総体として少なかったので、結果として一隻当たりの船の値段だけが膨れあがり、いつのまにか創設当時の二倍ほどになっていた。私の感覚は完全に壊れていたのでなんとも思わなかったが、ほかの若い指揮官たちは、こんな責任をおれたちに負わせるのはやめてくれと請願した。たしかに、艦隊にアンドックせよと一言指示を出しただけで、なにが起こるかわからない大海原に、当時のＩＳＫ↔日本円換算で六十万円ほどの大金が放り出されるのは、あまりにも乱暴すぎた。

そのあたりのどこかで、私たちはサイコティック・テンデンシーズとの戦争にけりをつけ、プラシッド宙域のいちばん外れにある小さな星座の領有権を獲得した。その星座からもっとも近い国家は、自由交易を信条とする連邦で、どういうわけか空の色は彼らが掲げている国旗とおなじ深緑だった。係留した領有権主張ユニットに、大剣を抱えたファルコンを模すウォークス・ポプリーの企業連合旗が表示されたとき、これで私たちもようやくこの広い宇宙に爪痕を残すことができた、と心から感じた。宇宙ステーションの外に出てぷかぷかと浮かんでいると、西の空に、アウターリング環状線の、巨人の指輪のような光の輪っかがよく見えた。その輪っかは、とてもきれいだった。

そのあたりのどこかで、私はゲームというものについて何か書けるのではないかと思い、目に留まったインターネット上のレビューサイトに原稿を送付した。すぐに返事が来て、数回の校正のやりとりのあと、原稿が掲載されることとなった。主題にしたゲームは、なんと言ったらいいのか、リナックスのコマンドを用いて架空の他人のサーバーにハッキングをしかけていくというもので、ＦＴＰサーバーを構築しようと苦心していた高校生のころを思い出させた。いろいろな企業のサーバーにもぐりこんでいるうちに、プレイヤー自身の存在理由が明らかになっていくというストーリーテリングで、物語としても非常に感心するところがあった。そういうわけで、私が生まれてはじめて文章を書いて金をもらったのは、ゲームについて、ということになる。

そのあたりのどこかで、私は勤め先の上役会議に呼び出され、主任への昇進と中国地方への担当変更を言い渡された。給与の上がり幅は子供のお使い程度のものだった。私は一週間ほどじっくりと考え、さらさらと辞表を書き、神妙な顔で上司に胸中を打ち明けた。所定の手続きに従って退職したあと、同僚たちがささやかな会を開いてくれた。そこで絶望的に痛感したが、彼らは私とは根本的に異なっていた。誰もが何かを怖れていて、しかもそれは本質的なこと、たとえば死ではないのだ。私は何度となく心の通った会話をしようと試みたが、叶わなかった。まあ、私もかなり疲れていたのだと思う。このころなによりも空《むな》しかったのは、自分のどのような発言も、企業連合会長の、あるいはどこにでもいるような営業マンの発言と受け取られることだった。それは十一月の終わりごろのことだったはずだが、けっきょく私は先述したゲームレビューサイトの運営会社に拾ってもらい、そこで年明けからコピーライターとして糊口《ここう》を凌ぐことになった。

ちなみに、その会社が社員に強制する勤務形態は完全に破綻していて、私は半年で逃げることになる。

そのあたりのどこかで、私はアスカにプロポーズをした。

これについて話すのを忘れていたのだが、もう小説のどこにも挟みようがないので、ここで話しておく。私の憂鬱症がもっとも激しかったとき、私は出会うひと全員を傷つけずにはおかなかった。すこしばかり快方に向かいかけ、自分の置かれた状況を見返すことができるようになったとき、私はこれからもまた、何度も何度も彼女を傷つけるだろうと思って、自分から遠ざけた。

しかし、二年ほどして、迷子になった猫が帰ってくるみたいに、とつぜん彼女は戻ってきた。つらい記憶を何もかも忘れたみたいに笑顔だった。実際のところ、忘れてくれたのだ。だから私はとても嬉しかった。

それで私はアスカにプロポーズをした。彼女はとても喜んでくれ、ふたりとも新しい勤め先が大阪市内に決まったので、一緒に暮らすことにした。籍を入れる直前のことだが、私とアスカと彼女の友達の三人で、たしか京橋あたりで飲んでいたとき、アスカがこんなことを言った。もしよかったら、私の名字にならない？

どういうことか聞いてみると、この国の婚姻制度では夫婦別姓は認められておらず、夫妻のいずれかが新しい姓名を名乗らなければならないらしい。世にいる別姓の夫婦は、公に認められていない、つまり籍を入れていない夫婦なのだそうだ。彼女が提案をした理由はシンプルなものだった。自分の姓名が気に入っているらしく、できれば変えたくないのだそうだ。私は五分ほど考えてから、いいよ、と言った。それ以上、なにもつけ加えることはなかった。よくよく考えてみれば、べつに、名前なんてどうでもいいのだ。そういうわけで、現在の私の本名——というか、役所むけの名前——は、藤田祥平ですらない。

私たちはマンションを借り、区役所に婚姻届を出しに行った。ふたりとも疲れ果てていて休日にしか時間が取れなかったため、土曜日の夜八時ごろに出ていったのだが、もちろん正面玄関は完全に閉まっていて、入れそうになかった。しかし事前の調べで、婚姻届ならこの時間にも受け付けてくれると知っていた。べつの入り口を探すと、奥まったところにある通用口の灯りが点いていることに気づいた。チャイムを鳴らすと、寝ぼけたような男性の声がして、扉が開いた。守衛室のようなところに壮齢の職員が詰めていて、遅い時間であるにもかかわらず、にこにこと微笑みながら、婚姻届に書き漏らしがないかどうか確認してくれた。それから彼は私たちに声をかけて、写真を撮りませんか、と言った。よくわからなかったので聞いてみると、そうするのが若い新婚者たちの流行りなのだそうだ。そういうわけで、私たちは薄暗い市役所の裏口の廊下に立ち、とても薄い婚姻届をふたりで持って、ぼろぼろの格好で写真を撮ってもらった。その写真はいまでもアスカのアルミニウムの板のなかにあるはずだ。

そのあたりのどこかで、ウォークス・ポプリーが領有権を保持していた太陽系は、シャドウ・カルテルとスナッフ・ボックスの合併によって成立した、ローセク・ヴォルトロンなる超巨大勢力によって、侵攻されつつあった。いや、忘れもしない。あれは厳しい冬がやっと終わりかけていた二月のことだ。先述したコピーライティングの仕事における一日あたり十四時間の違法労働と六時間のゲームプレイで、私の心身は完全に消耗していた。しかし、どうすることもできない。十四時間の労働は私がこの世でもっとも愛している人との新婚生活を維持するために必要だったし、六時間のゲームプレイは、銀河系に生きる五百名の日本人の生活圏と矜持を維持するために必要だった。

もしかすると、望みが叶うかもしれない、と私は思っていた。ものを書くことで他人を喜ばせられるかもしれない、ゲームをプレイすることで他人を喜ばせられるかもしれないと、本気で考えていた。しかしその望みを叶えるための私の肉体は、ありていに言って、悲鳴をあげていた。一日を終えて身体を横たえるたびに、今晩もまた疲れによってうまく眠ることができないと悟った。度重なる重役会議と戦闘、無意味に延長していく労働時間のなかで、私はほとんど呆然としながら、これが終わったら旅行に行こう、と考えた。二次大戦の戦線でもない、かといって宇宙でもない、現実のどこかへ。ここではない、どこかへ。

どう考えても勝ち目のない戦いだった。宣戦布告を受けたあと、とある情報筋に金を払って、ローセク・ヴォルトロンとウォークス・ポプリーの、それぞれの総資産のＮＥＴを算出してもらった。前者は１８兆６７８億、後者は３兆２２４億だった。十二の美しい星系からなる星座は、一日ごとにひとつのペースで蝕まれてゆき、防戦もむなしく、領有権主張ユニットには禍々《まがまが》しい逆さ十字と髑髏の旗が揺らめいた。

彼らの侵攻ルートを再検討してみたが、はっきり言って、非の打ち所がない。宣戦布告のまえに、彼らはまず、四大国家の庇護がおよぶハイ・セキュリティ・スペースへの唯一の補給路にあたる太陽系を封鎖した。布告と同時に私たちの領有権主張への攻撃が開始されたが、その規模は、戦争をつうじて二番目に大きいものだった。

ヨーロッパ系の彼らによる、この攻撃は、私たちが眠っているあいだに行われ、気がついたときにはもう手遅れだった。出入り口にあたるアルペラウト星系の領有権支配が完了したのち、彼らは遊撃に移った。ウォークス・ポプリーの経済活動、アステロイドベルト採掘や輸送、交易は、いつどこで襲いかかってくるかわからない髑髏の旗を怖れて、ほとんど完全に停止することとなった。

半端なことをしたものだと思う。首都防衛にすべてを注げばよかったのだ。しかし私は、兵士たちの士気が下がることを怖れて、三つの戦闘機会のうち二つまでを無視し、残るひとつに集中して防衛のための戦力を傾けた。若い指揮官たちは、よく戦ってくれたと思う。思いがけないいくつかの勝利をおさめることができたのは、ひとえに彼らの尽力による。ただ、どれだけ頑張っても、圧倒的な数的不利は覆せない——それぞれの連合に所属するパイロットの人数は、敵方四千、此方五百だった。

状況はもはや政治的判断のフェイズに移っていた。たしかに私はひとりの人間でしかなかったし、個人的な感情にとらわれて大義を見失うことも多くあった。それでも、私は当初の目的――この広い銀河系に日本人の手で爪痕を残すという、ほとんど荒唐無稽に思われた目的だけは忘れていなかった。戦争が半ばにさしかかったころ、ローセク・ヴォルトロンの外交官から、彼らのもとに編入することを勧める文書が送られてきた。ウォークス・ポプリーの旗を下ろし、不足しがちなオーストラリアン・タイムゾーンの作戦指揮官として戦わないか、という内容である。

私はこの文章を読んで、震えあがった。心の底から怒りが湧いてきて、どうすることもできなかった。それは私たちのアイデンティティを完全に無視した要求だった。民族共和など、万に一つもありえなかった。

これはゲームだが、しかしゲームだからこそ、私は日本人であった。奇妙なことだ、現実世界ではむしろ西洋の思想に肩入れしていたこの私が、ちっぽけな少数民族の誇りを振りかざすなど。話し合いのテーブルに就くためにわれわれのステーションにやってきた外交官に対して、私は謁《えっ》見《けん》するまえに処刑を宣告した。バイオマス処理場に放り込まれて落ちていく彼の断末魔は、いまでもはっきりと思い出せる。彼はちょっと舌を巻くほど美しい書簡文の書き手で、若く、才能があり、おそらくはヨーロッパのどこかの国で、私とおなじように仕事に身をやつしながら、家族をもうけ、子をもうけつつ、この宇宙でひとかどの人物として身を立ててきたのだ。

その彼を、私は殺した。私は一顧だにしなかった。

その翌日だったと思うのだが、私は若い艦隊指揮官であるヒッグスとともに、はじめて私が営業所を開設したあの星系の宇宙ステーションの一角で、酒を飲んでいた。彼のアヴァターは短髪の白人青年で、知的ではあるのだが、切れ長の瞳の奥に燃えている闘志が、誰にでもわかってしまうタイプの若者だった。

「なあ、ヒッグス、こんどの戦いなんだが」と私は水を向けた。

「はい」と彼は答えた。

「勝てると思うか？」

「正直に申し上げます。双方の指揮系統にミスがないと仮定すると、我々が勝つ確率は、十パーセント程度でしょう」

「やけに多く見積もったもんだな」と私は言いながら、笑った。「しかし戦場の運も合わせれば、たしかにそれくらいにはなる」

「あのう、ずっと気になっていたんですが、指揮官長、なぜあなたは、いつも笑っているのですか？」

「うーん？　まあ、これがゲームだから、だろうな。なんと言ったらいいか」

ヒッグスは自分のグラスを握ったまま、黙って私のことを見ていた。

「ゲームにおいて、おれたちは完全に平等だ。いちおう、企業連合だとか、会長だとかいうごっこ遊びもやってはいるが、それは遊びにすぎない。おまえの言葉遣いも、おれの言葉遣いも、遊びだ。そしてゲームも遊びにすぎないが、しかし、おれたちはこの場において、完全に平等なんだ。なぜならば——世界のシステムが有意に因果関係を規定してくれるから。

すまん、むずかしい言い方になったたな。文法が合っているかどうかもわからん」

私は酒をもうすこし飲んだ。

「しかし、ロールさん、そういう大きな話じゃなくて。目の前に決戦が迫っているのに、なんで笑ってられるのかってことですよ」

「決戦なんかじゃないさ」と私は言った。「迫っているのは、死だ」

ヒッグスは言葉を飲んだ。

「この戦いでおれたちが勝つ確率は万に一つもない。さっきのは訂正する。それでは、なぜおれたちは戦うのか？　戦いたいからだ。戦うことが楽しいからだ。おまえ、家族はいるのか？」

「います。実家暮らしです」

「恋人は？」

「気になってる子はいるけれど」

「うむ。おれたちが賭けるのは、そういうもんじゃない。戦場に富や愛を賭けるなんて、昭和の人間のやることさ。おれたちが賭けるのは、コミュニティの誇りだ。だからおれたちは戦うんだ」

「でも、戦うのは、勝つためじゃないんですか？」

「おまえはそれでいい。おれは違うが」

「あなたは何のために戦っているんですか？」

「生きるためだ」

二〇一六年四月二三日宇宙標準時１２００、日本時間２１００。日系企業連合ウォークス・ポプリーの首都、バーレゲット星系第三惑星付近に係留された領有権主張ユニットのディフェンシヴ・タイマーが、音もなく終了した。それと同時に、欧州系企業連合ローセク・ヴォルトロンは、一個連隊規模の準主力艦《サブキャピタル》からなる艦隊をアンドックし、タイタン級主力艦による星系間跳躍を用いて、激しい戦争の舞台となりつづけた星座の入り口にあたる、アルペラウト星系に出現した。

私は自分の主力艦《キャピタル》の操縦カプセルに潜り、リモート・コントロールの指揮官用準主力艦《コマンダーサブキャピタル》に意識を転送して、そこから艦隊に指示を出した。

敵性の首都を監視していた斥候の報告の声は、震えていた。「数えられません」と彼は言った。「多すぎます。五百はゆうに超えています」

「どうしますか？」と斥候長が言った。「われわれは二百しかいませんよ」

私は静かに答えた。

「なにを言ってるんだ、おまえは？　おれたちは、この日のために、このゲームをやってきたんだ。寝言はやめろ。我々も艦隊を出す。それ以外に選択肢はない」

「はい」と斥候長が答えた。

「準主力級艦隊、アンドック、アンドック、アンドック。各自、アウルブレス星系スター・ゲートへゼロメートル・ワープせよ」

私の一言をきっかけに、数えきれないほどたくさんの宇宙船が宇宙ステーションから飛び立ち、ワープ・ドライブを起動して、星空のかなたに消えた。

システムの話だ。

このゲームのシステムは、ほとんど冷徹と言っていいほどの、数学的厳密さに貫かれている。ある射撃が敵に命中するかどうかは、サーバーのなかで演算される、撃った側と撃たれた側の種々のパラメーターの組み合わせによって決定される。計算に含められる数値は、多岐にわたる――有効射程範囲、威力減衰距離、敵影追尾能力、相対速度、角速度、攻撃属性、シグネチャ半径、シールド貫通精度、アーマー貫通精度、などなどだ。まあ、細かいところはあまりくどくどと話しても仕方がない。

私が採用した戦術は、じつにシンプルなものだった。準主力艦艦隊には、シールド展開型巡洋艦による防御の壁をやぶるために、攻撃力がもっとも高い、短距離追尾型の砲塔を載せた。これをスター・ゲート前に配備し、ゲートをくぐってきた敵の艦隊とぶつけるのだ。

この戦術は賭けだった。相手が我々のものとまったくおなじ戦術思想を選択していたら、単純な力比べになり、数的な不利によって打ち負かされてしまうだろう。

しかし、もしも敵が長距離砲撃型の砲塔を載せていれば、我々の船は彼らの砲塔の足元でダンスを踊りながら、一方的に攻撃を加えられるはずだ。

もちろん、我々が長距離砲撃型の砲塔を採用することも、戦術としては充分にあり得た。そうしなかったのは、単純に私のわがままというか、好みのようなものだった。どう言っていいものかわからないが、我々の存続をかけた戦い、ここで負ければおそらく未来はないだろうと思われる戦いにおいて、はるか彼方から、それこそ腰抜けのように逃げ回りながら狙撃をすることは、お話にならないほど無様なことと思われた。

喧々囂々《けんけんごうごう》の議論になり、それで消耗することはわかっていたので、私は戦術思想を決定する会議も開かなかったし、戦うかどうかを決定する会議も開かなかった。もしもそこで腰の引けたような意見が出れば――もちろん、出てくるに違いないのだが――また喧嘩をする羽目になる。そんなことをする時間も体力も、私にはもう残っていなかった。おそらく、私とともによく戦ってくれた、ほかの首脳陣たちもそうだったろう。

どうしてこんなことを必死になってやっていたのかはわからない。わからないが、我々はそのとき、アウルブレス星系へとつづく、バーレゲット星系第八惑星付近のスター・ゲート前に鎮座して、巨人が――五百以上の準主力艦と未知数の主力艦によって構成された巨人がやってくるのを、じっと待っていた。そこからも、アウターリング環状線の、指輪のような星雲が見えた。

しばらくのあいだ、コミュニケーション・ラインに、敵艦隊を追尾している斥候からの報告の声だけが響いた。

敵艦隊、アウンソウ星系へジャンプ。

ローカル、526。

レッド・スタンディング511、ニュートラル・スタンディング15。

敵艦隊、ゲイル星系へワープ開始。——スター・ゲート着。

敵艦隊、ゲイル星系へジャンプ。

ゲイル星系ローカル520、レッド・スタンディング508、ニュートラル12。

敵艦隊、アウルブレス星系へワープ開始——


「——敵艦隊、バーレゲット星系へワープ開始。敵艦隊、来ます。フリートコマンダー！」

「うむ？」私はすこしびっくりした。

「勝てるかどうか、私にはわかりません。しかし、とにかく一匹でも多く、ぶっ殺してやりましょう。敵艦隊ランディング完了、ジャンプ開始——繰り返します、敵艦隊、バーレゲット星系へジャンプ開始しました！」

五百からなる艦隊につつまれたスター・ゲートが、急激に増加したトラフィックの負荷に耐えかねて、巨大な鳥の呻《うな》り声を上げた。耳を聾するような音だった。円筒型の構造物のなかで輝いていた位相差空間の出入り口が断続的に明滅し、オーバービューに表示された同太陽系内の艦船ビーコンの量を表す数値が、200から700に跳ね上がった。数十秒の硬直ののち、位相差空間から我々の世界の理のなかへと、無数の艦船が現出しはじめた。

そのとき、地球上のどこかにいる、私とおなじように慎ましい生活を営んでいるフリートコマンダーは、彼の母国語でこんなことを言ったにちがいない。

「全艦、光学迷彩切れ。アンカーアップ、マイクロ・ワープ・ドライブ点火、プライマリー・ターゲット、N・E・P！」

もちろん、私もおなじように答えた。

「全艦、アフターバーナー点火、プライマリー・ターゲット、A・S・K。オートパイロット設定、プライマリーに距離2000を維持！　プライマリーに距離2000を維持！」

このゲームにおけるフリート・コマンドは、オーバービューに表示されるさまざまな数値と、カメラ・ドローンによって俯瞰された戦場の様子を読み解き、しかるべき最適解を瞬時に導き出し、ボイスチャットを通じて配下の艦隊に指示を出すことである。艦隊はフリートコマンダーの指示を聞いて、その通りに操縦を行うわけだ。ひとつの艦隊を人体に喩えるならば、斥候隊や星系間跳躍ビーコン配備係、戦闘時外交が臓器にあたり、兵士たちは筋肉組織で、指揮官は脳にあたる。

そして現実に存在するひとつの事物である指揮官自身の脳は、絶え間なく変動していく計器類の数値と、身体のさまざまなところから送られてくる報告、そして、これがもっとも重要なのだが、ごく近い未来を的確に予想するという異様な作業のために過熱しはじめ、一種の恍惚《ハレーション》状態へと導かれていく。そして精神は、稼働率90パーセントで興奮し発熱する、ネット上のCPUとなる。

あの愉悦をどのように表現したものか。

「Eve Online」を貫いているのは、徹底的なまでの西洋思想——理性である。あらゆる武力の強大さは、彼らが保持している総資産とほぼ比例する。それは数値の組み合わせによって計算されつづける戦闘にしてみてもそうだし、コミュニティの最小単位が友情を目的としたギルドではなく、相互利益を目的としたコーポレーションであることからも明らかだ。マーケットに流通しているアイテムは、世界を成立させるための一部の根本的な資源を除いて、ほぼすべてがプレイヤーの手によって生産されたものであり、また流通、販売までもがプレイヤーの手に委ねられている。

この冷徹なゲームシステムは、美しい数式にどのような偶然も入り込む隙がないことと同様の理由で、どんな偶然も許さないように見える。しかしながら、実際には、ほとんど誰も気がつかないような運命のいたずらが、ある出来事の結果を左右することもある。それはイレギュラーな事象が発生する確率を、物理法則とおなじほどのレベルに設定することで生まれた、まったく人為的な偶然である。喩えていえば、樹から落ちた林檎が空に向かって上っていくことはあり得ないが、その林檎がたまたま地面に置いておいた籠に入ることはあり得るのだ。

もっとも落ちそうな林檎の下に籠を置くこと。これが、このゲームで勝つための核心である。あらゆる諜報や外交、戦闘のための準備は、この籠をいちばん良いところに置く作業にほかならない。そのために、林檎の下に籠を置くものたちは、自分たちの籠がほかとくらべてどの程度優れたところに置いてあるのか、否応なく直感することになる。どの勢力がどの程度の武力を保持しているのか、外交のパワーバランスはどうなっているか、戦闘の直前に相手がどの型の艦船を戦術思想に用いるか。これらの準備を行うとき、すでにその段階で、自分たちが勝つのかどうか、ある程度まで把握することができるのだ。

そのために、この戦いに負ける確率は99パーセントだろう、と私は考えていた。

ただ、実際には、そこまでの数字ではなかったのだ。

賭けは当たった。敵方の艦隊は長距離砲撃型の砲塔を採用した巡洋戦艦を用いていた。彼らはマイクロ・ワープ・ドライブを点火して、太陽の方向にむかって全速で進行した。駿足の巡洋艦を用いていた私たちは、彼らの隊列の喉元に食らいつき、ステイシス・ウェビファイヤーを展開して、敵方の操舵系を妨害した。

最初の数分は、こちらの船が一隻落ちるあいだに、敵方の船を二隻落とすペースを維持できた。

そのとき私は、もしかしたら勝つことができるのかもしれない、と考えた。こんなに簡単に相手の船が落ちるとは、思ってもいなかったのだ。ただ、それも相手方がステイシス・ウェビファイヤーの有効射程範囲外に出るまでの話だった。百キロメートルの彼方から、反物質弾を用いたレールガンによるスナイプが開始されたとき、私たちは一時的に反撃の手段を失った。

「インターセプター、敵艦隊方向に向かって走れ！　ワープ・ビーコンになるんだ！」

数隻の超小型フリゲート艦が我々の艦隊から飛び出し、敵方に向かって全速航行をはじめた。六キロメートル毎秒の速度で距離を詰めたが、数隻は対インターセプター用の小型砲塔を備えた巡洋戦艦に撃墜された。それでもいくらかが生き残り、相手の艦隊に食らいついた。

私はインターセプターのうちの一人を右クリックし、「ワープ・フリート」のコマンドを入力した。

「艦隊、テイク・ワープ！　艦隊、テイク・ワープ！　ランディング後、ステイシス・ウェビファイヤーを即時展開。ランディング確認せよ——ランディング完了。（「完了！　完了！　完了！」）全艦、プライマリーへ砲火再開！　シールド展開型巡洋艦は交戦射線上に入るな！」

　二百の巡洋艦が数秒のうちに二百キロメートルの距離を駆け抜けた。敵方のフリートはもういちどマイクロ・ワープ・ドライブに点火し、全速で駆けはじめた。私たちはもういちど敵方の喉元に食らいつき、巡洋戦艦を落としていった。

　私たちが食らいつき、相手方が駆けだして距離を稼ぎ、そのたびに私たちがまた超々短距離のワープで飛びかかるという動作が、何度か繰りかえされた。遠くから眺めると、ふたつの鋼鉄製の鳥の群れが、宇宙の片隅で喧嘩をしているように見えたかもしれない。

　ただ、このような繰り返しがずっと続くわけもなかった。敵方はとつぜん動きを止めて、我々のまわりを周回しはじめた。近距離での戦いは、こちらの艦隊の戦術思想のほうが、圧倒的に優れているにもかかわらずだ。私は直感するものがあって、数隻の船を落としたあと、此方の艦隊を敵方の艦隊からすこし離した。

　そのタイミングで、敵方の数隻の船が、道標《サイノシュラル》ビーコンを焚きはじめた。

　私はすぐさま叫んだ。

「主力艦パイロット！　起きろ、仕事の時間だ！」

　道標《サイノシュラル》ビーコンを目標にした星系間跳躍によって、二十隻からなる敵方の空母《キャリアー》が、目の眩むような朱い閃光とともに、戦場に現れた。空母の軍団は、出現後すぐさま防御フィールドを展開し、敵方の艦隊をすべて包み込んだ。我々は中距離から攻撃を繰りかえしたが、ほぼすべての攻撃が無力化された。

「攻城用主力艦《ドレッドノート》ですか⁉」、主力艦艦隊長のヒッグスが叫んだ。

私は叫び返した、「そうだ、攻城用主力艦だ、出せ、すべて出せ！」

数十秒後、此方の道標フィールドが展開され、これまで細心の注意を払って秘匿していた任意の太陽系から、我々のドレッドノート艦隊が戦場まで跳躍してきた。

「宙域を支配せよ《コントロール・スペース》！　ストップ・シップ、攻城戦《シージ》モード、オール・グリーン！」とヒッグスが叫んだ。「プライマリー・ターゲット、P・V・I。キャリアーの防御フィールドをたたき割れ！」

「フリートコマンダー、敵艦隊から離れてください！」と、フィールド展開型巡洋艦隊の指揮官が叫んだ。「あいつら、キャリアーのメンテナンス・サーヴィスで、砲塔を換装してます！　遠距離型を外して、近距離型に付け替えてるんです、こっちのシールドが持たなくなってきてます！」

「いや――ここで戦う。ヒッグス、空母を出してくれ、おれたちはここで戦う！」

「了解。空母のパイロットたち、聞こえてるか？　いますぐアンドックして、星系間跳躍でここまで来い、忘れ物はやめろよ！」

「敵方大型空母《スーパーキャリアー》のアンドックを確認」と斥候隊長が言った。「数は、３だ」

「無視できる。空母展開急げ、敵のスーパーにランディングされたらひとたまりもないぞ！」

敵方の大型空母の到着と、此方の空母の到着は、ほぼ同時であった。

ここで、戦況は膠着状態に入った。

いずれの艦隊も空母が展開する防御フィールドに防護されており、互いに与えるダメージの総量は、いずれのフィールドも貫通するに足りなかった。ポイント・ブランク――このゲームの戦闘において稀に生まれる、空白状態だ。このままでは、どちらの艦隊にも損害は出ない。

こうなると、話はとても単純になる。

もしもフィールドが割れれば、割れたほうの負けだ。

ポイント・ブランクが数分間続いたあと、私たちが戦っている太陽系の時間が、ぐっと遅くなった。単一のノードに入出力が集中することによって起きる、サーバーとクライアントの間のコミュニケーション・ロスを軽減するための、時間遅延措置が行われたのだ。話には聞いていたが、実際に体験したのは、それがはじめてだった。あらゆるものが、スローモーションで動いていた。撃ちっぱなしになっていた私の砲塔から飛んでいく実弾まで、手に取るようによく見えた。

私は少し考えて、クシャナとのコミュニケーション・ラインを開いた。

「起きてるか？」と私は言った。

「起きてるよ」とクシャナは答えた。

「すごいことになってるぜ」

「見てるよ。星間新聞社がライヴ・ストリーミングしてる」

「そうか」

ここで、数秒の沈黙があった。

「出せるか？」

「出せる」

「確認だ。おまえのタイタンを戦場に出していいんだな？」

「いいよ」と彼は言った。


轟音がした。

それは世界の果てから響いてくるもののように思われた。われわれの宇宙の星々の狭間、まったくの虚無から響いてくる音のように思われた。実際にはその音は、急激な重力と磁場の変調によって引き起こされた、私の船の計器類が発するノイズでしかないのだが、しかしそれでも、これから現れようとしているものの姿を、よく予兆するものであった。道標ビーコンの光のまわりの空間が、夏の日のアスファルトを望遠にしたように、ゆらゆらと揺らめいた。空間はゆっくりと光を放ち、その強さが耐えがたいほどになったので、私は目を覆った。轟音はすでに遠いものから、近いものに変わっていた。耳を聾するほどの電子的なノイズが、ヘッドフォンから漏れだした。目が慣れてくるにしたがって、私は覆いを外し、位相差空間からいままさに出現しつつある、半透明の巨人の姿を認めた。

タイタン級主力艦、ラグナロク。

全長18キロメートルの巨人。

コミュニケーション・ラインの通信量が跳ね上がった。私は音量を絞り、クシャナとの会話に集中した。

「僕の船が見えるかい？」

「ああ、見える」

「優先攻撃目標は？」

「どれでもいい？」

「ああ、どれでもいい」

「どういうこと？」

「負けるのさ、おれたちは」

「そうなのか？」

「ああ、負けるんだ」

「しかし、なぜ？」

「それは、これから見ていればわかる。なあ、これは究極の問いなんだが」

「うん」

「巨人に一矢報いて死ぬほうがいいか？　それとも、一匹でも多くの兵隊を殺して死ぬほうがいいか？」

「うーむ。決められないな」

「これはずっと考えていたことなんだ。それこそ、この戦争が始まったころから、ずっと」

「それなら、君が決めたほうがいいんじゃないか」

「では、撃たないでおこう」

それから私は煙草に火をつけ、ぷかぷかと吹かした。いい気分だった。

「なぜ撃たないんですか！」とヒッグスが叫んだ。その声はあまりにも大きかったので、音量を絞っていても、耳にきんきんと響いた。「撃ってください、敵の空母のシールドを破壊してください！」

「ヒッグス、落ち着け。ここは撃たなくていいんだ。せっかくの時間遅延措置だ、景色でも楽しめよ」

「なぜ！」

「見ていればわかる。ああ、来た。来たよ」

戦場に、朱い光が満ちた。合計六隻の、敵方の、タイタン級主力艦が現れたのだ。

私はこのときのことを、昨日のことのようによく思い出せる。

我々はよく戦った。

私は声をかけた。

「ヒッグス、すまなかったな。おまえはよく戦った。おれはおまえのことを誇りに思う」

彼はなにも答えなかった。

私は回線をオープンにし、私とともに戦った二百余名の友にむけて、ゆっくりと語った。

「おれはおまえたちを誇りに思う。おまえたちはよく戦った。ここでこうして死ぬことは、おまえたちの名誉をいくばくも減じるものではない。おまえたちの名は後世まで語り継がれ、歴史に編み込まれ、そこで永遠に生き続けるだろう」

誰もなにも答えなかったが、それは彼らに発言権がなかったからだ。

すこし沈黙があった。

「クシャナ。優先攻撃目標、タイタン級主力艦、G・O・D。ドゥームズデイ・デバイス、ギャラルホーン、発射」

「了解。優先攻撃目標、タイタン級主力艦、G・O・D。ドゥームズデイ・デバイス、ギャラルホーン、発射」

「全艦に告ぐ。優先攻撃目標、タイタン級主力艦、G・O・D」

クシャナのタイタンが、敵方のタイタンに向けてドゥームズデイ・デバイスを放った。それは四十八門の3500ミリ攻城実弾砲を一斉に射撃するもので、しっかりと防御を固めたタイタンのシールドなら、半分ほどを削ることができる。

ドレッドノートの砲撃は、一隻あたり、毎秒0．3パーセント程度を削ることができるだろう。

準主力艦艦隊の攻撃は、ひとかたまりで、毎秒0．5パーセントくらい削れるかもしれない。

それで終わりだ。

私たちが巨人に一矢報いることに決めたとき、敵方のフリートコマンダーはどう思っただろう？　もちろん、彼は私とおなじように忙しくて、ゆっくりと考える暇などなかったはずだ。それでも、いくつも考えられたうちの、とくにこの戦術を採ったことについて、胸中でなにも思わなかったとは、考えられない。彼はそれを、負け戦に際した哀れな指揮官の錯乱と見ただろうか。それとも、私たち全員の矜持を見てとっただろうか？

いずれにせよ、これで決着はついた。敵方の六隻のタイタンが、一斉にドゥームズデイ・デバイスをチャージし、クシャナのタイタンにむかって射撃した。時間遅延措置が作用している太陽系のなかの爆発は延長されていつまでも続き、それはとてもきれいだった。日系企業連合ウォークス・ポプリーの最後の切り札であり、精神的支柱であったラグナロクは、二〇一六年四月二十三日、宇宙標準時１４２３に轟沈した。

ラグナロクの価値は、当時の日本円に換算して、五十万円くらいはあっただろう。

正確には、クシャナのタイタンにむけて放たれたドゥームズデイ・デバイスの数は、六つではなく五つだった。六つめが撃たれるまえに、目標が沈んでしまったのだ。

偶然と考えるべきなのか、それとも心遣いと考えるべきなのか、いまでも判断をつけかねていることがある。巨大な亀のように回頭しつつあった敵方のタイタンの一隻が、五分ほどをかけて、私の操縦する主力艦に照準を合わせたのだ。

そのとき、時間遅延措置の乗数は最大に達していた。私はタイタンが、船首のまわりに電磁場を発生させ、エネルギーを集約させるところを見た。それはまちがいなく、人為によってコントロールされた雷《いかずち》だった。民族共和を固く誓った隻眼の肉体は、かつて彼を奴隷として使役した帝国の鞭の前で、歓喜とも絶望ともつかない感情に襲われ、全身で震えた。

ここに、太陽に近づきすぎたことによって翼を焼かれたイカロスの類型を見出すこともできるだろうが、それはやりすぎというものだろう。

いずれにせよ私の肉体は、神の雷としての帝国技術の結晶、ドゥームズデイ・デバイス、ジャッジメントによって貫かれた。

黒い画面に一行だけ、コンソール・コマンドが表示されている。

Destroy(playerSprite_rollstone);

肉体が虚無のなかに浮かんでいる。それは、驚くべきことに、私の肉体だ。

私はその肉体を見たことがあった。それはかつて、目的を持っていた。その目的はおそらく、たとえば魔王の城にとらわれたお姫様を救うとか、世界一のスポーツ選手になるとか、悪者の手によって窮地に陥っている世界を救う、といったものだったはずだ。いまとなっては、よく思い出せない。

私は失敗したのだ。

志半ばで挫折したのだ。

その印象だけがある。

失敗した私の肉体は虚無のなかを下降していき、ちょっとした神殿の台座のようなところに横たえられる。ただ、この神殿の台座はほんらいプレイヤーに見られるべきものではないようで、テクスチャが貼り付けられておらず、すべての二次元の面は×印で描画されている。聴いたことがある音——いつかどこかでプレイしたことのあるゲームのサウンド・エフェクトが鳴る。

ゲームボーイの音だ。

私の肉体から、光のチューブに接続された、数百個にのぼる箱が浮かび上がっていく。その箱のひとつひとつには、こんな表題が付けられている。

<.js>

神殿の奥の方から、黒い、正六面体の、ちいさな真四角のふたつの目玉をもった何者かが現れる。それは、おそろしい破壊の力でもって、私の肉体と箱とをつなぐ光のチューブを切断する。

切断されたとたん、箱は赤く染まり、記されていた表題は、つぎのようなものに変わる。

<null>

光のチューブが切れたあと、数百個の箱は、まるで糸が切れた風船のように、空へと上っていい

く。赤っぽい、夕焼けの空だ。空には、たしか絶滅したはずの白い鳥たちが群れを成して飛んでいる。そのとき、私はとても悲しい気持ちになる。

ああ、だめだったんだな、と私は思う。

私は自分の存在が何であるかを悟る。

私は、上方の世界で目的を果たすことができなかったセーブ・データである。私の肉体はランダム・アクセス・メモリーの領域に堕ち、あとは削除を待つばかりなのだ。

この推測が正しいものであると追認してくれたのは、うち捨てられたトラック・ストップで焚き火にあたっていた、ひとりの老人である。そこは雨が降っていて、たまに雷が落ちた。

「おまえさんの言う通り、ここは失敗したセーブ・データの吹きだまりだよ」

うーむ、と私は言った。

「納得がいかないのかね？」

そうなんです、と私は言った。どうも僕には、自分が失敗したときの記憶がないんです。

「それはみんなそうさ。上でひどい目にあったんだ。忘れたくもなるし、システム上の仕様でもあるんだ。おまえさんの記憶データが、この世界のメモリのどれほどの部分を専有していたか、知ってるかい？」

知りません、と私は答えた。

「ほっほっほ。六十四分の一さ。すごいだろう？」

私にはよくわからなかった。

「さて、どうするかね？　ここで焚き火にあたりながら、ガーベイジ・コレクターが来るのを待ってもいい。アイテムは溜め込んであるし、おまえさんに分けてやることもできるよ。このあいだ、上の世界からチェスが落ちてきてね。退屈しのぎにもなるし、実際のところ、私たちに必要な遊技は、チェスのようにシンプルなもので、充分なはずなんだ。どうするかね？」

いいえ、と私は言った。どうせなら、僕は、いろんなところへ行きたい。

「おまえさんの行く先がつねに安全である保証はないよ」

それでもかまわないんです、と私は言った。

「それなら」老人は親指を立てて、自分のうしろを指さし、言った。「あそこで親指を立てて、しばらく待ちなさい。誰か乗せてくれる人が通りがかるだろう」

私は言われたとおり、虚無に面した歩道で親指を立てた。錆びついたイヴェント・フラグが回収された感覚があった。しばらくするとトラックがやってきた。私は乗せてもらう約束をしてから、老人に別れのあいさつをしに行った。

「気をつけてな。ガーベイジ・コレクターのご加護がありますように」

それから私はトラックの助手席に乗せてもらった。運転手に話しかけたが、いくら声をかけても、つねにおなじ返事を返してきた。【コノ　トラックハ　ジョウカマチ　ニ　イクヨ】、彼は人間ではなかった。NPCなのだ。

街は欧州の城下町に似ていたが、太陽がなく、それどころか空もなかったし、住民たちが話すところによれば城もなく、お姫様も王様もいないらしい。私は「ボルヘスのさかば」とかいうバーで、角張ったピクセルのミネラル・ウォーターを飲み、それから街を散歩した。じつに奇妙だったのは、街の構造そのものよりも、ブロックとブロックを接続する階段だった。横倒しになった階段、逆さになった階段、どこにも繋がっていない階段、遠近法を利用していて、いちばん下から見上げると、無数の正方形がきっちりと目の前に整列しているように見える階段、階段の格好をした犬、その思考の形態が階段とじつによく似ている女性などを見つけることができた。

私はその街でさまざまな住民の話を聞いた。住民たちはみな、上の世界で失敗したものたちばかりであり、その失敗の印象をもちいた詩を書くことに専念していた。話を聞いていると、彼らはこっそりと詩を見せてくれ、それから「私の祈りを捧げます」と言い残し、光の粒になって消えた。彼らの詩はどれも心に残るすばらしいものばかりだったが、残念ながら私はノートもペンも持ち合わせていなかった。

そうしているうちに、天候イヴェントの時間が来た。雨が降りはじめ、つづいて雷が鳴った。雷はもちろん、虚無のなかでゆいいつ質量を持った物質である城下町に落ちた。雷が落ちたところのテクスチャが×印になり、テクスチャ同士の結合がばらばらとほどけて、虚空へと吸い込まれていった。私は自分が雷に打たれないように祈りつつ、崩壊していく街のなかを走った。奇妙なことだが、そのとき、声が聞こえた。

「祈るといいわ」

私は意味がよくわからなかったので、そのまま走り続けた。おなじ声がもういちど、こんどは強めの語調で「祈りなさい」と言った。私は無視したが、行き止まりに迷い込んでしまい、すぐ背後で雷が落ちて、退路を断たれてしまった。声はさらに言った。

「地面に膝をついて。ヴィトゲンシュタインのぼやきなんて忘れなさい。あなたの膝は柔らかくなんかないわ。固い、しっかりした、すてきな膝をしているじゃない。だから、膝をついて」

しかたないので、私は言われた通りにした。

「そう。そうしたら、両手を組み合わせて、目の高さに持ってきて――そうよ。そして、目を閉じて、祈って」

そして私は街にいた。そこは、まあ、街というほかなかった。

その街には名前がないのだ。

その街に暮らしている人々はすばらしい人々である。彼らは雨に濡れた私を風呂にいれ、あたたかいスープとパンを供してくれ、この四畳半の一間に寝かせてくれた。

彼らに幸あれ。

私がそうしているあいだじゅう、街には雷が落ち続けた。さまざまな建物に雷が落ち、そのたびに建物はばらばらに砕け散った。私は与えられた一間のなかで、両手を組み合わせて、祈った。ふだん用の祈りのことばは、街の人々に教えてもらった。いまでも、私はそのことばを諳んじることができる。

神よ、どうかわたしに

変えることができないものを受け入れるための安らぎと
変えることができるものを変えるための勇気と
そのふたつをつねに見分ける知恵を
お与えください

嵐が去ったあと、私はまた街を出て、さまざまなところを旅した。オーストリアがグリーンランドに落とした水爆がきっかけとなって続いている戦争の、トランシルヴァニア戦線で、私はロシア軍の通信兵として環太平洋連合軍を相手に戦った。あるいは、メキシコの炭鉱の街で、田舎から出稼ぎに来た炭鉱夫相手に商売をする、いかがわしいナイト・クラブの受付をやった。あるいは、私はガンジス河のほとりで酩酊したまま流れを見つめ、あらゆるもの、たとえば犬の糞やかぐわしい香料、叶わなかった恋などが河を流れていき、すべてが渾然一体となっているさまを見た。

そして私は行く先々で嵐に見舞われるたびに、膝をついて祈りを捧げた。祈りを捧げると、どういうわけか、あの安全な街に戻ってくることができた。私が旅をしているあいだに、不思議な力によって、街の壊れた部分は再建されていた。

街は、控えめに言って、とても居心地がよかった。カフェや、ホテルや、レストランがあった。すべての場所はあたたかく、人々は心を尽くして私と言葉を交わしてくれた。私はそこにいることがとても嬉しかったが、しかしやはり、どうしても新しいところへ行かなければならないのだった。

ある嵐の晩、私は街にいて、いつものように祈りを捧げていたのだが、そのときにまた声が聞こえた。かつて城下町で、祈れ、と私に命じた声であった。あわてて上着を羽織り、街に出ていって、雷をかいくぐりながら声のするほうに向かった。カフェの扉を開けると、雷光がすべてを白く染め、それから轟音がした。目眩がするほどだった。

その店には硝子張りの温室のようなテラスが母屋から日向にむかって突き出ている部分があり、そこに設えられた席に、彼女が座っていた。陽射しが眩しく、私たちはすべてが見えなくなるような、やけに拡散した光のなかで、話をした。

「久しぶりね」と彼女は言った。

「久しぶりだな」と私は答えた。

彼女の手元にはノートパソコンが置かれていた。私が向かいの席に座ったとき、彼女は人差し指でエンター・キーを押した。

「なにをしていた？」

「メールを送っていたの」

「誰に？」

「十二年前のあなたに」

私は面食らった。

「何だと？」

「時間がないから、本題から言わせてもらうわね。私はあなたのことが好きだったの」

「何？」

「私はあなたのことが好きだったの」

「いまさら何を言ってるんだ？」

「でも、それはどちらでもいいことなの」

「待ってくれ。おまえは何者だ？」

この状況は、なにかとんでもない誤謬であるように思われた。

重大な欠落、見逃せないバグがあるように思われた。

そうだ。これは物語の展開上、あまりにも唐突すぎる。

artsy に過ぎる。フランスの実験小説みたいだ。

彼女の肉体の輪郭はぼやけていて、表情がよくわからなかった。彼女の後ろに浮かんでいる巨大な看板が、光を放っているためだ。その看板には、こんな文字が書かれていた。

>TALK NOW
（会話セヨ）


「おまえは誰だ？」

「私はやがてあなたが書くことになる小説の最初の章と、それからずいぶんあとになってここに現れる女の子よ」と彼女は言った。「あなたのひとつ年上、二十五歳になったわ」

すこし考えたが、それは正しくないように思われた。しかし、ある意味では正しいようにも思われた。

そのような流動的な存在を、なぜシステムが許すのだろう？

私はふと思いついた。

なるほど。

「おまえ、プレイヤーだろう」

「え？」

「おれとおなじ、プレイヤーだろう」

彼女は微笑んだが、なにも答えなかった。

「なぜ、おまえはこの世界に来た。どうしておれの邪魔をし続けた」

「なかなかいい台詞じゃない。いい感じよ」

「ふざけるな。殺すぞ」

「殺してごらんなさい」彼女はコーヒーをすこし飲んだ。「あなたには殺人なんかできないわ」

私はため息をついた。

「なあ、頼むから教えてくれ。おまえはいったい何者なんだ？　おまえはゲームシステム側の存在なのか？　それとも、運命の女神なのか？」

「何だっていいじゃない。中学生のころに恋人同士だった、ひとつ年上の女の子でいいでしょう。

私のおっぱいの感触、まだ覚えてる？」

「頼むからやめてくれ。めちゃくちゃにしないでくれ。そんな話、プロットと何の関係もないだろう。どうして素直に語らせてくれないんだ」

「だって、あなたはいつまでたっても私の話をしてくれないんだもの」

私は叫び出したくなった。

「どうしていまになって、そんな話を持ち出す？　そういうのは無しにするって、序盤のあたりで決めたじゃないか」

「うーん、どう言えばいいのかしら。あのね、結論から言うと、あなたはもう自由になっていいのよ。好きにプレイしていいのよ。いいじゃない、楽しくやれば。つまり、あなたはナイトなのよ。あ、私はクイーンがいいな、強いし。まあ、いずれにせよ、システムによって定められた方向にしか進むことができない駒ってこと。そしてあなたの出番は一手しかなくて、その一手はあなたの人生とおなじだけの長さを持つの」

「誰が何のためにそんなことをやっている？」

「これはたとえ話だから真剣にとらなくていいのよ。ただ、私はあなたに知っておいてほしかったの。あなたがやっていることはシステムへの入力であるだけでなく、システムそのものとの対話なのよ。この入力と出力のプロセスはあなたを取り囲んでいて、たったひとつのことを望んでいるの。それは、あなたが幸せになること。幸福に生きること。死を直視し、言説の境界面を突き破り、愛の力で死の恐怖を打ち砕き、語り得ないものの向こう側へと歩き出すこと。全部ひっくるめて、幸せになること。これで、話を聞いてくれる気になったかしら？」

私は頷いた。

「ごめんね、話が長くなっちゃったけど、そもそも私はこの質問をしに来たの。願いがなんでも叶うとしたら、どうしたい？」

私はすこし考えて、ゆっくりと話した。

「あのゲームを、クリアしたい。以前、プレイしていた、あのゲームを」

「あのゲームはもう終わったわ。もう遊べないの」

私は黙っていた。

「あなたの新しいゲームは、自由になることよ。外に出て、新しいものを見て、生きることのすばらしさを感じることよ。ゲームオーバーになるまでね」

私は少しむっとして答えた。「どうしてそんなありきたりなことが言えるんだ？　そんな薄っぺらいものじゃないだろう、人生は」

彼女はとりあわず、もういちど質問した。

「願いがなんでも叶うとしたら、どうしたい？」

私は驚いたが、もういちど繰りかえした。

「あのゲームをクリアしたい」

「ねえ、思い出して。あなたはとっくの昔にあのゲームをやめたのよ」

「何のことだ？」

「あなたと出会ったころ、私はお城にとらわれた、あなたのお姫様だったのよ。あ、これはクイーンってことね。うまい換喩だと思わない？」

私は黙っていた。

「でも、あなたは迎えに来なかった。あなたは全然関係のない、べつの城、べつの町、べつのゲーム、べつの人生、べつの物語へ行ってしまった。電子的な夢のなかに消えてしまった。ねえ、願いがなんでも叶うとしたら、どうしたい？」

私は首を横に振った。

「勝ちたい。おれがおれのまま勝ち続けて、生きられるようにしてほしい」

「どういうこと？」

「おれがおれのまま勝ち続けることによって人々に希望を与え、その行為によって生きたい。あのゲームを、クリアしたい。もう二度と負けたくない。この世界に負けたくない。このシステムに負けたくない」

「だから、あなたはもうそんなことを考えなくていいんだって」と彼女は言い、微笑んだ。「ねえ、あなたは誰？」

私はふと直感した。

「待て。おまえはそもそも本当に実在しているのか？」

「あなたに聞いてるのよ。あなたは誰？」

「おれは『Wolfenstein : Enemy Territory』第二期日本代表、ロールストーンだ」

「もう一度聞くわ。あなたは誰？」

「おれは日系企業連合『Vox Populi』会長兼艦隊総司令官、ロールストーンだ」

「もう一度。あなたは誰？」

私はふと気づいた。

「おれは、誰だ？」

「それでいいのよ。長いあいだ、もうずっと、私のことも、忘れていたでしょう？」

私は正直に言った。

「忘れていた」

あはは、と彼女は笑った。

「だから、大丈夫なのよ。あなたはもう大丈夫なの」

「どうしてそんなことが言える？　どんな根拠がある？」

梟に似た瞳に浮かんだ涙を指先で弾《はじ》いてから、彼女は微笑んだ。

「だってあなたは私を創造してくれたじゃない。よくがんばったわね。ほんとにありがとう」

さよなら

そのとたん、雷が彼女の身体を貫いた。彼女を描画していたピクセルは一瞬にして蒸発し、消えた。消え去ったピクセルのむこうに、黒い、正六面体の、ちいさな真四角のふたつの目玉をもった、何者かがいた。そいつは私のことをじっと見つめていた。ガーベイジ・コレクターである。そのとき、私は奴が表象しているものの意味を知った。奴の正体は、現象としての死だ。私は席を立ち、店をあとにした。恐慌にとらわれたまま、すばらしい人々の家に帰り、部屋に戻り、寝床に入った。がたがたと震えながら、祈りの言葉をなんども繰りかえした。


翌日、嵐が去ったあと、人々は街の広場に空いた大穴のまえに集まっていた。司祭の格好をした者が一歩前に進み出て、穴の前で立ち止まり、群衆のほうを向いた。彼は言った。

この穴は世界の理を表すものである。刮目して見よ。この穴の奥に広がる虚無こそが、われわれの知りうるものごとの限界である。まさにわれわれは、この限界を知ることによって、その先を見通すことができるのだ。虚無は、われわれと異なる何事かではない。われわれはまさに、虚無から生まれ出たのだ。

怖れは無用である。そして、死は無時間である。

われわれの時間が、安らかであることを祈ろうではないか。

それから司祭は調子を変えて、つぎのような祈りの文句を唱えた。

無よ、あらゆるものを取り込む不変の状態よ
どうかわたしを連れ去りたまえ
わたしを単一な、動きのない熱に変えたまえ

そのなかでわたしは消え、静穏となるだろう

死よ、わたしのもとから去れ！
無に飼われた伝書鳥でしかないおまえは
わたしを怯えさせ、疲弊させる
多くの無辜《むこ》の者がおまえという退屈な現象を怖れた

わたしが愛するのは
毎夜のごとくあらわれる夢
おそろしく暑い夏の日
凪《な》いだ、あるいは波の荒れた海

わたしが愛するのは
獣たちの密会
おそろしく凍える冬の日
どこまでもつづく乾いた大地

わたしが愛するのは

先達が明かした魔術の秘儀
剣戟《けんげき》の響き、砲火の轟き
そして絶えることのない生命の輝き

無よ、一息にわたしを連れ去りたまえ
わたしはピクセルの月面に立ち
両手を広げて待っている
いまだ概念として

夢想することしかできない哀れな身を
どうか一瞥のもとに
連れ去り、わたしという現象を
恒久の静穏へと運びたまえ

十九歳のときだ。例のあのゲームのオフラインの集まりが開催されるという報があり、私は喜んで新幹線のチケットを手に入れ、東京へ向かった。旧交をあたためるための、ＬＡＮパーティーというわけだ。

参加するまえに、今では名前も思い出せないひとりの男に会った。東京に着いたのは昼頃だったし、パーティーが行われるのは翌日だったから、誰か遊ぶ相手がいてもいいだろうと思ったのだ。いろいろあって、その夜、私は彼の部屋に招待された。いろいろあって、私は彼にもらった薬を試してみた。

こいつがよく効いた。効き過ぎたのだ。

行きの新幹線のなかでのことだが、私はある南米の作家の短篇を読んで、いたく感心していた。その書き出しをここに引用してみよう。

「(他の者たちは図書館と呼んでいるが) 宇宙は、真ん中に大きな換気孔があり、きわめて低い手すりで囲まれた、不定数の、おそらく無限数の六角形の回廊で成り立っている。」

私はまず、この図書館のイメージを得た。それから、まあ、いろんなところを旅したのだが、子細は省く。そのイメージがいろいろと展開していって、最後のほうで、私はおもしろいものを見た。

電子部品としての私たちの世界だ。

サーキット・ボードのうえに、いろんな電子部品が並んでいる。その電子部品は街でもいいし、人々が織りなす社会でもいい。そこに、電気が流れる。するとサーキット・ボードは、何らかの動作を行い、しかるべき結果を出力する。

問題は、この電力がどこからやってきて、私たちによってどのように変換され、どんな結果が出力されているのか、まったくわからないことだ。また、目的も完全に不明である。この基盤はパーソナル・コンピュータでも、アンプリファイアでも、ゲーミング・コンソールでもありうるし、それらを含めたすべての総体でもありうる。宇宙の外縁は、内部の基盤を守るためのパッケージ、といったところだろう。

神がいなければならないだろうと考えたのは、このときである。もちろんこの考えは、私たちのやっていることに何らかの意味があってほしいという、私の個人的な願望に基づいているのだが、より発展的なものだ。要約すると、もしもこの世界がゲームであるならば、それをプレイしている者が、存在するはずである。そしてその存在を指し示すために、もっとも適当と思われる言葉は、神であろう。

我ながら、なかなか面白い発想だと思う。じつは古くからの教えを言い直しているだけなのだが、にもかかわらず新しいのだ。

まあ、この発想自体は、プロットとそんなに関係がない。関係があるのは、私がこの映像を見ているあいだに、私の物理的身体は京王線のとある駅で大暴れをし、駅員に捕縛され、救急車に乗せられて、どこかの病院で鎮静剤を打たれ、薬物反応が検出され、そのまま地元の警察のお世話になったという、なかなかおもしろそうな話である。

私は鎮静剤のおかげで首を摘まれた猫のようにおとなしくなっており、刑事たちの取調べにたいしても、非常に協力的だった。おそらく、彼らがいままで取調べたなかで、もっとも協力的だったと思う。彼らは私の話しぶりに感心し、政治家か漫才師でも目指しているのか、と質問したくらいだ。それは休憩を含めて合計十時間にわたる取調べの、だいたい二時間くらいが経ったころだったので、私はとても楽しい気分だった。

楽しい気分？

あの時の気分を、どう言えばいいのだろう？　うまく言えそうにないが、自分はなにかとても大切なことをやっている、という気持ちが胸一杯に満ちていた。とにかく私は刑事の質問にできるだけ正確に答え——いや、正確にではない、うまく答えようとした。つまり私は、自分の行動についての記述を、誰にもわからないだろうと思われるほど繊細に修正した。その手つきは、まさに巨匠のそれであった。どうしてあんな魔法のような叙述ができたのか、いまだにわからない。

私がライブで書いた筋書きは、こういうものだ。この気のよさそうな、しかしいまは惨めなほど落ち込んでいる青年が薬物を摂取したのは、心からそうしようと望んでいたわけではなく、たまたまインターネットという新しい技術によって、悪者と結びついてしまったからだ。若くたくましい冒険心が、運命のいたずらによって不幸を招いてしまったのである。

言うまでもないことだが、これは万人によろこばれる物語の類型である。

長く続いた取調べの最後は、部屋に入ってきた若い刑事の耳打ちで終わった。ほとんど十時間ぶっ通しで私の話を聞いていた壮齢の刑事は、君のお父さんが来てくれたようだ、と私に言った。それから椅子の背もたれに身体をあずけて、君の人生を奪うことはやめておく、とはっきり言った。

私は決して気を抜かなかった。まだ、暗い森を抜けたわけではない。

でも僕は、それに値するだけのことをしたのです、と答えたはずだ。

惚れ惚れするような台詞である。

このつぎの刑事の台詞は、一言一句まではっきりと覚えている。

「もういいんだ。君が心から反省していて、たまたま不幸な巡り合わせになってしまっただけだということは、よくわかったから。だから君は、君の人生を生きていい」


姓名と指紋を採取され、べつの狭い部屋でひとりきりの記念写真を撮影してもらったあと、私は父親とともにタクシーに乗って、羽田空港に向かった。空港のロビーで、私は父親に煙草を一本もらい、ふたりで一服した。

「やってしまったな？」と彼は言った。

「うーむ」としか答えられなかった。

「どんな感じだった？」

「どんなって、何が？」

「ラリってるときだ」

「うーむ。宇宙が見えた」

親父は笑い、さらに質問した。

「宇宙はどんな形をしていた？」

「図書館だった。部屋はぜんぶ正六角形で、それが蜂の巣みたいにびっしり詰まってる」

父親は大笑いした。

「おまえらしいな。おれなんか、アンパンで気持ちよくなってるだけだった」

「シンナーか。あれは何が見えるんだ?」

「そりゃあ、女の裸だよ。中坊だったからな」

「どこでやってたんだ?」

「決まってるだろう」彼は微笑んだ。「学校の便所だ」

私に幻覚剤をはじめて与えたのは父親である。私に物心がつく前のことだ。スーパーファミコンも、プレイステーションも、なにもかも家にあった。育て方が悪かったのだ。幼い私は夢中になって、現実ではないどこかの夢をえんえんと見つづけた。

しかし、拍車をかけたのは、伯父だった。私の母の兄だった。

すてきな人だった。彼は何ヶ月かに一度、幼い私の手を引いて近所のゲームショップまで連れて行き、このなかから好きなものをひとつ選んでいい、と言ってくれたものだ。私が五歳の誕生日に買ってもらったのは『ポケットモンスター』の「緑」だったが、駅前にあったはずのその店もいまでは潰れてしまい、跡形もない。

以後、時間を忘れてゲームに熱中した。小さな画面のなかで、主人公が故郷の小さな町を出て、いろいろなところを旅する。そのあいだに空想上の生き物である「ポケモン」をつかまえる。そうしようと思うなら、「ポケモンずかん」をコンプリートしてもいいし、「ポケモンマスター」になってもいい。そんな目標をとくに意識しなくても、楽しい作品だった。

なぜ彼が私にゲームを買ってくれたのか、本当の理由はわからない。ただ、彼はたぶん、小説や音楽が好きだったのだ。ずっとあとになって結婚し、ふたりの子供が大きくなったとき、彼はアコースティック・ギターを弾きながら、子供たちにむかって「アンパンマンのマーチ」を歌っていた。

伯父とはいまでも正月になるたびに会う。彼はおしゃべりが好きで、しかも話がうまい。どんな些細なことでも、しっかり落ちをつけて笑わせてくれる。酒も煙草もやらず、贅沢品にも手を出さず、いつも微笑みながら愉快なことを言う。最近は老けてきて頭髪もずいぶん後退したが、みんなからそうすることを求められているので、彼はいつまでも長生きすることだろう。そして正月になるたびに私を笑わせてくれることだろう。

そういうわけで、ゲームにまつわるいちばん古い私の記憶は、若いころの伯父の姿と、分かちがたく結びついている。

男の子は、いつか旅に出るものだ。彼によく仕え、友となる最初のポケモンを与えるのは、いつも年長者の役割である。幼い私の手を引いていくとき、彼はなにを考えていたのだろう。あたらしい役割を負うことになったと、実感していたのだろうか。それとも、いま、私が幼い子供たちを見て思うようなことを、考えていたのだろうか。

……。

………。


「あのとき、どういう気分だったか、思い出せるかな？」と私は言ってみた。

「あまりよく覚えていないんだが」と、電話のむこうで伯父が答えた。「おれは嫁さんをもらうのが遅かったからなあ。あのころもまだ独身だった。だから、金が余ってたんだと思うよ。友達もそんなにいなかった。おまえの弟はまだ三つだったし、おまえのお父さんとお母さんは仕事が忙しかっただろう？　だから、面倒を見てやるのもいいか、と思ったんだ。それで、あのころ、子供が夢中になるものといえば、ゲームだった。どの子供も、みんなポケモンをつかまえるのに夢中になっていた。だから、おまえにも贈ってやろうと思ったんだろうな。いや、おまえが言い出したんだったか？　どうだったかな。なぜポケモンだったんだろう？」

　私もよく思い出せなかった。それで沈黙が来た。

「小説は進んでいるのか？」と伯父は言った。

「たぶん」

「たぶん？　ずいぶん適当なんだな」

「もうすぐ終わると思う」

「そうか」

「ああ、これでいいのか。伯父さん、おれはあなたに言うことがある」

「うむ？」

「あのとき、おれにゲームを買ってくれて、ありがとう。昔のおれがちゃんとお礼を言っていたなら、嬉しいんだけど」

笑い声が聞こえた。

「そんなこと、気にするなよ。おまえが元気にやっていれば、それでいいんだ。それがいちばんの礼というものだ。さて、すまない。そろそろ仕事に戻らないといけない」

「そうか。ありがとう」

「まあ、いつでもかけてくれよ。役に立てるかどうか、わからないが」

「うん」

「じゃあ、またな」

「ありがとう。ありがとう」

それで電話が切れた。


私が物書きになった経緯について話す。

戦争が終わったあと、私はさらさらとメールを書き、勤め先に送った。椅子に深く腰かけて、これからどうするべきか考えた。疲れていて、考えがうまくまとまらなかった。とにかく、とっておいた計画を実行することにした。私は父親に電話をかけ、車を貸してもらう約束をしたあと、アスカを誘って、あの退屈なベッドタウンに戻った。

二〇一六年の春だった。

私は父親から借り受けた大きなバンに乗り、ホームセンターでかんたんな寝具を買い、そのほかいろいろ役に立ちそうな小物を後部座席に放り込み、最後にアスカを助手席に投げ入れた。

「ちょっと、何するつもり？」と彼女は言った。

「ポケモンをつかまえに行くんだ」と私は答えた。

「は？」と彼女は言った。

私はエンジンをかけた。

それから、私たちは一晩かけて鳥取県に向かった。中国自動車道から鳥取自動車道を経由して山越えを試みたが、いくつかのトンネルを越えたとき、いっぺんに気温が下がって、自分たちがまったくべつの国にやってきたことを実感した。鳥取駅の付近にあるコイン・パーキングに車を停めて横になったとき、しばらくはなんとかなったのだが、朝方には芯から身体が冷えて、ぶるぶると震えながらふたりで抱きしめ合いつつ銭湯を探すはめになった。

抱き合いながら歩いていると、見慣れないものが空のむこうから昇ってきた。私はそれを指さし、あれはなんだ、とアスカに聞いてみた。

「は？」と彼女は言った。

「だから、あれは何だと聞いてるんだ」

「あれって、どれ？」

「あのまぶしく光っているものだ」

彼女はため息をついた。

「あれはねえ、太陽っていうのよ」

「なるほど」と私は言った。「久しぶりに見た。五年ぶりだな」

私が勤め先に送ったメールは、辞表だった。もっとはやく辞めておけばよかったなと思う。時間を無駄にしてしまったからだ。夫婦ふたりで、ほとんど人気のない鳥取市の居酒屋の座敷に座っているとき、私はぼんやりと、これまでに体験したすべてのことを思い出していた。

静かだった。

ふたつの電子的な戦争と、私たちの物理的身体の拠り所であるひとつの世界の、すべての出来事が思い出された。

なんとなく、自分の身に起こったことのように思えなかった。

それから、私はすべての人々の言葉や様相を、ひとりずつ、ひとつずつ順番に、思い出した。

すると、涙があふれてきて、どうしても止められなくなった。

「どうしたの」と妻が言うので、いや、この日本酒がたいへんおいしいから、感動したんだと言い訳をした。

そうなのねと彼女は言い、近海の魚料理をたべた。

実際、それはとてもおいしかった。

いい夜だった。

翌日、私たちは鳥取砂丘を見物した。ゴビ砂漠ぐらい大きかった。あんなに大きい土地がまだ日本に残っているとは、思いもしなかった。

翌日、私たちは国道九号線を西進し、出雲大社を訪れた。

さらに翌日、山口県長門市を訪れ、青海島というわけのわからない小島を観光した。

いや、観光というよりも、迷い込んだというほうが正しいだろう。とくに何か期待して行ったわけではないのだが、島の果てにあるちいさな漁村に、屋根に巨大な鯨の模型をとりつけた博物館があった。閉館間際だったが、おとなしそうな女性がにっこりと微笑んで通してくれた。博物館といっても、そこまで巨大なものではなく、三十分もあればすべて見られる程度のものだった。捕鯨のための古い道具や、漁に出かけるときの衣装、母親の胎内から摘出された鯨の胎児の瓶詰めなどが展示されていた。胎児は真っ白で、すでに鯨の特徴を備えており、瞼《まぶた》が閉じられていて、すやすやと眠っているように見えた。

私たちはその漁村の高いところにある鯨の墓を訪れた。この村では、捕らえたすべての鯨に戒名をつけ、葬儀を執り行っていたらしい。私は感心して言った。

「おれも死ぬときは、この村に泳ぎ着いて死にたいものだ」

アスカはなにも答えなかった。

「なんとか言えよ」

「いや、言ってることの意味がぜんぜんわからない」

萩、下関、博多を観光したあと、そのまま広島まで走った。所定のルートに従って観光を済ませたあと、私たちは猛烈なホームシックに罹患《りかん》し、春の大型連休の渋滞にもまれながら大阪に戻った。とても楽しい旅行だったし、この国の国土がこんなに美しいとは想像だにしていなかった。しかし、とにかく疲れていたので、帰るなり寝床にもぐりこんだ。つぎに目覚めたのは夜中だったが、妻もおなじタイミングで目を覚まして、しばらくふたりでぼうっと天井を眺めた。それから、彼女は言った。

「これからどうするの？」

たしかにそれはよく考えなければならないことだった。

どう考えても、私のような人間がもういちど企業に勤められるとは思えなかった。私は二十五歳の戦争神経症患者なのである。そもそもの話、就職しようと思ったこと自体が不可解だったし、世話になった会社にはとても迷惑をかけてしまって、悪いことをしたなと思った。とりあえず当座の金を稼ぐためにコンピュータに向かい、テキストエディタを起動して、やりかけていたコンピュータ・ゲームについての原稿をさらさらと書いた。それからインターネットを調べ、そこに思ったよりも多くの仕事があることに気づき、いくつかのメディアに数本の原稿を送ってみた。だいたいはいい返事をもらえたので、これで金を稼いでみてもいいかもしれない、と私は思った。

それからすぐに、ある数奇者の編集者から、あなたの原稿は単純なゲーム・レビューに終わらせておくには勿体《もったい》ないので、もっと自由になにか書いてみてください、と勧められた。私は気をよくして、あのゲームのこと——十代のころに熱中していた、二次大戦をテーマにしたゲームについての文章を、さらさらと書いて送った。信じがたい幸運だが、編集者の返事は、これをぜひ連載にしたいという趣旨のものだった。私にしてみても、ペースが安定した仕事が入るのは好ましいことだったので、喜んで引き受けた。

それから数週間かけて、木曜日に連載の初稿を送り、日曜日に掲載されるというペースが確立された。投げ出すわけにもいかなくなったし、また楽しんでもいたから、ほかの細々とした仕事も精力的にやるようになった。月々の実入りは十万円に満たなかったが、稼げたかもしれない金と引きかえに、好きなときに好きなだけ夢想に浸ることができるのは、何事にも代えがたい幸福であると知った。家賃だけが心配だったが、我が家は独立採算制を採用していたし、ここは麗しき追徴課税の国なので、来年からは税金も軽くなる。そういうわけで、この生活をもうしばらく続けてみたいと妻に話したところ、「やってみたらいいじゃないの」という答えだった。

彼女には、いまでも頭が上がらない。

連載をはじめたのは九月ごろで、はじめのうちは確か隔週だったはずだが、そのうち週刊になった。私は自分とゲームとの関わりをもっとも効率的に示すと思われる場所に行ったり、作品に触れたりして過ごした。幸福な期間だった。それまでの私にとって、時の流れは忌々しいもの、無関心で容赦のないものだとしか感じられなかったが、かつて私がなにかをしていた場所に再訪するたびに、あらゆるものごとが袂を緩めて優しく語りかけてくるようだった。私はいつも頭のなかで文章を書き続けていたが、そういうとき、さまざまな作品や土地や人々が、私にこう語りかけた。

おまえは文章を書いているじゃないか。

なあ、おまえは文章を書いているじゃないか。
よかったなあ。
私は大阪を歩き、京都を歩き、神戸を歩いた。それからコンピュータを起動して、古いゲームをやった。それはただ、単純に感じをつかむための作業だったのだが、こんなことが起きた。いまでは欧州のプレイヤーの数も三十名以下に減じたあのゲームの、ドイツのパブリック・サーバーに、クィンがいたのだ。七年前の世界戦で私を殺した、世界最速の男がいたのだ。私はたまらなくなって、彼に話しかけた。

クィン、覚えているか？　おれだよ、ロールストーンだよ。数年前、あの世界戦で戦った、日本の、ロールストーンだよ。

しばらくして、返事があった。

ああ、覚えているよ、本当におまえなのか。

おれだよ。フロストバイトのことはいまでも夢に見るよ。

そうか。

それからすこし沈黙があった。私たちがプレイしていたゲームが、すこし展開したのだ。ただ、どういうわけか、昔のような活気はまったく感じられなかった。サーバーに接続している人数は、昔と変わらないままだというのに。

なあ、ロールストーン。

うん?

人生はおまえにとって、どうだ?

私は手を止めた。
二次大戦の兵士が——いまとなっては粗ばかりが目立つテクスチャの、古い古い、信じられないほど時代遅れのグラフィックで描かれたドイツ兵が、私の頭を撃ち抜いた。

良かったよ。

返事はなかった。それで私はよく考えて、さらに言葉を継いだ。

いや、良かったことばかりじゃない。悪いことも沢山あった。母親が死んだ。収入は半減した。未来がどうなるか、まったくわからない。それでも、いまはこれでいい。

そうか。

おまえはどうなんだ？

来週、あたらしい義足の手術を受ける。

そのとき、涙が溢れ出て、どうしても止まらなくなった。そのときまで、私は彼の足が失われていたことを、まったく忘れていたのだ。なぜならば、彼は、ゲームのなかで、やはり誰よりも速く、雷光のように戦場を駆けていたから。

おまえの手術がうまくいくことを心から願う。

私はそうタイプした。

ありがとう。

彼はそうタイプした。

ゲームを終えたあと、私はぜひともこの出来事について書き、連載のための原稿にしようと考えた。しかしながら、何度やっても、うまくいかなかった。どうも私は、起きたばかりの出来事を文章にするのが苦手らしい。それで諦めたが、連載が終わったいま、こうしてそれなりにうまく書けているのは、とても幸せなことだ。

とにかくこのようにして、連載は続いた。年が変わり、もうすこし思い出そうとすればまた何か出てくるかもしれないが、しかしこれ以上はどうしても続けられないだろうという時期が来て、連載を終わらせることにした。たしか、二〇一七年の三月ごろのことだったと思う。

数寄者の編集者からのメールが届いた。

「連載がすごいことになっているよ」

私はインターネットを見た。たしかに、読者がたくさん増えていた。喜ばしいことだった。とても喜ばしいことだった。何通かのメールが舞い込んできて、新しい仕事に繋がった。

ありがたいことなのだが、私は締め切りに追われるようになり、うんうんと呻りながら原稿を書き続けた。そんなとき、私の仕事用のアドレスに、新しいメールが届いた。東京の大手出版社の編集者だった。これは疲弊していた私の精神に最後の一撃を加えるもので、さすがに正気を保っていられなくなり、慌てふためいてアスカに相談したりした。

「よかったわねえ」と彼女は言った。

よかったわねえ？

まあ、確かにそうなのだろうが、私は散髪をする金も服を買う金も持っていないのだった。人に会う準備など、やりたくてもできない。妻に頭を下げて金を借り、散髪屋に行き、すりきれたジャケットとズボンをクリーニングに出した。数日後、東京から出張してきた編集者と大阪駅で待ち合わせをし、駅に接続した高そうなホテルの喫茶店で、震えながら対面した。あなたの文章はとても面白いですよ、というようなことを言われたが、誰のことを言っているのか見当もつかなかった。

「あなたにぴったりの編集者の方にご紹介しますよ」と彼は言った。

私の頭は疑問符でいっぱいだったが、ぜひ、と頷くほかなかった。他にどうしろというのだ。

数日後、私は大阪中津バスターミナル発の夜行バスに七時間ほど揺られたあと、新宿に着いた。その日は、原稿のやりとりをしていたいくつかの媒体に挨拶まわりをして過ごした。これは非常にいい体験だった。みんないい人たちだった。

東京を駆け回っているうちに日が暮れてきたが、その日の最後に訪れたのは、かつて私に連載を勧めてくれた編集者のところだった。その媒体の母体は、誰でも名前を知っている大手の新聞社で、異様に巨大な自社ビルのなかにオフィスがあるのだった。受付のお姉さんに名前と用件を告げると、電車の駅のようなゲートが開き、ガードマンが深いお辞儀をした。おれみたいな人間にそんなことしなくたっていいのに、と私は思った。エレベーターに乗って高く高く上っていったが、たどり着いたオフィスは超満員で、ありていに言えば、新聞社だった。

オフィスの端っこに私が取引しているメディアの島があり、そのあたりに私の担当の、数寄者の編集者がいた。

私たちは挨拶をした。

「ごめん、これからちょっと出かけないといけないんだ」と彼は言った。「VRでもやって遊んでおいてくれ。夕食の場所はメールで送っておくから」

そういうわけで、私がはじめて仮想現実ゲームをやった場所は、あの誰でも名前を知っている大手新聞社のオフィスの、いちばん端っこということになる。

わけのわからない話だ。

遊び終わったあと、私は誰に挨拶をしていいものかわからなかったので、黙ったまま仮想現実のデヴァイスを置き、こそこそと新聞社をあとにした。いま考えても、夢だったのではないかと思う。

このあとは夢ではない。夕食は、秋葉原近くの和食店だった。くつろぎやすい、いい店だった。私は日本酒をしこたま飲み、数寄者の編集者も日本酒をしこたま飲んだ。酒もさることながら、肴も非常にうまかった。すてきな食事をしながら、私たちはいつまでもいつまでもゲームの話をした。ゲームの話をしているとき、彼は真剣だった。個別の作品についても業界の趨勢についても、語るべきことは数え切れないほどあるようだった。それから私たちは店を出て、どこかのジャズ・バーに迷い込み、耳を聾するようなモダン・ジャズ・カルテットの音を無視し、いろんな話をしながら、さらにしこたま飲んだ。

そのあたりのどこかで、「明日も仕事でしょう。行きましょう」と私は言った。

「うーん。しかし、あのゲームの自機の当たり判定は、制作者の意図をとてもよく反映するものだと思うんだ。そこには、彼らが持っている精神性というか、アイデンティティが含まれているように思うんだ——」

翌日は雨が降っていた。私はビジネス・ホテルのロビーで傘を買い、待ち合わせの場所である神田駅まで歩いた。しばらくして、私に声をかけてくれた大手出版社の編集者があらわれ、私を近くの喫茶店まで導いた。先様と対面するまえに、打ち合わせをしておこうというわけだ。彼はにこにこと微笑みながら言った。

「あなたの人生の話をしてください。あなたがどういう人間で、どういう理由で文章を書いているのかを、そのまま話してください。あの方はゲームをやりませんから、そういう個人的な話も、必要なんです」

私は頷いた。

それから、私たちはすこし話をした。彼はとてもいい人だった。

それから、私たちは早川書房の一階にある喫茶「クリスティ」に入った。ふたり並んで座り、その当時公開されていた映画の話などをした。少しして、背の高い、やせ形の、眼鏡で、ぱりっとした白いシャツを身につけた女性があらわれた。私たちは挨拶をし、彼女は席に座った。すこし話をしたあと、私を紹介してくれたほうの編集者は、誰かのパーティーがあるので、と言い添えて中座した。私たちは挨拶をして別れた。

沈黙が訪れた。

彼女は、寡黙なのだった。

私は彼女の発言を待っていたが、そのとき、彼女の手元に、あらかじめ送っておいた短篇の原稿が置かれていることに気づいた。そのあたりから、私は気が気でなくなった。自分の子供が名門校の入学試験を受けるとき、あんな気持ちになるのかもしれない。

彼女は私の視線に気づいて、手元の原稿に目を落とし、私のほうに差し出した。

「とりあえず、これ、載せます」

「え?」

「つぎのSFマガジンに載せます」

私は気絶した。

もちろん、気絶などしていなかった。これは仕事なのだ。

ゲラのやりとりの作法を教えてもらい、スケジュールの感じを決めたあと、話は長篇のこと、つまりこの小説のことに移った。私はおそらくゲームの人間、いや確実にゲームの人間であろうと思われたので、ビデオゲームをテーマにした長篇小説の企画を、ここに来るまえにあらかじめ四本ほど渡していたのだ。ただ、どうも彼女は、そのうちのいずれにも感心していないようだった。というより彼女は、それらの企画について、あまり積極的に判断したがっていないように見えた。話の途中、彼女は企画書をしばらく眺めたあと、私のほうに視線をやり、こんなことを言った。

「どうして文章を書いているのか、教えてくれませんか？」

私はすこし考えをまとめてから、だいたい中学生くらいのころを始めにし、順を追って話しはじめた。これがこうで、あれがああなって、こういうことがありました。そういうわけで、私はいまこうして、あなたの前に座っているわけです。話の長さはだいたい、十分くらいだったろう。

彼女は眉一つ動かさずに私の話を聞いていた。

話を聞き終えたあと、彼女は静かに言った。

「じゃ、それ、書いてください」

有無を言わさない語調だった。

「わかりました」

それ以外に答えようがあるだろうか？

そういうわけで、この小説のテーマが決まった。

自分から言い出したのだが、締め切りは三ヶ月後に決まった。どうしてそんなことを言ったのか、いまだにわからない。とにかく私は、じつに絶望によく似た希望を噛みしめながら、目についた飲み屋に入った。席についてビールを注文したとたん、ポケットのなかのアルミニウムの板が震えた。電話だ。取ってみると、ノンだった。

「いま、東京にいるんだろ?」と彼は言った。「今日、よかったら、飲みに行こう」

私は二杯ほど飲んだあと店を出て電車に乗り、新宿に向かった。迷ったが、どうにか指定された店を見つけた。ノンは、ばつの悪そうな顔で座っていた。

私は着席した。

それから少しのあいだ、私たちは黙り込んだ。

「どうしたんだ?」と私は言った。

ノンは言った。「おまえに謝らなきゃいけないことがある」

私は答えた。「いいんだ」

「悪かった」

「もう、いいんだよ、ノン」

「この五年間、ずっとどんなふうに謝るべきか、考え続けていた」

「おれもこの五年間、どうやっておまえを許したものか、考え続けていた」

「許してくれ。あれは人として、言ってはいけないことだった」

「もういいんだ。もうずっと前に、おまえはそれを気にしなくて良くなったんだ」

それから私たちはビールをしこたま飲んだ。

その日のうちに大阪行きの夜行バスが出るので、私たちは抱擁を交わし、新宿駅で別れた。バスが出るまであと三十分ほど残っていたので、私は目についたイングリッシュ・パブに入り、スタウトを注文した。二口ほど飲んだところで、センダに報告しておいたほうがいいだろうと思った。なんにせよ、これだけの目出度《めでた》い出来事が起きたのは、彼が私にねばり強く書き方と読み方を教えてくれたからなのだ。

私はアルミニウムの板で手紙を書いた。

スタウトを半分とすこし飲んだところで、返事が返ってきた。

さきほど――つまり、いまこの小説を書いている私にとってのさきほどだが、私はセンダに電話をかけ、この返事を例の長篇に載せてもいいかと尋ねた。かまわないが、あんなものが使えるのか、と彼は言った。使えますよ、と私は答えた。使えるように、僕がするんです。

彼は笑った。

「それなら構わない」

そういうわけで、彼の許可を得て、ここにそのメールを引用したい。挨拶や、この小説に関係のない箇所は省いたが、ほかはそのままだ。

「――ただひとつ、藤田に言っておくことがあるとしたら、それは君が僕に感謝をする義理はないということだ。君の小説が活字になるのは僕のおかげではない。それは君が書き続けたからという、ただそれだけの理由からだ。

君がまた小説を書けるようになって、本当によかった。

それから、アスカによろしく。僕は２０４系統の京都市バスに乗っているときに君からのメイルを読み直し、東天王町くらいで涙が出て、烏丸で地下に下り、電車が来るくらいまで涙が止まらなかった。けれども君のことを心から愛している彼女は、きっとそれ以上に、今回の報せを喜んでいることだろう。

しつこいけれどもうひとつ。この長篇がきみの試金石になる。わかっているとは思うが、とびきりの小説を書きなさい。僕が唸るくらいの小説を書きなさい。それでもって君が師匠と呼ぶところの男を、ぎゃふんと言わせてやりなさい。

僕はそれを楽しみにしている。

また近々会おう。それも楽しみにしている。


センダ」


私はこの小説をじつにこつこつと書いた。その根気強さは、古代ギリシャの彫刻家にも負けないだろう。鑿《のみ》を大理石に当て、槌《つち》でこつこつと叩きながら、私たちはたぶん、まったくおなじことを考えていたはずだ。言葉にすると、こんな感じだろう。

「どうだ、やっているぞ、おれは」

もちろん、私の人生は、たった三ヶ月で言い尽くせてしまうほどのものではない。もっといろいろな人と出会ったし、書き足りていないこともたくさんある。私がいままでに見た夢の目録や、私がいままでに体験した午前九時から午前十時までのすべての出来事のリスト、私の右足の爪に起きた興味深い事件のアンソロジー、そしてもちろん私がいままでにプレイしたさまざまなゲームの遍歴なども、書こうと思えば書けただろう。そうしなかったのは、これが小説であって、世界を記述する神の筆跡ではないからである。

ただ、これだけは断言できる。もしも私に無限の時間が与えられていたならば、私は世界そのものを記述していただろう。そしてその世界は、私の解釈によって、非常に理路整然とした、ひとりのゲーマーが小説を書くなどというわけのわからない筋書きではない、すっきりとした世界になることだろう。

そこに母の死のような、文学的な不条理が入り込む余地はない。

そこは天国のように輝いており、そこにいる人々はみな幸せに暮らしている。

ところで、たったいま気がついたが、私はインターネットで仕事をしている。

そしていつのまにか、ふたつの人格であった私という存在――藤田祥平とロールストーン――は、ひとつのものになったのだ。これはインターネットがかつてのようなまったくの別世界ではなく、現実の写し鏡として成長しなければ、成らなかったことであろう。そういうわけで、インターネットに幸あれ。また、かつて何物でもなかったインターネットの電子的存在、十二年前にあのゲームのあのコンソールにタイプされて生まれた存在、ロールストーンに幸あれ。そして、藤田祥平とロールストーンに出会った、すべての物理的、あるいは電子的存在に幸あれ。

今日は二〇一七年七月十日、あの編集者と約束した、締め切りの日だ。ついに、私のはじめての長篇が完成した。まったく大変な仕事だったが、書き上げてしまったいまとなっては、何がそこまで大変だったのか、よく思い出せない。

たったいま、私はこの小説を読み返し、文章のあまいところを直し、これでいいだろうと感じられる状態にまで持っていった。いまの私には、これ以上のものは望めないだろう。

たったいま、私は、この小説のデータをメールに添付した。これだけ力を注いだものが、たったの三百キロバイトしかないというのは、非常に皮肉な感じがする。まあ、たいした話でもない。違法にアップロードされやすくなって、むしろ良いだろう。あとは、送信するだけだ。いろいろな感情が起こってくるが、それらはすべて気のせいである。

単純な話だ。私は仕事をしたのである。

たったいま、私は左クリックをし、この小説を編集者に送った。

それから私はじっとしていられず、外に出て酒を飲み、いろいろな人と話をする。いろいろな人とは、私がそれまでに出会ったすべての人々だ。もともとすてきだった者たちはもっとすてきになっているし、そうではなかった人々も、以前よりはまともになっている。

私たちは前後不覚に陥るまで飲み、それぞれの家に帰る。

目覚めると、ひどい宿酔いである。しかし、もう仕事は終えてあるのだ。私は二度寝をし、そのあとでのろのろと起き出して、水道から水を飲む。しばらくすると意識がはっきりしてきて、父親に電話をかけ、例の長篇を書き終えたことを告げる。彼はとても喜んでくれ、お疲れさま、と声をかけてくれる。ありがとう、と私は答える。それから私は、彼に頼み事をする。彼は快く引き受けてくれる。

私はアスカに声をかけ、これからすこし旅行に行ってくる、と告げる。

いってらっしゃい、気をつけてね、と彼女は答える。

「おみやげ、楽しみにしてるね」

それから私は服を着て、三ヶ月ぶりに床屋に行って散髪をしてもらい、ついでに髭をあたってもらう。それから電車に乗って、私が成人するまでの二十年間を過ごしたベッドタウンに向かう。車窓を流れていく景色はあまり変わり映えしないが、それだけに心地のいいものだ。私は電車からバスに乗り継いで、父親の会社に向かう。

父親の会社は、一時期ほどには悪くはないようだ。母親が逝ったあとは、ちょっと心配だったのだが、もう大丈夫だろう。父親の表情が、そのことを語っている。彼は具合のよさそうなバンを用意してくれ、私はそれに乗って、エンジンをかける。ナビゲーション・システムに行き先を入力して、車窓を下ろし、父親に声をかける。

「行ってくる」

「おう」と彼は言う。「気をつけてな」


私はつとめてゆっくりと走る。急ぐ理由など、どこにもないのだ。しばらく走っているうちに、ごつごつとした都会の建物はその数を減じていき、かわりに猛々《たけだけ》しい夏の緑があらわれる。そのあたりまで来ると、真夏日であるにもかかわらず、車体が木陰に入るたびに、とても涼しくなる。私は煙草を吸ったり、音楽を聴いたり、アイス・コーヒーを飲んだりしながら運転する。ハンドルから右手を離して、窓の外に出すと、大気が私の右手を洗う。空はどこまでも青く、とても気持がいい。おおきな入道雲が出ている。

休憩を挟んだり、軽食をとったりしながら進み、四時間と少しで、母方の田舎にたどり着く。そこは四方を山に囲まれた地域だが、北の山のむこうには海があり、平地の中心には河が流れている。ナビゲーション・システムが目的の地域に入ったことを告げ、動作を終了する。とくに行き先のない私は、交通のとても少ない道を、なんということもなく走りつづける。

やはり、母方の親戚筋に電話をかけておくべきだったな、と私は思う。おそらく彼らは、私の名前すら覚えていないだろう。いや、覚えているだろうか？　もしかしたら、私が作家になったということで、うわさになっているかもしれない。しめしめ。私は道端に車を停め、伯父に電話をかけてみる。

「もしもし」と私は言う。

「もしもし」と伯父は答える。「どうした？」

こういう事情でここにいるのだが、宿がない。母方のあの親戚たちは、もし頼んだら、泊めてくれるだろうか、と私は言う。

任せておけ、と伯父は言い、電話が切れる。

しばらくして、また電話がかかってくる。

「伯母さんに聞いてみたら、いいよ、ということだった。まったくついてるなあ、おまえは。住所を言うぞ」

私はナビゲーション・システムに住所を入力する。

イヴェント・フラグが回収された感覚がする。

「ありがとう」

「おう、またな」

それから私はまた運転をして、もうすこし奥まったところにある、母方の親戚の家にたどり着く。古い家だが、じつにしっかりとした造りで、とても広い。呼び鈴を鳴らすと、がらがらと戸が開いて、たしかに見覚えがあるが、もうずいぶん長いこと会っていない、母の母の妹がいる。

「あら、あんた、祥平？」

「そうです。とつぜん、すみません」

「いいのよ」と彼女は言い、微笑む。「さあ、上がって。ほんと、どうしたの、とつぜん」

それから私は家にあげてもらう。


それから私は夕食をごちそうになる。山海の食事もさることながら、今日たまたま手に入ったのだという地酒が、とてもおいしい。私は母の母の妹の旦那さんと意気投合し、今年はどうやら去年よりは良くはないが、それでもまあまあの出来であることを知る。まあまあの出来であるものがいったい何なのかは、ついに知ることができない。記憶のなかにある彼は、どちらかといえば寡黙なほうだったと思うのだが、酒をやると人が変わるらしい。宴が進むにつれて、彼の声は涙混じりになってくる。「おまえも大変だなあ」と彼は言う。「こんなに早くにお母さんを亡くして」、私は苦笑いをしながら、大丈夫なんです、と言う。

しばらくして彼は涙が止まらなくなり、そのあたりで母の母の妹がやってきて、彼を寝床へと連れていく。静寂がやってくるが、時折、広い家のどこかから、うおー、という泣き声が聞こえてくる。ちょっと困ってしまうが、しかしまったくありがたいことだ、と私は思う。こそこそと皿を片付けて、流しに持っていく。そのあたりで、母の母の妹が戻ってくる。

「あら。いいのよ、置いといてくれたら。ひさしぶりにあんたの顔を見られて、嬉しいわ」

「とつぜんお邪魔して、すみません」

「いいのよ。お布団、用意したわ。お風呂もあるし。あとは好きにして頂戴ね」

「ありがとうございます」

酔いがさめるのを待ってから、風呂に入る。とても広くて、気持ちがいい。ふと、右手のあたりを触るものがあって、見てみると大きな蜘蛛である。さすがにびっくりして、湯船から飛び出る。それから蜘蛛のことを気にしつつ身体を洗い、用意しておいた寝間着《ねまき》に着替えて、寝床に入る。とても気持ちがよく、すぐに眠りに落ちる。


翌日、私はふたりに別れを告げ、車を出す。あとでとびきりの礼の品を贈ることを心に決める。それから、行き先のことを考える。どうするあてもないが、そのときふと、かつて私にゲームを買ってくれた伯父の、ふたりの息子たちと話した、あの公園に行ってみようと思う。記憶を頼りにして進む。たしかに通ったことがある道を進んでいると、大きなトンネルがあり、まちがいなくここだと確信する。山をひとつ越えて、細長い平地に入る。まったく交通のない道を、私の車がどんどん進んでいく。

そうだ、この集落だ。来るのは何年ぶりだろう。

私は車をそのままにして、散歩に出る。

おそろしく巨大な入道雲が出ている。

その集落は、以前にもまして人気がなくなっている。いや、あの時点でそもそも誰にも出会わなかったわけだから、なにも変わっていないとも言える。私はゆっくりと、田舎道を歩いていく。しばらくして、私は公園を見つける。裏が山になっていて、完全に錆びついたジャングルジムとブランコがある。

ブランコに腰かける。背後の山から風が吹き抜けて、とても涼しい。

そこで私は目を閉じて、『ポケットモンスター』のことを考える。心のなかで名前を入力し、自分の姿をちいさなピクセルに戯画化する。自分の姿を五歳の少年に戯画化し、想像上のソファの上に横たえる。家のなかには誰もいない。猫もいない。エアコンがついていて、静まりかえっている。

私の目の前にはゲームボーイがある。または、ファミリーコンピュータとテレビがある。それらふたつの状況は、完全に重なり合っている。私の目の前にはゲームボーイがあり、または、部屋の隅にパソコンがある。私はパソコンを起動して「きずぐすり」を引き出したあと、階下に降りる。

母親が椅子に座っている。

私は彼女に話しかける。

すると、彼女は言う。

そうね　おとこのこは　いつか　たびにでるものなのよ

うん……　テレビの　はなしよ！

彼女は目元の涙を拭う。

なるほど、彼女は人間なのか、と私は思う。

背後の茂みでがさがさと音がするので、私はそちらに視線をやる。すると、そこに不思議な生き物がいる。そいつはちょこちょことした動きで私の近くにやってきて、なんともいえない、奇妙な瞳で私のことを見上げる。

私は完全に錯乱して、アルミニウムの板で電話をかける。

「どうしたの？」と誰かが言う。

「あー、なんだ、その」と私は言う。「モンスターボールがないときは、どうすればいいんだったかな？」

「ポケモンの話？　モンスターボールがないと、捕まえられないよ。どこかで買ってこないと」

「どこで売ってるんだったった？」

「ボール屋さん」

私はあたりを見回すが、ボール屋さんらしき店はどこにもない。人っ子一人いない。そこは田舎の、うち捨てられた集落なのだ。

「あー、ボール屋さんが近くにないんだ」

「ええ？　いまどのあたりにいるの？」

「ええと。マサラタウンに。最初の町にいる」

笑い声がする。

「いや、つまり」私はものすごく慌てる。「冗談じゃないんだ、目の前にいるんだ」

目の前のそいつは、表情たっぷりに、疑わしげな目を私に向けている。

「ゲームのやりすぎは身体によくないよ。おかあさんが言ってた」

それで電話が切れる。

私は呆然と、目の前のそいつを眺める。見れば見るほど、不思議なやつだ。簡単に言えば、五十センチくらいの黄色い鼠で、とても立派な尻尾が生えており、その尻尾は稲妻の形をしているのだ。

私はふと、古いゲームのことを思い出す。

「恐くないよ」と言ってみる。

そいつは鳴き声をあげ、私を睨みつける。

「恐くないって」

私が近づくと、そいつは呻り声をあげる。

「友達になろう」

私はさらに近づき、両手を伸ばす。するとそいつはすばやく身をかわし、口を開き、雷を放つ。

私は感電する。

しかし、不思議なことに、あまり効かない。そいつはちょっと困った顔をして、放電を止める。わが身に起きたことながら、じつに不思議だ。これだけの電気を食らって、生きていられるわけがない。そこでふと、私は気づく。私はこれまでに、もう何度も、いやになるくらい雷に打たれてきたのだ。要するに、慣れたのである。雷など、もはや私にはなんの効果もないのである。

私はとてもうれしくなり、目の前のそいつにけしかける。

「なんだ、おまえの実力はそんなものか？　もういちどやってみろ！」

そしてこの電気ねずみはもういちど、すばらしい雷を私に向かって放つ。はげしい電流が全身に流れ、私の心を貫く。私は感電しながら、ゆっくりと電気ねずみのそばに近づき、手を握る。電気ねずみはおびえたような顔をしていたが、やがて笑顔を浮かべ、ますます電圧を強める。

そのうちに、これなら私にもやれるだろう、という感じが巻き起こってくる。

その感覚はあまりにも圧倒的なので、どのような理性的な解釈も、入り込む余地はない。さらに、その感覚は、物語的ですらない。その感覚は——電撃的である。翻訳すると、こんな感じだ。

これからも、私は、なんどもなんども雷に打たれるだろう。しかし私はもはや、雷によって殺されるのではなく、充電されるだろう。

そのとき、私はいったいどうするか。この小説を読み通してきたあなたには、もうわかっているはずだ。

こんどは、私が雷を放つのだ。
私はこれからずっと、電撃に貫かれてばちばちと光りつづけるのだ。

謝辞

この小説を書き上げるために、多くの富が失われた。常人にはとても許せなかっただろうこの損失を、いつも笑って見逃してくれた妻に感謝を捧げる。書くための部屋から髭だらけの私が出ていくとき、リビングでにこにこと微笑んでいる彼女がいなければ、この小説は完成しなかった。この世でもっとも美しいあなたは、現世のすべての不条理を忘れさせ、尽きることのない幸福を私に与える泉だ。

筑摩書房から既に刊行されている拙著『電遊奇譚』の第一回目の原稿を読み、連載に踏み切った、老舗ゲームメディアIGN Japanの今井晋氏に感謝を捧げる。文学、映画、ゲーム、音楽と、多分野にわたる彼の目利きがあったからこそ、いまこうして、物を書いて暮らすという途方もない幸運を体験することができている。

筑摩書房版『電遊奇譚』において、横のものだった文章を文字通り縦にし、化粧を施して数倍美しくするという離れ業をやってのけた、筑摩書房の山本充氏に感謝を捧げる。彼の数々の仕事の成果が、本来あって当然の評価とともに世にひろく受け入れられる日は、もはや眼前に迫っている。

有望な新人を世に送るという崇高な使命に従い、ゆるぎない情熱を持って活動を続けておられる、角川春樹事務所の中津宗一郎氏に感謝を捧げる。昨年の今頃のこと、彼はわざわざ東京からご足労くださり、JR大阪駅の某ホテル一階の洒脱な喫茶店で、ぼろぼろの格好をした私に微笑みながら特上のコーヒーを与えた。だから私の想像のなかで、彼の背には天使の羽根が生えている。

非常にジャンルがあいまいな『電遊奇譚』ならびに本作を発見し、「これはどう分類すればいいのかわからないが面白い」という望外な評価を下していただいた、作家の海猫沢めろん氏に感謝を捧げる。あのように裏表の感じられないあっけらかんとした態度で褒められると、疑り深い私もつい信じてしまう。そして事実、心から信じてよい人なのである。彼はたびたび私を食事に誘ってくださり、妻と友人たちを残して大阪から出てきた東京の、独居の無聊を晴らしてくれた。

本書の執筆のためにどうしても必要だった、東京での生活を可能なものとする昼の仕事をご用意してくださった、稲葉ほたて氏と斎藤大地氏に感謝を捧げる。おふたりの新会社に順風がありますように。

小説を作るという一点において、針の穴に駱駝を通すような示唆を与えてくださった、本作の担当編集者、早川書房の塩澤快浩氏に感謝を捧げる。この小説を書かなければならなかった理由を、彼は私以上に、するどく見抜いていた。ひとりの人間にあんな魔法が使えるとは。彼に原稿を見てもらう機会は、文筆をこころざす者にとって、最大の幸運である。

本作の販売にかかわるプロモーションの手法を読者とともに考えるという、早川書房の新しい試みに参加してくださった、特別な読者のみなさまに感謝を捧げる。お寄せいただいたすべてのご指摘は、この作品を完成させる礎となったたし、その徴は作中に現れているはずだ。ここにみなさまの名前を挙げる。青柳尚慈さん、小川亮さん、小原新平さん、小島かりんさん、後藤英和さん、下村一之さん、林慎一さん、飛座邦男さん、吉田啓子さん、渡部美優貴さん、S・Iさん。

私と互いに潜在的な読者であった、大学のころの気の置けない友人たち。鵜飼慶樹、三本真、内田高平、遠藤祐太・ゆうみ夫妻、そして河田組門下生に感謝を捧げる。彼らの文学に対する愛憎入り混じった態度は、つねに私のモラルを高めてくれた。いまでも折りにふれて思うのだが、もしも私たちが明治あたりに生まれていたら、全員そろって作家のふりをしつつ、おれたちは何とか派だとか大声で名乗っていたはずだ。痛々しいことは確かだが、いい小説が書けないと言って本気で涙する若者たちの存在など、平成の時代に信じられるだろうか？

作中に登場した文学教授のモデルであるふたり、京都造形芸術大学文芸表現学科 学科長の河田学氏と、かつて同大学の客員教授だった千野帽子氏に感謝を捧げる。千野先生は私に読み方を、河田師匠は私に語り方を教えた。内容と形式、知的誠実さ、小説がひとつの織物であることなど、私が知る小説についてのほとんどすべての真理は、私自身が自力で発見したものではなく、彼らの真剣な教えと、良書と美酒にあふれた雅やかな生活から学んだものだ。

私の文体の礎となったすべての作家とその家族、彼らの作品を出版するために情熱をもって働いた人々、彼らの文章を翻訳した人々、彼らの作品を紹介した人々、そして彼らの熱心な読者に感謝を捧げる。

私とともにゲームをプレイしてくれた、インターネット上のすべての人に感謝を捧げる。もしもあなたがたが居なければ、本作は虚ろな文章の抜け殻にしかならなかっただろう。私たちがかつて行った、世界というシステムに対する誇り高き戦いの一部は、ここにはっきりと記録された。私たちがプレイするゲームを製作したすべての人に感謝を捧げる。あなたがたが書き上げた、理路整然とした秩序を誇るシステムの芸術は、その全貌のほとんどを理解することができないこの宇宙において、私たちが唯一、心から楽しみ、息をつける場所であった。

私とおなじハードウェアで出来ていながら、私とはまったく別種のめずらしい人生を歩んでいる弟に感謝を捧げる。世界でいちばんの小説家にサミュエル・ダシール・ハメットを挙げる時点で変わった男だと思うし、だから私と彼とはたぶん永遠に分かり合えないのだが、それは分かり合ったつもりになっているよりも好ましい状態だと思う。子供のころは喧嘩して悪かった。もうそろそろ恋人はできたか?

汗と血と自動車のオイルで濡れた金をつねに私に投げ込みつづけてくれた、誇り高き父に感謝を捧げる。私は彼から本能を継いだ。理性による解釈が不可能となる不条理の極北において、力強い彼の発言とよく冷えたビールは、生の辛苦をつねに解消してくれた。

最後に、私をこの謎めいた迷宮に放り込んでくれた母に、感謝を捧げる。あなたの血には詩人の因子が含まれていた。そのことが、いまとなってははっきりわかる。あなたの日記と遺書はいまでも大事にとってある。あなたの人生のどこかに図書館があれば、あなたはもうすこし長く生きられたのだろうが、それであなたが幸せだったかどうかわからない。いずれにせよ、あの日、死化粧を施されて私たちの家に帰ってきたあなたは、とても美しかった。

藤田祥平

平成三十年三月三十日　東京にて

出典一覧

ホルヘ・ルイス・ボルヘス「バベルの図書館」（『伝奇集』収録）岩波文庫版、鼓直訳

ルイ＝フェルディナン・セリーヌ『なしくずしの死』河出文庫版、高坂和彦訳

モーリス・ブランショ、書名・訳者不明

（Twitter　@BlanchotbotJP https://twitter.com/BlanchotbotJP より引用）

本書は書き下ろし作品です。

手を伸《の》ばせ、そしてコマンドを入力《にゅうりょく》しろ

二〇一八年四月二十日　印刷
二〇一八年四月二十五日　発行

著者　藤《ふじ》田《た》祥《しょう》平《へい》

発行者　早川浩

発行所　株式会社　早川書房
郵便番号　一〇一・〇〇四六
東京都千代田区神田多町二ノ二
電話　〇三・三二五二・三一一一（大代表）
振替　〇〇一六〇・三・四七七九九
http://www.hayakawa-online.co.jp
定価はカバーに表示してあります

Printed and bound in Japan

印刷・三松堂株式会社　製本・大口製本印刷株式会社

ISBN978-4-15-209762-0 C0093